남도의 문학현장과 기행

남도의 문학현장과 기행

전흥남 지음

국학자료원

책머리에

　나는 올해 회갑을 맞았다. 가족들과 여행도 몇 군데 다녀왔다. 그런데도 마음 한 구석이 휑하고 허전하다. 한 두 마디로 설명할 수는 없겠지만 우선 나를 성찰하고 돌아보는 시간이 필요했다. 회한(悔恨)은 없으나 아쉬운 마음도 일렁인다.

　이 책은 그런 아쉬움과 이별하고 새로운 출발을 위한 다짐의 의미를 담았다. 원고를 들쳐보니 60여 년 내 삶의 이력이 담겨 있다. 일부 내용은 학회지나 다른 지면에 발표한 것들도 있다. 출간을 앞두고 마음 한 켠에 망설임도 있었다. 발표 당시와 변한 상황을 감안해서 일부 내용을 깁고 수정을 했지만 타성에 젖은 점도 인정해야 할 것 같다. 부족한 나를 인정하면서 또 한발 내딛어야 한다는 생각에 용기를 냈다.

　남도에 내려와 정착한 지 올 해로 27년째 된다. 거의 한 세대를 남도에서 보낸 셈이니 짧은 세월은 아니다. 올 해 재직하던 대학에서 퇴직하고 강의만 조금 담당하고 있다. 전에 비해 덜 부산한 편이지만 '삶의 지혜'를 공유하는 배움의 현장이 늘 정겹고 반갑다. 이 책은 그런 나의 삶의 여정과 흔적이 배어 있는 셈이다.

　문학을 공부하고 가르치는 입장이다 보니 문학과 관련된 글이 대부분이다. 제1부는 문학기행 및 문화기행의 글로서 남도를 다니면서 '남도작가' 및 문학의 창작 배경지를 답사한 행적의 산물이다. 남도의 일부에 국한되는 만큼 대상과 범위를 더 확대해야 하는 숙제를 안고 있다.

　제2부의 글은 논문 및 평론 성격을 띠고 있다. 문학 연구자로서의 삶

이 주종을 이룬 입장에서 '남도작가'의 작품세계 및 공간성과 관련된 주제이다. 다소 딱딱하고 건조한 편이지만 시의성을 감안했다.

제3부는 틈틈이 쓴 산문들로서 수필과 문화시평 성격을 띠었다. 순천에 정착한 이래 사람과 자연 그리고 문화와 관련된 인연의 산물이기도 하다. 웅숭깊은 산문의 맛을 보여주지 못하는 아쉬움도 있지만 심연(深淵)의 세계로 나아가는 도정이라고 생각하며 위안을 삼는다.

제4부는 남도를 벗어난 주제이지만 가족들과의 함께 한 추억이 담겨 있다. 지금까지의 내 삶이 비교적 평안할 수 있었던 것은 가족들의 성원에 힘 입은 바 크다. 새삼 고마움을 표하고 싶다. 앞으로도 건강 잘 챙기면서 좀 더 일찬 글을 쓰겠다는 다짐을 해 본다. 끝으로 국학자료원의 정찬용 원장님과 정구형 대표의 항심(恒心)의 성원에도 고마움을 표하고 싶다.

2022년 10월 30일
조례동 우거(寓居)에서
전 홍 남

목 차

| 제3부 |
남도에서의 '삶의 자리'와 단상(斷想)

| 제4부 |
남도 밖 문화기행

1부

남도의 향기, 문화기행

〈당신들의 천국〉과 문학의 공간, '소록도'

1. 소록도 가는 길

얼추 5년여 전으로 기억된다. 서울에서 오신 은사님을 모시고 소록도를 갔었다. 은사님과 함께 했던 소록도행에서의 감회가 새롭다. 은사님은 소록도의 이모저모를 유심히 살펴보면서 카메라 셔터를 바쁘게 누르시곤 했다. 사람들과의 인연을 소중하고 알뜰하게 이어가면서 항상 의미 있는 자리를 주도해 가는데 빈틈이 없으셨다. 그런 점이 부럽기도 하고 본받고 싶었던 은사님이다.

이번의 소록도행은 아내와 함께 하는 중이다. 벌교를 지나 고갯길 하나만 넘으면 녹동으로 이어지는 4차선으로 확 뚫린 길이 우리를 반겨준다. 소록도 답사 외에는 별다른 일정이 잡혀있지 않다. 마음이 여유롭다. 아이들 얘기며 집안일과 관련해서 이런저런 얘기를 늘어놓으며 1시간 20분쯤 달리다 보니 차는 이미 녹동항에 도착해 있었다. 고흥반도는 전남에서도 비교적 오지에 속했는데 도로 사정이 많이 나아졌음을 실감할 수 있다. 덕분에 소록도 가는 시간도 많이 단축됐다.

녹동항에서 바라본 소록도. 이제는 배 타고 소록도 가는 건 과거의 추억이
되었다. 소록도와 거금도를 잇는 연륙교가 개통되어 육로로 소록도를 간다.

소록도를 찬찬히 둘러보려면 대략 2~3시간 정도가 소요될 것을 감안
하고 오늘 일정을 챙겨 나갔다. 10여 년 전만 해도 방문객들은 소록도
에서 숙박하기는 여의치 않아서 오후 6시 안에 녹동항으로 돌아와야
하는 점을 감안 해야 했다. 이제는 배편을 이용하지 않고 소록도에 간
다. 녹동항과 소록도를 이어주는 연륙교가 개통되었기 때문이다.

배를 타는 시간이 5분여 정도밖에 안 되는 짧은 거리라고는 하지만
방문객들은 과거 배편을 이용할 때의 추억과 감회가 소환될 것 같다.
녹동의 횟집이나 수산물 코너에서 술잔을 기울이면서 와자지껄했던
분위기도 떠오를 법하다.

소록도는 이제 섬이라고는 하지만 섬에 가는 느낌이 거의 안 든다.
2011년 연륙교 개통 이후 남해안 관광 벨트 조성 사업의 일환으로 '남
도'의 섬들은 이제 연륙교를 통해 섬들이 이어져 가는 추세다.

소록도는 녹동항에서 1km가 채 안 되는 곳에 위치하고 있다. 녹동에

서 보면 지척이다. 일제시대, 해방직후, 한국전쟁 등의 격변기에는 고도(孤島)의 섬을 탈출해 자유의 몸이 되고 싶어 녹동항으로 헤엄쳐 건너오다 익사한 환자들이 적지 않았다고 전해진다. 헤엄을 쳐서 건널 수 있을 것으로 착각했던 모양이다. 아니 목숨을 건 탈출이라고 해야 더 정확한 표현일 게다. 소록도에서 녹동으로 오는 중간에 이르다 보면 급류에 휩쓸려 죽은 사람들이 적지 않았을 터 그 절박감을 조금이나마 헤아려 본다.

섬의 모양이 어린 사슴과 비슷하다고 하여 소록도(小鹿島)라고 불리운다. 섬의 면적은 15만평 정도의 작은 섬에 불과하지만 깨끗한 자연환경과 해안 절경, 역사적 기념물 등으로 새로운 관광명소로 떠오르고 있다.

고흥에서 내세우고 있는 10경 중 2경에 속한다. 고흥을 찾는 외지인들에게 자연경관이 빼어나고 풍광이 좋기로 팔영산 다음으로 추천하고 싶은 곳이 소록도이다. 지금도 주민들이 100여명의 직원과 의료진의 도움을 받으며 생활하고 있다고 한다. 소록도 주민들의 평균 연령이 74-5세인 점을 감안하면 이제 대부분 노인들만 남은 셈이다.

소록도는 이청준의 소설 <당신들의 천국>의 공간적 배경으로도 널리 알려져 있다. 소록도의 삶과 애환 그리고 희생을 그린 여러 문헌들이 있지만 문학작품으로서 <당신들의 천국>을 빼놓을 수는 없다. 또 이 작품이 독자들로부터 많은 사랑을 받은 점을 감안하면, <당신들의 천국>이 소록도를 널리 알리는데 일정 정도 기여했다는 생각이 든다.

1976년 문학과지성사에서 단행본으로 출간되어 2003년에는 문학과지성사 판이 통산 100쇄를 넘겼다고 들었다. 독자들의 꾸준한 사랑을 받은 스테디셀러라고 해도 손색이 없는 작품이다. 동시에 23~24년에 이르는 동안 100쇄를 넘긴 것은 그만큼 이 작품에 담긴 의미와 자장(磁場)의 폭이 넓고도 깊음을 시사해 준다.

이 작품에 대해서는 이미 많은 연구자들이 여러 각도에서 이 소설을 분석하고 그 의미를 구명해 낸 바 있다. 하지만 아직도 이 작품에 담긴 의미가 충분히 드러났다고 단정하기는 곤란하다. 좋은 작품은 마치 '마르지 않는 샘물'처럼 시간이 지나도 독자들을 끊임없이 인간의 삶과 세상에 대해 새로운 성찰과 사유의 세계로 유도하는 열린 텍스트이기 때문이다.

2. 〈당신들의 천국〉 작품 속으로

굳이 전통적인 비평방법에 의지하지 않더라도 흔히 작가는 진공상태에서 존재할 수 없다. 작가는 동시대의 체험과 사회의 그물망으로부터 자유로울 수 없는 존재이기 때문일 것이다. 작가란 동시대를 살면서 누구보다도 먼저 인간의 삶과 세상에 대해 끊임없이 질문을 던지는 사람이다.

작품에 등장하는 공간적 배경 역시 작가가 언젠가 직접 가 본 곳을 재구성하는 경우가 많다. 허구적 공간도 있고, 허구적 공간으로 위장하기도 한다. 김승옥의 <무진기행>에서 '무진'은 작품상에서 존재하는 가상의 공간이기도 하지만, 한편으로는 '순천만의 대대포'와도 밀접한 관련성을 지닌다. 1) 작품의 의미를 해명하는데 있어서 실재하는 공간이냐 아니냐의 여부가 그리 중요하지 않을 수도 있다. 다만, 작품을 쓰

---

1) <무진기행>의 '무진'에 대해서는 연구자들마다 의견이 조금씩 엇갈린다. '무진'은 '순천만(혹은 대대포' 주변) 이라는 특정한 곳을 가리킨다기보다는 작가가 만들어 낸 "허구적 공간"이라는 관점이 대체로 우세하다. 요컨대, 어느 소도시 포구의 분위기가 합성된 공간인 셈이다. 하지만 김승옥의 <무진기행>에서 '무진'은 순천만 대대포의 정경과 분위기가 농밀하게 반영되어 있음도 부인하기 어렵다. 작가 스스로도 문학 강연이나 글에서 이러한 점을 피력하고 있다.

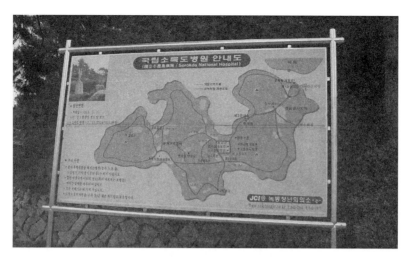

국립 소록도병원 안내도

는 작가의 입장에서 대체로 작품의 공간적 배경은 작중 인물 못지않게 여러 가지를 고려해서 신중하게 설정한다는 점만은 분명해 보인다.

물론 작가에 따라서 작품에서 공간이 차지하는 비중이 편차를 보이고 있어 일률적으로 말하기는 곤란할 것이다. 하지만 사건의 전개가 공간적 배경과 밀접하게 관련되는 만큼 공간성은 도외시할 수 없는 요소를 지닌다. 더욱이 한 사회의 공간 구조는 분명 그 사회를 총체적으로 규정하는 기본 조직 원리 또는 메커니즘에 의해 지배된다. 공간은 단순한 사회생활의 공간적 배경이 될 뿐만 아니라 사회적 관계의 산물이며, 동시에 사회적 과정과 끊임없이 상호 작용하는 것이다. 이런 점에서 소설에서의 공간묘사는 세계 인식을 위한 장치가 된다.

공간의 묘사를 통해 소설가는 세계에 대하여 갖는 관심의 정도와 질을 나타내 보인다고 할 수 있다. 특히 이청준의 소설의 공간인식은 여러 면에서 주목할 만한 요소를 지닌다. 그의 소설의 전개는 공간에 대한 독특한 인식 아래 서사를 진행시켜 나가는 만큼 작품의 의미를 해명하는 데에도 유효한 단서를 제공해 주기 때문이다.

여기서 우리는 잠시 <당신들의 천국>의 작품세계로 들어갈 필요를 느낀다. <당신들의 천국>은 소설의 표면적인 개요만을 따라 가자면 조백헌이라는 인물이 소록도 병원장으로 취임하여, 그 곳 나환자들에게 새로운 희망을 불러일으켜 주기 위해 애를 쓰는 얘기이다. 그 얘기는 3부로 나누어져 서술된다. <당신들의 천국>의 표면상의 주인공은 그러니까 조백헌이다. 그 조백헌과 맞서는 인상적인 인물이 2부에서 크게 제시되는 황장로이다. 표면적인 구조만으로는 <당신들의 천국>은 조백헌이라는 야심 많고 정열적인 한 인물의 무용담처럼 보인다. 그러나 작가의 진정한 의도는 그 조백헌의 단순한 제시에 있는 것이 아니라, 그 인물에 대한 복합적 비판에 있다. 그 비판을 가능케 하는 인물이 보건과장 이상욱과 신문기자 이정태이다.

조원장이 복합적 시선의 포로라는 점에서 <당신들의 천국>도 격자소설의 기본선을 따르는 것처럼 보이지만, 그 인물이 그 시선의 의미를 이해하고, 그것을 폭 넓게 감싼다는 점에서, <당신들의 천국>은 조백헌 개인의 성장을 그린 교양소설적 측면을 또한 갖고 있다. [2] 따라서 조백헌 원장의 말은 이 작품에서 유의미한 발언으로서 무게를 여전히 지닌다.

여러분은 아직도 무서운 병을 앓고 있습니다. 여러분은 물론 육신의 병은 놀랄 만큼 빠른 속도로 나아가고 있습니다. 하지만 여러분은 몸으로 앓고 있는 것보다는 더 무서운 질병을 마음으로 앓고 있다는 사실을 알았습니다. 이 섬은 구석구석이 온통 불신과 배반으로 가득 차 있습니다. 그리고 여러분과 이 섬은 지금까지 몸으로 앓아 온 더 치명적인 그 불신과

---

2) 김현, 「자유와 사랑의 실천적 화해」, 『이청준 깊이 읽기』, 문학과 지성사, 1993, 220-221쪽 참조. 이청준의 <당신들의 천국>과 관련하여 적지 않은 연구물들이 축적된 상태지만, 김현의 관점과 시각은 지금 읽어도 유효하고 명쾌한 구석이 적지 않다.

배반이라는 질병을 뼛속까지 깊이 앓아오고 있는 것입니다.

— 『당신들의 천국』 중에서

　조백헌 원장이 부임 후 원생들을 모아 놓고 하는 말이다. 문둥병은 그것 자체로 천형임에 틀림없지만, 이보다 더 무서운 것은 그것이 마음의 병이며 결국 '불신과 배반의 질병'이라는 것이 문둥병에 대한 그의 진단이다. 문둥병은 분명 육체적 질병임에도 불구하고 그것을 정신적인 질병으로 환치시켜 볼 때 그것은 또 다른 의미를 지닌다. 요컨대, 이 소설에서 문둥병은 인간의 보편적 질병이라고 해석할 여지를 주고, 나아가 그것은 질병이라기보다 인간 내면의 복합심리(콤플렉스)의 일종인 셈이다[3]. 이런 점에서 '무서운 질병을 마음으로 앓고 있다'는 병원장의 진단은 이 곳을 낙원으로 건설해 주겠다는 자신의 구상이 역대 원장들처럼 자신도 어쩌면 실패로 돌아갈 수 있음을 스스로 예감하는 대목으로도 읽힌다.

　이청준이 이상욱을 <당신들의 천국>의 주인공으로 내세우지 않고 조백헌을 주인공으로 내세운 이유는 무엇일까? 그것은 제목을 <당신들의 천국>이라고 붙인 것과 밀접한 관계를 갖고 있으리라. <당신들의 천국>의 '당신들'은 누구를 가리키는 것일까. 그 때의 당신들은 소록도에서 천국을 세우겠다는 의욕을 가진 원장들을 지칭하는 것이 확실하다[4]. 그것은 이상욱이 소록도를 탈출하면서 쓴, 조백헌이 오년 후에 받게 된 편지 속에 교묘하게 암시되어 있다. 이상욱이 대변하고 있

---

3) 이승준, 「당신들의 천국의 상징성 연구」, 『이청준 소설 연구』, 한국학술정보, 2005, 250쪽.
4) 이 소설에서 '당신들'은 이중의 의미로 해석되기도 한다. 전시적 공원이 된 섬일 경우 외부인이 보기 좋은 천국이라는 점에서 '당신들'은 섬 밖의 사람이 된다. 하지만 이처럼 '한센인'들만의 섬이라는 의미로 쓰일 수도 있는데, 이 경우 '당신들'은 문둥이가 된다.

는 이청준의 천국-유토피아는 헉슬리나 오웰과 마찬가지로 멋진 신세계도, 닫힌 동물농장도 아니다. 그것은 변모할 수 있는 열린 천국이다. 그 천국에서 우리는 이청준의 열린 개인주의의 흔적을 찾아낼 수 있을 것이다. 개인의 자유로운 결단과 선택이 없는 천국은, 그 천국을 버릴 수 있는 선택이 가능하지 못한 천국은, 이미 천국이 아닌 것이다. 5)

이런 점에서 윤해원과 서민원이라는 두 미감아의 결혼이 <당신들의 천국>의 대단원을 장식하고 있는 것은 의미심장한 일이다. 사랑을 전제로 한 미감아들의 결혼은, 열린 개인주의가 사회화하는 제일 좋은 전범(典範)이다. 그것은 개인과 개인을 화해롭게 모으고, 그것을 통해 개인과 개인 사이의 울타리를 열어버리는 효과를 지니기 때문이다.

3. 편견의 굴레와 애환이 서린 수난의 현장

소록도 선착장에 도착해 아내와 일상적인 얘기를 주고 받으며 소록도의 오솔길을 600여 미터 남짓 걷다 보면 제 2안내소가 우리를 반긴다.(제 1안내소는 선착장 부근에 있다). 안내소라는 표지판이 반가웠다. 한 때는 검문소라는 표현을 썼던 것으로 알고 있다. 검문소라는 표현보다 안내소가 훨씬 위화감도 덜하고 어감도 좋은 것 같다.

소록도에서의 검문소는 이곳 주민들과 방문객들에게 얼마나 위화감과 거리감을 주는 표현인가. 다행이다 싶다. 사람을 차별하고 편견의 굴레로 상처를 주는 말보다 배려하는 언어를 구사해 나갈 때 생각도 변해고 실천도 따르기 마련이다. 제2안내소부터 병원 관계자나 직원들의 차량 외에 일반 차량의 출입을 제한한다. 굳이 방문객 차량의 출입을 제한하지 않아도 바닷가의 정취가 물씬 묻어나는 한적한 길로 걷고 싶

---

5) 김현, 앞의 글, 224쪽.

1948년 10월 해방직후 자치권을 요구하다 직원(혹은 군인)에 의해 참살된 원생 대표 84명의 넋을 기리기 위해 세워진 추모탑

은 충동이 느껴진다. 해안도로를 따라 오른 편으로 백사장이 드넓게 펼쳐져 있다.

제2안내소를 지나 300여 미터를 걸으면 소록도 병원이 방문객들을 맞이해 준다. 그 병원 입구 바로 앞 바닷가 쪽으로 추모비 하나가 덩그렇게 세워져 있다. 1948년 8월 해방된 원년에 자치권을 요구하던 원생의 협상대표 84명이 이곳을 지키는 직원(혹은 군인)들에 의해 참살되어 소록도에 암매장된 것으로 전해진다. 2002년에 이르러 그 유해를 발굴해서 화장하고 억울한 그 넋을 기리기 위해 이 곳에 추모비를 세웠다고 한다.

아 ! 깜빡 지나칠 뻔 했다. 소록도 선착장에 내리면 순록탑이 녹동을 바라보고 서 있다. 한국전쟁 때 6000여명의 환자를 보호하기 위해 인민군의 지시에 불응하다 희생된 10여명의 직원과 목사 1명의 숭고한 희생정신을 기리기 위해 세워진 추모탑이다.

일제강점기 한센병 환자들이 강제로 정관절제 시술을 당했던 수술대

　어느 시대에나 광풍(狂風)은 있기 마련인가. 우리의 근현대사 역시 질곡의 암울한 역사로 점철되었다고 해도 과언이 아니다. 일제 강점기, 해방정국, 한국전쟁을 거치는 동안 민초들이 겪었을 설움과 한을 필설로 어찌 다 표현할 수 있으랴.

　혼돈과 광풍의 야만의 시대를 이 곳 소록도 역시 비켜갈 수는 없었을 것이다. 공원 입구에 이르기 전 오른편에는 일제강점기 한센병 환자들의 애환이 서린 역사의 현장을 마주 할 수 있게 된다. H자의 형태로 형무소와 다름없이 설계된 감금실도 한 눈에 들어온다. 일제시대 환자들에게 징벌을 가하고 인권탄압을 일삼았던 상징물이기도 하다. 바로 그 옆방은 한센병 환자들이 죽으면 이유 불문하고 화장을 하기 전에 시신을 해부했던 검시실(檢屍室)이 있다. 검시실 바로 옆 칸에서는 한센병 환자들을 강제로 정관절제 수술을 했던 허름한 목재 수술대가 있다.

　정관절제 수술을 강제로 해야 했던 어느 한센병 환자의 자작시 "단종대"는 방문객들의 가슴을 아직도 아리게 한다.

그 옛날 나의 사춘기에 꿈꾸던/사랑의 꿈은 깨어지고/여기 나의 25세 젊음을/ 파멸해 가는 수술대 위에서/내 청춘을 통곡하며 누워 있노라/ 장래 손자를 보겠다던 어머니의 모습/내 수술대 위에서 가물거린다/ 정관을 차단하는 차가운 메스가/내 국부에 닿을 때//모래알처럼 번성하라던/신의 섭리를 역행하는 메스를 보고/지하의 히포크라테스는/오늘도 통곡한다.

소록도 애환의 역사를 한 눈에 소상하게 알기 위해서는 제1, 2전시관을 둘러보는 것도 좋다. 소록도 애환의 역사를 기록과 문헌으로 전하고 있다. 전시관을 둘러보는 중에 소록도 사람들의 삶과 애환을 그린 책들 10여 권이 눈에 들어온다. 문헌 중에는 외국인들(주로 의사나 간호사)이 낯선 이국땅 이곳 소록도에서 헌신과 봉사로 한센병 환자들을 평생 돌보다 생을 마감한 사람의 일대기를 적은 책도 눈에 띄었다. 이청준의 <당신들의 천국>도 맨 앞에 자리에서 우리를 반기고 있다.

주민들의 애환이 서린 역사의 현장과 전시관을 둘러 본 뒤 중앙공원 입구에 이르니 한 주민이 우리를 반겨준다. 그는 공원과 관계된 역사의 상흔을 친절하게 안내하고 단체 사진을 찍어주기도 한다. 일제시대 연인원 6만 여명의 한센병 환자들을 강제 동원하여 7000여 평의 황토벌 야산을 천혜의 공원으로 보기 좋게 꾸민 곳이 바로 이 중앙공원이다.

소록도 방문객들은 대부분 이곳을 들르는 경우가 많다. 이곳에 심어져 있는 열대성 희귀 나무들은 일본, 중국, 대만 등에서 수입한 것이고, 공원의 돌들도 완도에서 가져왔다고 한다.

이 공원을 조성하기까지 한센병 환자들이 흘린 피와 땀을 생각하면 코끝이 찡해진다. 단정하고 깔끔하게 공원이 조성되어 소록도 방문객들에게는 휴식과 쉼터의 공간을 제공해 주고 있지만, 이곳 역시 한센병 환자들의 아픈 역사의 현장이 곳곳에 아로새겨져 있다. 공원 중앙에는

자신의 동상을 세우게 하고 이곳에서 환자들에게 묵념과 헌금을 강요하다 환자(이춘상은 후에 사형됨)의 비수에 목숨을 앗긴 수호 원장(周防正季)의 동상이 흔적만 남아 있다.

일제 강점기 연 인원 6만여 명의 한센인을 강제 동원하여 7000여 평의 야산을 천혜의 공원으로 보기 좋게 꾸민 중앙 공원 안의 구라탑

그는 제4대 병원장으로서 환자들에게 강제노역 및 가혹행위로 환자들로부터 원성이 자자했던 인물이다. 동상이 세워졌던 바로 앞에 <보리피리>의 시인, 한하운(韓何雲)의 시비가 누워 있어 묘한 여운을 준다.

문둥병 시인으로 널리 알려진 한하운의 시 〈보리피리〉가 세겨진 그의 시비가 누워 있다

중앙공원 둘러 본 뒤 공원을 안내한 주민과 함께 바로 옆에 붙어 있는 성당 안으로 들어갈 수 있었다. 소록도 주민들이 주로 찾는 성당이었다. 성당으로 들어가는 입구에는 "방문객 출입금지"라는 허름한 나무 간판이 있었지만, 이미 외지에서 소록도를 찾은 적지 않은 방문객들이 이런 편견의 울타리를 열어버리고 그들과 함께 하고 있었다.

소록도 주민들이 외지에서 온 일반인들과 함께 성당에서 미사를 보기 전에 성당 앞에서 잠시 대화를 나누고 있다

<당신들의 천국> 말미에 조백헌 원장이 윤해원과 서민영의 결혼 축사에서 한 말이 떠 오른다. 그는 두 사람에게 "두 분은 기왕에 남다른 사랑과 용기로 이 일을 이룩하였으니 앞으로도 계속 자신들의 방둑을 허물어뜨리지 말고 누구보다도 굳세게 그를 지키고 살찌워나가달라는 것입니다. 절벽을 허물어뜨리고 그 절벽 대신 따뜻한 인정이 넘나들 다리가 놓여져야 할 곳이 많습니다"라는 의미심장한 말을 한다. 소록도는 그러한 사랑의 싹이 열매를 맺어 이제는 편견의 울타리와 담장을 열어 버리고 소통으로 이어지는 효과를 거두고 있는 것은 아닌지 되짚어 보게 된다.

중앙공원을 돌아보는 것으로 소록도 일정을 마무리 했다. 주말이라 그런지 사람들로 다소 붐비었다. 평일에는 한적할 것 같다는 생각도 든다. 이제 소록도가 더 이상 고도(孤島)가 아니었으면 싶다.

4. 〈당신들의 천국〉의 천국과, 인간의 천국?

녹동으로 돌아오는 동안 〈당신들의 천국〉의 작가 이청준(작품)을 다시 한번 되새겨 보았다. 그의 작품세계를 관통하는 평자의 다음과 논평이 가슴에 와 닿는다.

> 이청준은 리얼리스트이다. 그런데 그는 사실을 직접 기술하는 것은 애써 회피한다는 점에서 당대의 리얼리스트와 구별된다. 그는 사실의 기술이 아닌 사실의 암시를 창작방법론으로 채택하고 있다. 그의 소설은 '발설이 불가피한 소설의 숙명과 증거가 용납되지 않는 배반의 논리'앞에 서 있다. 그는 사실을 드러냄 없이 이야기를 완성하고자 한다. 이러한 상호 모순이 빚어내는 긴장 속에서 그의 글쓰기는 이루어지고 있는 것이다. 그래서 그의 글쓰기는 얼핏 관념 투성이로 보이게 된다. 그러나 그는 산 아래의 세상을 깊이 염두에 두고 글을 써 왔다. 다만 그는 '세상을 향해 교리를 노출시키고 곧바로 작용을 하고 싶어 하는' 욕망을 억제하면서, '그 깊은 소망의 샘물을' 흘러 보내고 있는 것이다. 그것은 그가 '차 오르는 힘의 범람이나 그 폭발'을 경계하려는 의도에 기인한다. 우리가 그의 글을 힘들여 읽어내는 것은 이 때문이다. 6)

비슷한 맥락에서 이청준의 소설에 대해, 김현이 "내가 박경리나 이청준에게 존경심을 표현하고 싶은 것은, 그들이 포유동물과 인간을 구분하는 변별적 장치로서의 문학의 쓰임새를 그 누구보다도 투철하게 깨닫고 있는 것 같기 때문이다"7)라는 예찬은 최상급 비평가의 안목을 가늠하게 해 준다. 주례사적인 비평 정도로 폄하할 언급은 아닌 것 같다. 이청준 문학의 핵심을 겨냥하고 있는 것 같아 예사롭지 않게 들리는 이유도 여기에 있다.

---

6) 이대규, 『남도문학기행』, 이회, 1999, 162쪽.
7) 김현, 앞의 글, 219쪽.

올해 5월 우리는 <토지>의 작가 박경리를 잃었다. 많은 문인들이 자연인 박경리를 잃은 슬픔에 애도를 표하고 그의 넋을 위무했지만, 그의 작품 <토지>로 인해 우리들 가슴 속에 영원할 것임을 추호도 의심하지 않는다. 근래 들어 작가 이청준 선생의 건강이 썩 좋지 않아 그(작품)를 아끼는 문우들과 독자들을 안타깝게 하고 있다. 이곳 남도에서도 안타까운 소식을 듣고 있다. 창작활동을 거의 못할 정도로 건강이 나빠졌다는 우울한 소식도 전해진다. 노 작가도 흐르는 시간과 세월의 무게는 감당할 수는 없는 것일까.

이청준은 순천대 문창과 석좌교수를 맡고부터 남도행이 부쩍 잦아졌던 것으로 알고 있다. 나도 문창과 학생들 틈에 끼여 그의 강연(강의)을 접할 기회를 몇 번 가졌다. 본인 스스로 대강당에서 많은 학생들을 모아놓고 하는 대중 강연보다는 문창과 학생들과 강연 소문을 듣고 온 관심 있는 몇몇의 시민들이 옹기종기 모여 앉아 있는 강의실을 더 선호

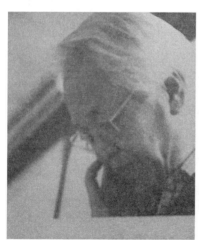

故 이청준 작가의 생전의 모습

이청준 작가의 추모1주기를 맞아 학술제와 학술대회 결과물을 모아 2012년 만든 『이청준과 남도문학』(소명출판)

하는 것 같았다. 문학 지망생들과 문학 애호가들 앞에서 문학에 대해 이런저런 얘기를 마치 할아버지가 손자에게 재미있는 얘기를 조곤조곤 들려줄 때 그 표정처럼 더 없는 편안함과 열의를 느낄 수 있었다. 가끔은 다소 멋쩍은 표정과 특유의 위트로 강의실 분위기를 화기애애하게 만들어 갔던 기억도 새롭다. 목소리의 톤은 높지 않지만 문학에 대한 그 울림의 폭은 넓고도 깊었다.

한편, 이청준은 '가열한 정신주의자'이기도 하다. 좀 과격한 표현을 빌리면, "밀교의 교주"8)와도 같다. 그는 이 땅에서 살아가는 사람들의 아픔, 소망, 절규를 소설에 담아 왔다. 스스로 이것을 밝힌 바도 있다. "문학은 불행의 그림자를 먹고 사는 괴물"9)이라고. 삶의 압력, 현실의 압력이 가중되면 이걸 견뎌내려는 정신의 틀을 만드는 것, 이것이 문학 활동이고 문학적 상상력이라고. 그래서 그는 짓밟힌 이 땅 사람들의 상처를 기억하고 있다. 그럼에도 불구하고 이청준은 자신의 신전에 모인 신도들에게 복수를 가르치지 않는다. 지배와 구속을 말하지 않는다. 사랑, 자유, 화해, 해방, 그리고 용서를 말한다.

<당신들의 천국>이 담고 있는 메시지 역시 이러한 점들과 상통하는 바 크다. 이청준은 사랑은 주체의 의지에 의해 완성되는 것이 아니라, 객체의 수용에 의해서만 가능하다고 말한다. 사랑은 선물이며, 은총이다. 얼마나 많은 사람들이 지배 욕망을 사랑이라고 믿고 있는가? 사랑을 내세우며 자신의 동상을 세우는 자는 배반당할 수 밖에 없다. 문둥이가 되지 않고 문둥이를 사랑할 수 없다고 이청준은 말한다.

한센병 환자들에게 '천국'을 건설해 주겠다던 조백헌이라는 원장의 모습이 다시 한번 크로즈-업 된다. 조백헌이라는 긍정적 인물을 통해

---

8) 이대규, 앞의 글, 162쪽.
9) 이청준/권오룡 대담, 「시대의 고통에서 영혼의 비상까지」, 『이청준 깊이 읽기』, 문학과 지성사, 25쪽에서 재인용.

이청준이 제시하고 있는 문제는 무엇일까? 그것은 사회 구조에 관한 근본적·급진적 문제이다. 그 문제제시야말로 이청준이 가장 공들이고 있는 것이고, 사실상 이청준의 정치학의 핵심문제이기도 하다. 어떻게 하면 인간 사회는 천국이 될 수 있는가?

그 점에 대해서 이청준이 제시하고 있는 주장은 대체로 두 가지로 압축될 수 있을 것이다. 하나는 힘의 행사는 사랑과 자유 위에 기초하고 있어야 한다는 것이고, 또 하나는 인간의 천국이 다른 인간의 천국과 대립되는 개념이어서는 안 된다는 것이다. 힘의 행사는 사랑과 자유 위에 기초하고 있어야 한다는 그의 주장은 자유 없는 힘의 행사나, 사랑 없는 힘의 행사는 힘의 남용이나, 말의 엄밀한 의미에서 힘이 아니라는 생각 위에 기초해 있다. 10) 자유 없는 힘은 끊임없는 배반만을, 사랑 없는 힘은 강요된 의무만을 낳을 것이기 때문이다.

자유나 사랑에 기초한 실천적 힘이야말로 인간 사회를 천국으로 만드는 기본 여건인 셈이다. 그는 동시에 자유만 있는 사회, 자유뿐인 사회의 가능성에 대해서도 상당히 회의적이다. 이는 황장로의 진술을 통해 어느 정도 암시되고 있는데, 자유에 앞서는 사랑이 천국의 여건이라고 보는 것은 아닌지 되새겨 보게 한다. 지배자와 피지배자가 서로 사랑으로 행할 때, 사회는 천국스러워지기 때문이다. 사랑이 '말의 복수'에 의해 그 진정성이나 순수함이 그 흔적조차 사라져 가는 세태라고는 하지만, 그 본질만은 마지막 보루로 엄호되어야 할 영역이니까.

이청준이 꿈꾸는 인간의 천국은? 우리는(독자는) 그 단서를 그가 평생 일궈낸 작품들을 통해서 어느 정도 추적할 수 있을 뿐이다. 그의 삶이나 문학에 대한 글쓰기의 집요함은 마치 세계에 대해 끊임없이 회의하고 질문하는 구도자의 모습과 같다.

---

10) 김현, 앞의 글, 223쪽 참조.

그는 자신의 소설 <지배와 해방>에서도 작가는 언제나 그가 도달한 세계에서 또 다른 다음 번 이념의 문을 향해 끝없이 고된 진실에의 순례를 떠나야 하는 숙명적인 이상주의자일 수밖에 없다고 한 적이 있다. 어디에도 신전을 지을 수 없어 자신의 신전을 등에 짊어지고 끊임없이 구도의 길을 떠나야 하는 나그네와 같은 삶이 바로 소설가라는 것이다. 인간 세상에서 진실을 가로막는 여러 원인들에 대해 문학을 통해 나름으로 진단하고 처방하려는 노력을 지속해 왔던 것도 이런 점과 무관할 수 없을 것이다. 그것도 일방적으로가 아니라 대화를 통해서 넌지시 건네는 방법으로.

5년여 전 은사님과 함께 한 소록도행은 내 자신을 돌아보는 성찰의 시간이었다. 문학을 공부하고 가르치는 사람으로서의 가져야 할 자세와 열정을 곧추 세우면서 스스로를 다짐하는 시간이 됐다. 정신의 자양분을 얻는 시간이었던 셈이다.

이번의 소록도행은 이 땅에서 살아가는 작가의 존재, 문학이 꿈꾸는 '살 맛 나는 삶과 세상'을 되새겨 보는 시간으로 채워졌다. 옆에 동승한 아내와도 이청준의 작품세계와 관련된 대화를 나누면서 애독자의 한 사람으로 굳히는데 성공(?)한 것도 부수적인 소득이리라.

정말 더 큰 수확은 아내와 함께 하는 답사에서 가슴 한 켠에 자리 잡은 또 다른 반려자로 문학이 자리하고 있었음을 새삼 확인할 수 있었다는 점이다. 늦은 점심을 먹고 순천의 집으로 돌아오는 발길이 버거우면서도 가볍다.

●(이 글은 대학교수로 재직하면서 창작을 겸하는 회원들이 주축이 되어 만든 『소설시대』 제14호(한국작가교수회, 평민사, 2008, 9)에 수록된 글을 일부 깁고 수정한 것임).

'생오지'에서 문학의 향기를 맡고, 나눔의 정신을 배우다.

우리 사회가 과거에 비해 대체로 물질적으로 풍요로워진 것은 사실이다. 물질적인 풍요만큼이나 사회 각계의 의식수준이 고루고루 높아졌다고 보기는 힘들다. 그러한 징후들은 도처에 도사리고 있다. 이러한 현상을 두고 두루뭉수리한 표현으로 '경박해져간다'는 우려 섞인 목소리도 적지 않게 들리는 요즈음이다. 사회가 '경박해져간다'는 우려 속에서 한편으로는 희망을 불씨를 담아보지만 바람직한 현상은 정녕 아니다.

이는 천민자본주의 혹은 물신주의(物神主義)가 우리 사회에 미만(彌滿)해져 가는 한 측면과도 무관할 수 없거니와 적어도 하나의 원인으로 작동하는 측면이 크다는 생각도 떨칠 수 없다. 물질적 풍요 속에서 정신의 풍요로움이 뒷받침되지 않은 사회는 경박함을 동반하기 마련이다. 남을 배려하고 존중하는 풍토 혹은 나눔과 정신과는 그만큼 거리가 멀다. 우리 사회의 건강성을 회복하기 위해서는 우선적으로 물질적 풍요에 걸 맞는 정신의 조화가 요구되는 것도 이런 맥락에서다.

이런 시대에 사는 작가로서 온당한 의미를 부여받기 위해서는 무엇보다도 마음의 글밭을 부지런히 일구는 '농부'의 자세가 요구된다. 동시에 작가는 이 땅에서 벌어진 시대고(時代苦)를 포함하여 개개인의 온갖 상처를 어루만지고 치유해 주는 정신상담사와 같은 존재여야 한다(필자는 이런 맥락에서 작가를 무당에 비유한 적도 있다). 특히 격동의 근현대사를 겪으며 살아온 노년기에 이른 작가야말로 우리의 소중한 문화적 자산임은 두 말할 나위가 없다.

이들은 한국전쟁의 광풍(狂風)을 어린 시절 겪고 4·19를 거쳐 5·18 광주항쟁에 이르는 수난과 격동의 세월을 원체험하고, 이것을 문학적으로 형상화하고 있는 세대라는 점에서 현대문학의 보고(寶庫)라고 해도 과언이 아니다.

문순태 선생 또한 근현대사의 격동기를 온몸으로 체현하며 살아온 세대의 작가다. 선생은 민주화에 대한 열망으로 사회가 요동치던 무렵 언론계에서 재직하는 동안(1988~1996년까지 전남일보 편집국장과 주필을 역임한 바 있다)은 물론이거니와 대학 강단에서 문학도를 가르치는 교수로서 재직할 때에는 더 더욱 소설쓰기를 멈추지 않았다. 선생은 소설 위에 그 어느 것도 상위 개념으로 두지 않고 평생을 '글 감옥'에 갇히기를 자임한 작가다.

선생의 대표적인 장편소설로 연구자들 사이에 거론되는 『타오르는 강』(9권)을 비롯하여 연작소설 『징소리』, 『그들의 새벽』, 『41년생 소년』등을 빼고 창작집만도 10여 편이 넘는 그의 문학의 궤적이 이를 말해준다.

문순태 선생은 정년퇴임하고 담양의 '생오지'에서 정착한 후에도 자연의 소리가 옴씰하게 살아있는 건강한 생명력의 공간을 소설로 형상화한 열 번째 창작집 『생오지 뜸부기』를 비롯하여 일제강점기 광주학생독립운동을 소재로 한 장편소설 『내일』, 그리고 산문집 『생오지 가

문순태 작가의 생오지 창작촌에서의 집필 모습(2015)

는 길』을 상재한 바 있다. 뿐만 아니라 '작가지망생'을 대상으로 한 '생오지 창작대학'을 통해 후학 양성에도 남 다른 열정과 관심을 기울이고 있다.

문학에 뜻을 두고 있는 젊은 세대들에게는 진정한 작가의 길을 제시하는 사표(師表)가 되고, 문학도로서의 삶에 가치를 두고 있는 동시대 작가들에게는 신선한 자극이 되고 있다. 문순태 선생의 창작의 산실이자 문학에 뜻을 둔 후학들을 위해서 봉사(?)하는 공간인 '생오지'를 방문하여 문학의 궤적을 더듬어 보고, 담소의 시간을 통해 지혜로운 인생의 길도 묻는 시간을 가졌던 소회를 적는 이유도 여기에 있다.

'생오지'에서

문순태 선생이 정착한 생오지는 광주에서 30~40분이 소요되는 담양의 한적한 마을이다. 작가와 필자와의 처음 만남은 얼추 2년여 전으

생오지 공간 내부. 문하생들의 창작열로 뜨거운 현장이기도 하다.

로 기억되며, 모처럼 뵐 수 있다는 점이 설렘으로 다가왔다. 나는 우연히 생오지에서 음악을 곁들인 문학제를 연다는 소식을 접하고 지인들 몇 명과 함께 이곳을 방문할 기회를 가졌다.

선생은 생오지에 정착한 이후 온갖 꽃들이 산하를 울긋불긋 물들여 보기 좋은 상춘의 계절이 오면 매년 마을의 어르신들과 외지의 지인들을 초대해서 오붓한 '생오지 문학제'를 열어 왔던 것이다. 생오지의 풍광과 자연의 아름다움이 어우러진 곳에서 문학의 향기를 함께 나누고 싶은 소박함에서 비롯된 측면이 크다.

당시 나는 노작가와의 짧은 만남 속에서도 따뜻함과 온유함이 배어 있음을 느낄 수 있었다. 아직도 귀에 쟁쟁한 것은 "나는 소설을 평생 써 왔지만 아직도 소설을 잘 모르겠습다"라는 말이었다. 소설에 대해 잘 모르거나 혹은 소설을 쓰려는 작가 지망생의 입장에서 나오는 하소연(?)과 평생 소설을 써 온 원로작가의 입에서 '소설을 아직도 잘 모르겠다'라는 말의 의미를 같은 층위에 놓을 수는 없지 않은가. 당연히 깊은 뜻을 함축하고 있었으며 신선한 충격으로 다가왔다. 소설 창작을 '구도

2010년 봄 작가의 고향 생오지에 와서 아내 유영례와 함께

(求道)'의 자세로 임하는 진정성과 숙연함이 배어 있었기 때문이다.

근래 들어 생오지는 부쩍 사람들의 발길이 잦은 곳이 되었다. 주변의 풍광이 좋아 드라이브 코스로 이곳을 찾는 사람들이 늘어나는 탓도 있지만, 주말에는 인근 광주는 물론 전주, 부산 등에서 작가의 가르침을 받으려는 문하생들의 발길이 잦기 때문이기도 하다.

내가 방문한 주말 오후도 30여명의 문하생들이 정기적으로 모여 습작품 합평회 및 토론회를 하기로 되어 있는 날이어서 창작의 열기로 후끈 달아 오른 현장을 생생하게 목격할 수 있었다. 중간에 잠시 쉬는 시간을 이용해 선생의 서재를 잠시 둘러보았다. 선생의 서재는 문학관련 서적뿐만 아니라 다양한 종류의 책들로 책장을 빼곡하게 가득 채우고 있었다. 어림잡아 2만여 권에 정도는 족히 되지 않을까 싶었다.

선생의 창작 지도는 주로 이곳 서재에서 이루어지고 있었는데, 30여

명 정도는 함께 할 수 있도록 의자와 소파가 준비되어 있었다. 나는 서재를 둘러보다 선생이 지금까지 낸 작품집들이 우선 눈에 들어왔다. 선생이 낸 창작집들을 보면서 마음 한 켠에서 놀라움도 일었다. 평생을 소설쓰기에만 올인(?)하지 않고는 도달할 수 없는 위업으로 다가왔기 때문이다. 동시에 선생의 대표적인 작품들 몇 편을 겨우 읽은 것에 대한 미안함과 게으른 문학 연구자로서의 부끄러움도 밀려왔다.

생오지 문예창작촌 전경. 산하에 꽃이 피는 봄과 신록의 계절, 그리고 가을의 풍광은 생오지로 가는 발걸음을 가볍고 부산하게 한다

서재에서 바라본 밖의 풍경 또한 아늑하고 정겨웠다. 생오지 '문학의 집' 곳곳에는 선생의 땀과 정성어린 손길이 묻어 있음을 짐작할 수 있었다. 정원의 잔디를 깎고, 꽃과 나무들을 관리하는 문제도 녹록치 않아 보였다. 선생의 생오지 공간에 대한 각별한 애정과 관심은 문학에 뜻을 둔 후학들이 마음

껏 좋은 글을 쓸 수 있는 창작의 공간으로 활용되었으면 하는 바람으로
이어졌다. 생오지 마을에 대한 선생의 각별한 애정이 묻어나는 자작시
<생오지 가는 길> 1편을 여기에 소개해 놓는다.

버스도 오지 않는
휴대폰 통화권 이탈지역
허공에 뜬 별산 바라보며

조붓한 골짜기 들어서면
꽃잎 같은 세상
흙먼지마저 향기롭다

대밭 모퉁이 돌아
전설에 묻힌 쌍룡소 휘어들면
소쿠리 속에 오롯이 감춰진
꽃동네 생오지

들꽃 같은 사람들이 모여 사는
그곳에 가면 누구나
흙이 되고
꽃이 되고
시인이 된다

문학의 향기, 문학의 길 묻기

문순태 선생은 창작의 시작은 1965년 김현승 시인의 추천으로 시로
입문한 사실은 문단에 그리 널리 알려지지는 않은 것 같다. 그리고 보
니 올해는 문순태 선생이 김현승 시인의 시 추천을 받아 현대문학에 등
단한 지 45년이 되는 해이기도 하다. 선생이 소설을 본격적으로 쓰기

생오지 문예창작촌 표지판

시작한 것은 1974년 『한국문학』 신인상 공모에 소설 <백제의 미소>가 당선되면서부터라고 회고한다. 그 후 김동리 선생의 문하에서 본격적으로 소설공부를 시작했다고 전한다. 선생은 소설가이지만 평소 시를 가까이 할 뿐 아니라 시작(詩作)에 대한 열의도 여전한 이유를 조금은 알 것 같았다. 생오지 정원의 곳곳은 그의 시심을 확인할 수 있을 뿐 아니라 시적 깊이를 가늠해 볼 수 있는 또 하나의 문학공간이다.

선생의 땀과 정성이 배어있는 생오지의 정원을 둘러보다 선생의 자작시를 새겨놓은 시비 2개가 우선 나의 눈길을 끌었다. 구순의 노모에 대한 그리움과 사모의 정이 물씬 묻어나는 시 <어머니의 향기>와, 최근에 평생 작가의 곁을 함께 해온 아내와의 노후를 오붓하게 보내면서 느끼는 고마움과 감사의 정을 그린 <인연>이란 제목의 시비가 바로 그것이다. 특히 선생은 노모의 삶에서 문학의 자양분을 얻고 직접 창작의 소재로 삼기도 했다. 노모의 지난한 인고의 삶은 소설가로서의 선생의 삶에도 많은 영향을 끼치고 있음은 물론 문학 궤적에도 적지 않은 영향을 주었던 속내를 스스로 밝힌 바도 있다.

내 소설의 뿌리는 바로 향토 같은 우리 어머니의 질척한 삶에 있다. 나는 어머니의 척박한 삶을 통해 소설의 정신을 본다. 지금까지 소설을 써오면서 가능한 한 어머니의 정서와 가치관을 통해 가식 없는 시각으로 세상을 바라보려고 했다. 어머니의 삶 속에는 해방공간 이후 6·25의 비극적 고통과 궁핍의 슬픔, 가부장적인 남성적 세계관이 빚어 낸 비인간적인 폭력, 아름다운 모성 본능, 한과 끈질긴 여자의 생명력이 오롯이 담겨져 있다. 나는 어머니를 통해 그것들을 열심히 찾아내서 소설에 담아내려고 했다.

인용한 대목은 2006년 대학 강단에서의 정년퇴임을 몇 달 앞두고 낸 창작집 『울타리』(이룸, 2006)의 서문에 나오는 내용이다. 『울타리』보다 앞서 낸 소설집 『된장』(2002, 이룸)의 서문에서도, 선생은 자신의 문학관을 노모의 삶과 연결시켜 비슷한 맥락의 인생관을 피력한 바 있다. "나도 된장처럼 살고 싶다. --내가 추구하고자 하는 것은 지나치게 맵고 쓰고 짜고 시고 단 맛을 적절하게 아우르는 된장 맛에 있다. 된장 맛은 신념이나 선택의 문제가 아니라, 관용과 포용의 미학이며 전통 속에 이어온 우리 민족의 아름다운 정신이기 때문이다"라고.

필자는 근래 노년소설과 관련해서 논문을 준비하던 중 선생의 창작집 『울타리』에 실린 <늙으신 어머니의 향기>, <은행나무 아래서>, <느티나무와 어머니>, <대나무 꽃 피다> 등을 인상적으로 접한 바 있다. 선생은 노모를 모델로 하거나 혹은 노인의 삶을 통해서 궁극적으로 인생의 의미를 심도 있게 파헤치고 있었다.

각기 독립된 이야기이지만 본격적인 노년소설의 전형에 해당하는 작품들로서 인간의 삶과 사회현상 그리고 세상을 꿰뚫어 보는 노작가의 안목과 연륜이 묻어 있음을 확인할 수 있었다. 선생의 노년소설에서 노년의 삶을 통해 관용과 포용의 미학을 넘어 소통의 중요성을 역설하고 있음을 주목해서 살펴 본 기억도 있다.

완간된 대하소설 『타오르는 강』(9권)

문순태 작가의 창작집과 저서 목록

한편, 문순태 선생은 생오지에서의 자연의 소리에 귀 기울여 생명의 공간을 소설로 형상화한 창작집 『생오지 뜸부기』(2009)와 산문집 『생오지 가는 길』(눈빛, 2009)을 상재한 바 있다.

나는 생오지를 방문하기 전에 산문집 『생오지 가는 길』을 대략적이나마 다시 한번 살펴볼 기회를 가졌다. 한적한 시골마을에서 자연의 소리에 귀 기울이며 사는 일상을 맛깔스럽고 심도 있게 접근하고 있다는 점에서 창작집 못지않게 인상적으로 다가왔다. 평범한 일상에서도 사색의 끈을 놓치 않고 얼마나 치열하게 삶을 일구어 가는지를 가늠해 볼 수 있었기 때문이다. 산문집을 통해서 세상을 보는 선생의 지혜와 삶의 깊이를 가늠해 볼 수 있는 점도 신선한 충격이었다. 말미(末尾)에는 작품의 소재와 관련된 창작시를 한편씩 소개해 놓은 경우도 있어 선생의 시심(詩心)을 접할 수 있다. 뿐만 아니라 향토적이면서 정겨움이 묻어 있는 맛깔스러운 사진도 첨부해서 산문집으로서의 격을 높이고 있다.

#후학들과 함께 하는 길

오후 2시에 시작된 작품 합평회와 열띤 토론은 생오지 주변이 조금은 어둑해질 무렵이 되어서야 끝났다. 작가 지망생들의 입장에서 문순태의 선생의 지도를 받는 이 시간이야말로 다소 긴장되기도 하겠지만 앞으로 작품을 쓰는데 많은 보탬이 될 것 같았다. 문순태 선생은 습작품에 대한 문하생들 스스로의 허심탄회한 평가를 유도하면서도 꼼꼼하게 작품의 수정 방향을 제시하거나 부족한 부분을 조언해 주었다. 문하생들의 습작품을 정독하고 조언의 방향을 잡는데 적지 않은 시간을 할애하고 있음도 미루어 짐작할 수 있었다.

생오지는 문순태 선생이 성장한 마을이고 고향이다. 선생은 "열세 살 때 6·25를 만나 빗발치는 총알 사이를 뚫고 고향을 떠나 창안백발이 되어 다시 돌아온 셈이죠"라고 회상한다. 문순태 선생은 어느덧 칠순을 넘어섰다. 11) 소설 창작을 위해서는 고도의 집중력이 요구되는 만큼 작가로서는 적은 나이가 아닌 셈이다. 그저 선생이 목숨처럼 귀히 여기는 창작에만 몰두하면서 마음 편하게 살 법도 하다.

하지만 선생은 후학들의 양성에 대한 관심과 열정은 여전하다. "작가 지망생들의 습작 소설을 여러 편 읽다 보면 솔직히 머리에 쥐가 날 정도로 머리가 멍한 경우도 있습니다. 하지만 이들이 문학의 가치에 귀 기울이고 있는 점들이 소중하게 다가와요. 소설을 쓰다 보면 시행착오도 많이 겪고, 또 이렇게 쓰는 것이 제대로 쓰는 것인지 마음의 갈등을 많이 느끼기 마련인데—우리 후학들은 이런 시행착오와 전철을 가능한 적게 받았으면 하는 생각이 들더군요. 또 치열하게 문학에 인생의 모든

---

11) 이 글을 쓴 당시의(2010) 작가의 나이다. 문순태 작가는 1941년생이니 지금은 팔순이 넘은 원로이다. 지금도 창작 및 전집 발간을 통해 독자와의 소통을 지속하고 있다는 점에서 영원한 현역이기도 하다. 필자가 이 글을 쓴 시점(2010) 이후에도 작가는 대하소설 『타오르는 강』(소명출판, 2012)을 9권으로 완간했을 뿐 아니라 소설 창작집과 시집을 꾸준히 출간했다. 보다 구체적인 것은 전흥남 엮음, 『문순태 소설의 시대정신』, 국학자료원, 2018, 559~567쪽 "문순태 작가 연보" 및 "창작집 및 저서목록" 참고.

문순태 작가의 최근 모습

것을 걸 만큼의 열정과 패기를 가진 지역의 문학 지망생들에게 보탬이 되고 싶었습니다."

문순태 선생은 문하생들과 함께 하는 시간을 소중하게 생각하고 있음을 짐작하고도 남았다. 문학을 뜻을 둔 후학들에 대한 관심과 배려가 없다면 가능하지 않은 일이다. 원로 작가의 입장에서 후학들의 습작품을 읽고 지도하는 것이 결코 쉬운 일은 아닐진대, 항상 웃음을 머금고 문하생들을 반갑게 맞는 모습이 그려졌다. 이것은 후학들과의 소통을 통한 나눔의 정신에서 비롯된 측면이 크리라. 선생은 문학의 길 역시 일정정도 글 감옥에 갇히는 고독이 필요한 영역이지만, 사람들과의 부대낌과 인간적 유대로부터 자유로울 수 없다는 말도 곁들였다. 선생은 문학의 길을 통해 이것을 몸소 실천하고 있는 건 아닐까.

인생의 길, 나눔의 미학

나는 작가 지망생들과의 합평회가 끝나고 저녁 무렵이 되어 생오지 근처 '숲 속의 무릉도원'으로 자리를 옮겼다. 선생은 일주일 전 노모를 여의고 슬픔이 채 가시지 않은 상태에서 4-5시간에 걸친 문하생들의 습작품에 대한 합평으로 피곤할 법도 한데 기꺼이 시간을 내 주었다. 작가의 아내로서 묵묵히 평생을 함께 해 온 사모와 문하생들 몇이 함께할 수 있는 자리여서 더 정감이 흘렀다.

우리는 흔히 명성에 비해 그 사람의 그릇이 받쳐주지 못하는 경우를 종종 본다. 명불허전(名不虛傳)을 무색케 하는 경우를 말한다. 이런 경우 일반적으로 기대치가 커서 그런지 아니면 소시민적인 자신의 삶을 은연중 합리화하려는 경우에서인지 엄정하게 분별하기는 쉽지 않다. 다만 필자는 어느 한 분야에서나 자타가 공인할 정도로 명성을 쌓고 지속적으로 그 생명력을 이어가는 사람은 남 다른 열정을 갖고 있다고 보는 입장이다.

면밀하게 들여다보면 생각이 남 다르고 살아가는 방식도 좀 다르다. 자신이 서야 할 곳을 찾아 의연함을 잃지 않는 자세를 취할 뿐 아니라 항상 프로정신을 잃지 않는다. 문순태 선생과의 짧은 만남을 통해서 진정한 작가의 자세와 문학에서의 나눔의 정신을 실천하고 있음이 소중하게 다가온 이유이기도 하다.

필자는 문순태 선생과의 저녁식사가 끝난 뒤 순천으로 아쉬운 발길을 돌렸다. 선생의 작품세계와 삶과 관련해서 궁금한 사항이 더 있었지만, 여러 면에서 심신이 지쳐 있을 것 같아 오늘은 저녁 식사를 함께 하는 정도에 머물러야 할 것 같았다. 문순태 선생은 순천으로 행하는 나의 발길에 "먼 길인데 조심하라"는 덕담과 함께 포근한 미소로 마중했다.

나이를 먹어도 생각이 젊어 소통하기를 즐겨하고, 또 목숨을 바꿀 만한 가치에 혼신의 열정을 기울이는 삶은 세월이 비껴가는 것은 아닐까 하는 생각도 들었다. 문학의 열정이 식지 않는 노작가에게 정년은 없을 것 같았다. 문순태 선생과의 오붓하고 행복한 만남을 오랜 동안 기억하고 싶은 이유도 여기에 있다.

●(이 글은 『소설시대』 제18호(한국작가교수회, 평민사, 2010, 11)에 수록된 글을 일부 깁고 수정한 것임. 작가와의 인터뷰를 겸한 형식의 글이었는데, 당시 문순태 소설가는 노모님을 여읜 지 일주일도 되지 않은 상태로 허전함이 클 터인데 기꺼이 인터뷰에 응해 주셨음).

군산 채만식문학관과 고군산군도

1. 떠나는 즐거움

언젠가 노년세대를 주요 대상으로 한 설문조사에서 아쉬운 것을 몇 가지 들라고 하니 '이 좋은 세상에 여행을 많이 못 가본 것이 후회된다'는 대답이 상위에 랭크된 것을 본 적이 있다. 여행을 자주하고 싶은 마음은 젊은 세대도 마찬가지일 것이다. 이처럼 특별한 경우를 제외하고는 노소를 불문하고 여행을 자주 하고 싶어 한다. 여건상 여행을 자주 못가는 것을 아쉬워 할 뿐이다.

여행이 사람의 마음을 설레이게 한다는 점도 이와 맞물려 있다. 누구와 함께 하는지 또 당시의 심리상태에 따라 온도차는 있겠지만, 낯선 곳으로의 여행은 설레이기 마련이다. 한 두 번 가본 곳이라도 떠나면 일단 좋다. 익숙한 곳에서 머무는 동안 느끼는 평안함도 추구하지만 낯선 곳으로 향하는 인간의 호기심이 오늘날의 문명국가를 이루어 낸 원동력이라고 하면 과장일까.

작가들도 글이 안 써질 때면 여행을 종종 한다. 여행을 통해 글감을

나 가거든

나 가거든 손수레에 들꽃
가득가득 날 덮어주오
마포 한 필 줄을 메어
들꽃상여 끌어주오

- 채만식 유언문 중에서 -

채만식의 유언의 일부를 새겨 놓은 문학관의 울타리 근처

얻기도 하고 재충전해서 돌아온다는 소리도 듣는다. 그냥 떠나는 여행
도 있겠지만, 작가의 경우 여행은 글감을 얻거나 충전을 위해 떠나는
경우가 더 많다. 순천문인협회 주관의 문학기행도 이러한 범주에 들지
만 우선 회원들 간에 소통과 친목을 위해서 함께 떠난다.

오늘이 바로 순천문인협회(이하 순천문협, 회장 전홍남)의 주관으로
문학기행을 가는 날이다. 무엇보다 순천문협 회원들을 비롯해서 문예
대학을 수강하는 시민들, 그리고 동인회 회원들과 함께 할 수 있어 뿌
듯하다. 예년에도 글쓰기에 관심을 갖는 시민들과 함께 떠나곤 했다.
이번의 경우 만석(滿席)이 될 정도로 호응해 준 점도 고맙다.

참석인원이 많으면 준비하는 입장에서는 신경이 더 쓰이는 것도 사
실이지만, 함께 하는 인원이 적은 경우에 비할 수 있으랴. 행사를 주관
하는 입장에서 제일 힘든 것이 참석 인원이 적을 때다. 호응이 적은 것
같아 심리적으로 위축되기도 하고 약간의 자괴감(?)도 밀려오기 마련
이다.

그런 점에서 이번 문학기행은 기분 좋은 출발이다. 군산의 채만식문학관, 군산근대역사박물관, 그리고 고군산군도를 둘러보는 일정으로 짜여져 있다. 모두가 안전하고 추억에 남는 문학기행을 기대하며 우리는 군산으로 출발했다.

2. 채만식의 작가정신을 좇아서-『채만식문학관』

제일 먼저 들른 곳이 채만식문학관이다. 채만식문학관은 그렇게 크지 않고 아담하면서도 소박하게 꾸며져 있었다. 예정시간보다 20여분 먼저 도착했기에 영상실로 가서 작가 채만식의 일대기를 먼저 감상했다.

문학관 해설사를 기다리는 동안 나는 문학기행 관련 자료를 준비한 입장에서 몇 가지 설명을 보탰다. 채만식의 주요 작품들과 그의 작가정신을 중심으로 짤막하게 안내했다.

채만식은 생전에도 깔끔한 성격의 소유자로 알려져 있다. 남이 쓰던 숟가락을 사용하고 싶지 않아 본인의 수저를 갖고 다닐 정도로 청결을 고집하는 결벽증 성격의 소유자였다.

또한 채만식은 내성적이었으며 평생 남의 셋방을 전전할 정도로 궁핍한 생활을 이어간 것으로 전해진다. 문학관에는 평소 이런 그의 행적과 흔적들을 알아볼 수 있도록 유품들이 가지런하게 정리되어 있었고, 문학관을 둘러보는 동안 작가로서의 그의 삶과 주요 작품에 대한 해설사의 설명도 이어졌다.

채만식은 전북 옥구군 임피면 읍내리 출생해서 1924년 단편소설 「세길로」를 통해 『조선문단』에 등단하고, 타계하기 직전 1950년에 이르기까지 30여년 동안 소설, 희곡, 평론, 수필 등 200여 편의 많은 작품을 저술했다. 채만식의 작가 연보를 보면 일제강점기 지식인으로서의

『채만식 문학관』입구에서 순천문협 문학기행 기념 단체사진 찰칵!

무력감과 방황의 흔적이 고스란히 드러난다.

　대표적인 작품으로 거론되고 있는 <레디메이드 인생>의 경우만 해도, 당시 지식인들의 취업이 어려워 사회문제가 될 정도로 비중 있게 다룬 것을 보면 그 심각성을 짐작케 한다. 지식인들 역시 민초들처럼 가난과 씨름하며 살아야 했다. 일제강점기의 궁핍한 삶은 지식인들도 예외가 될 수 없었다. 작가 채만식 역시 "평생 원고지 걱정 안 하고 마음껏 쓸 만큼 있었으면 좋겠다"고 유언을 할 정도로 가난하고 곤고한 삶을 살았다.

　채만식은 일제강점기를 거치는 동안 '친일적 작가'라는 프레임으로부터 자유로울 수 없었다. 그는 친일적 색채가 농후한 작품 <여인전기>를 <매일신보>에 연재하기도 했다. 일제강점기 작가 및 지식인들에 대한 일제의 회유와 협박은 집요했던 것으로 전해진다. 일제의 정책에 동조하는 글을 발표하지 않거나 미온적인 작가에 대해서는 지면을 주지 않기도 했다.

일제강점기에 지식인 및 작가들을 사상통제의 수단으로 이른바 '불랙리스트'를 작성해서 관리하기도 했다. 애써 작품을 쓰고도 발표할 지면이 없어 생계를 걱정하는 경우도 적지 않았다. 그럼에도 불구하고 역사의 평가와 잣대는 냉정하고 엄정하기 마련이다. 후대의 평가는 이른바 '상황논리'에 귀 기울이거나 변명까지 헤아려 줄 만큼 관대하지도 않다. 역사가 바로 서기 위해서는 과정 못지 않게 결과 위주로 평가할 수 밖에 없는 엄중함이 있어야 한다. 이럼 점에서 그의 문학관에 친일 행적과 관련한 논란거리12)를 소개하고 있는 점은 주목할 만하다.

채만식은 해방공간에도 활발하게 창작활동을 했던 작가다. <맹순사>, <미스터 方>, <논 이야기> 등 풍자계열 소설을 통해 해방된 조국의 현실을 냉정하게 진단하고 좀 더 나은 조국의 건설을 주문했다. 그는 해방된 조국의 실상을 창작을 통해 냉정하게 진단하는 작가이자 지식인으로서의 책무를 게을리 하지 않았기 때문이다.

<논 이야기>를 통해서는 조선 농민의 입장에서 본 해방의 의미를 반추하고, 친일경찰의 재등용을 통한 공직사회의 부조리를 고발한 작품이 <맹순사>이고, 또 당시 통역정치의 폐단을 신랄하게 비판한 작품이 <미스터 方>이다. 또 <낙조>라는 작품을 읽다 보면 한국전쟁과 같은 동족상잔의 비극을 예언하고 있는 대목도 눈에 띈다. 그의 작품을 통해 우리는 격변기의 현실을 보는 작가의 예지력과 통찰력이 돋보이는 점을 확인할 수 있다.

---

12) 1937년 일제에 협력하지 않고 저항하던 백릉(채만식의 호)은 "독서회 사건" 사건 가담자로 억울한 누명을 쓰고 감옥에 갇혀 모진 고문에 시달리며 결국 일제의 회유와 압력으로 인하여 일제에 굴복하고 5개월 만에 풀려나 친일작가의 길을 선택하게 된다. 1939년 친일일간지인 매일신보에 「금의 정열」, 1942년 「아름다운 새벽」, 1945년 「여인전기」 등을 연재하며 장편 1편, 단편 1편, 잡문 11편 등 친일성향의 글을 남겼다. 그의 친일작품은 구호적인 친일이 아닌 등장인물의 의식과 생활에 밀접하게 연관된 내재적 친일작품으로 평가되고 있다.

또한 <민족의 죄인>이라는 소설을 통해서는 일제강점기 지식인의 변절, 아니 작가 스스로의 고백을 통해서 부일(附日)했던 작가로서의 참회록을 쓰기도 했다. [13) 채만식 문학관에 그의 친일적 행위와 관련한 논란을 소개해 놓은 것은 신선한 느낌도 준다. 채만식의 작가정신을 기리는 문학관일지라도 그의 업적 위주로 나열하거나 칭송만 해서 되겠는가.

정도의 차이를 떠나 일제강점기 친일행위와 관련해서 과오가 있었다면 성찰과 반성의 시간도 요구되기 때문이다. 그것이 온당한 의미에서 작가정신의 올바른 계승이고 역사가 주는 교훈이기도 하다.

채만식 문학관을 둘러본 우리 일행은 단체 기념사진을 찍고 20여분 정도 걸려 군산근대역사박물관으로 발길을 돌렸다. 여행을 하다 보면 당연히 식사는 여행의 기분을 좌지우지하기 마련이다. 군산근대역사박물관 근처 생선을 주로 취급하는 '순희네 생선식당'에서 맛있게 점심을 먹고 회원들간에 정담을 나누는 시간을 가졌다. 식사하면서 막걸리도 몇 잔 곁들이니 분위기가 한결 더 좋아진 듯하다.

점심을 먹기 전 내 곁에 있던 어느 고문이 한 마디 한다. "이런 분위기에 끌려 막걸리를 먹는다. 오늘은 꿀맛이겠군!" 평소 문인들과 함께

---

13) 채만식은 1945년 해방 전에 임피면으로 낙향하여 1947년 친일반성에 대한 자전적 소설인 「민족의 죄인」을 발표한다. 이 작품에서 작가는 작중인물을 통해 "한번 살에 묻은 대일협력의 불결한 진흙은 나의 두 다리에 신겨진 불멸의 고무장화였다. 씻어도 씻어도 지워 지지않는 영원한 죄의 표지였다"고 고백하기도 한다. 혹자는 백룽의 「민족의 죄인」을 포함하여 일부 작가들의 작품을 통한 고백은 '참회'에 방점을 찍기보다는 친일 행위에 대한 작가들의 또 다른 변명의 방식이라며 진정성에 의문을 제기하기도 한다. 이 시기 자기비판 소설들은 자기비판의 요소와 자기 합리화의 요소가 표리관계를 이루고 있다. 보다 더 중요한 것은 이러한 소설을 쓰게 된 사회적 배경과 윤리의식의 내면화라는 측면이다. 이와 관련해서 보다 구체적인 것은 졸저, 『해방기 소설의 시대정신』, 국학자료원, 1999, 108-122쪽 및 이도연, 「채만식 문학연구의 반성-친일문제와 관련하여」, 순천향 『인문과학논총』, 28집, 2011 참조.

하고 싶을 때나 모임에서 막걸리를 즐겨 찾는 그의 '막걸리 예찬론'이
다. 시인의 인간성(?)이 배어 나오는 순간이기도 하다. 사실 그는 막걸
리를 잘 먹지 못하는 편이다. 술의 종류와 양이 중요한 것이 아닐 게다.
사는 동안 마음이 맞는 사람들과 밥 먹고 즐겁게 담소하는 시간을 뺀다
면 우리네 삶에 무엇이 남을 런지.

3. 일제강점기 수탈의 현장과 삶의 증거들
-『군산근대역사박물관』과 근처들

2011년 개관한 군산근대역사박물관은 1930년대 일제의 압제에도 굴
복하지 않고 치열한 삶을 살았던 당시 군산 민중들의 삶의 모습을 재현
해놓은 곳이다. 군산항과 상점, 기차, 골목 등 시간이 멈춘 공간들이 생
생하게 꾸며져 있어 마치 과거의 군산으로 시간여행을 하는 것 같다. 고
무신 신기와 탁본 그리기, 한복 입기 등 다양한 체험 프로그램이 진행되
며 오래된 풍경을 배경으로 즐거운 추억을 남길 수 있었다.

당시 군산은 일제의 수탈과 질곡의 현장이었지만 후손들은 이것을
교훈으로 새기며 잊지 말자고 다짐한 것이다. 오늘 따라 박물관 정면에
걸려있는 플랭카드의 문구 "역사를 잊은 민족의 미래는 미래는 없다"가
더 큰 울림으로 다가온다.

『군산근대역사박물관』에는 해양물류역사관, 독립영웅관, 근대생활
관, 기획전시실, 기증자전시실, 어린이체험관 등이 있어 다채로움을 더
해준다. 돌아오는 일정을 감안해야 해서 차분하게 둘러보지 못한 아쉬
움이 크다. 정옥분 해설사의 열정(?)어린 설명과 안내도 인상에 남는다.
우리네 삶은 때론 사소한 것들이 의외로 기억에 오래 남기도 한다. 정작
설명하는 내용보다 해설사의 열정에서 군산지역에 대한 애향심과 자긍

군산근대역사박물관 입구의 모습

심이 느껴져 인상에 더 남는다. 일제강점기 곤고한 삶을 살아야 했던 당시 민초들의 애환을 통해 우리네 삶이 어찌해야 하는지 숙연해진다.

한편, 한국근대역사박물관 근처 조선은행 군산지점은 현재는 군산근대건축관으로 재정비되어 있다. 이 건물은 한국에서 활동했던 대표적인 일본인 건축가 나카무라 요시헤이(中村 與資平)가 설계하여 1922년에 신축한 은행건물로 채만식의 소설 '탁류'에서 고태수가 다니던 은행으로 묘사되기도 하였다. 당시 일본상인들에게 특혜를 제공하면서 군산과 강경의 상권을 장악하는데 초석을 쌓아, 일제강점기 침탈적 자본주의를 상징하는 대표적인 은행이었다. 2008년 보수·복원 과정을 거쳐 군산 근대건축관으로 활용하고 있었다.

또한, 진포해양테마공원은 세계최초의 함포해전으로 기록되는 진포대첩의 역사적 현장으로 고려말 최무선 장군이 왜선 500여척을 패퇴시킨 전적지 내항에 대한민국의 육해공군의 퇴역 군·경 장비(13종 16대)를 전시하고 있다. 그 중 주 전시관으로 사용하고 있는 위봉함은 1945년 미국에서 건조되어 제2차 세계대전 때 연합군의 상륙작전에 참전한 군함이다.

우리나라는 이 배를 1959년 미국으로부터 인수하여 1965년 월남전의 백구부대 일원으로 전투에 투입하였다고 전해진다. 위봉함은 지난 48년간 전투임무와 해군사관생도 및 해군 장병의 훈련 및 실습활동 지원을 통해 국토방위의 임무를 수행하고 2006년 12월 31일에 명예롭게 퇴역하여 오늘에 이르고 있다.

위봉함 내부를 잠시 둘러보니 마치 미로 속을 헤매는 기분이 들었다. 우리네 삶도 때론 인생의 미로에서 방황하다 출구를 찾는 경험을 반복하며 사는 건 아닐까. 그런 인생의 여정에서 신화의 한 토막처럼, 미궁(迷宮)으로 들어가는 테세우스에게 아리아드네가 건네주는 실타래 같은 존재를 찾기 위해 방황하며 사는지도 모르겠다.

4. 힐링과 충전의 장소 -『고군산군도』

우리 일행이 세 번째로 들른 곳이 고군산군도이다. 군산시의 서남쪽 약 50㎞ 해상에 위치하며, 옥도면에 소속되어 있는 군도(群島)를 가리킨다. 선유도(仙遊島)를 비롯하여 야미도(夜味島)·신시도(新侍島)·무녀도(巫女島)·관리도(串里島)·장자도(壯子島)·대장도(大長島)·횡경도(橫境島)·소횡경도(小橫境島)·방축도(防築島)·명도(明島)·말도(末島) 등의 63개의 섬으로 구성되어 있다. 그 중 16개가 유인도이다.

군산에서 고군산군도의 중심인 선유도까지는 약 50㎞이고 가장 동쪽 섬인 야미도에서 가장 가까운 육지인 군산시 옥서면 화산까지는 12㎞이다. 고군산군도는 예로부터 '선유 8경'이라 하여 수려한 자연 경관으로 유명하다. 새만금사업(1991~2020)의 추진과 함께 국제해양관광단지 계획이 추진 중에 있다. 이 사업이 완공되면 고군산도의 여러 섬들이 육지와 이어져 관광지로 더욱 각광받을 것으로 전망되고 있다.

고군산도라는 명칭은 오늘날 고군산군도의 중심 섬인 선유도에서 유래했다. 군산도라 불리었던 선유도에 조선 태조가 금강과 만경강을 따라 내륙에 침입하는 왜구를 방어하고자 수군부대인 만호영을 설치하였다. 세종 때 와서 수군부대가 옥구군 북면 진포(현 군산)로 옮겨가게 되면서 진포가 군산진이 되고 기존의 군산도는 옛 군산이라는 뜻으로 고군산이라 불리게 된 데서 유래한 것이라 전한다.

고군산군도에 진입하는 우리 일행을 제일 먼저 반겨준 곳이 신시도이다. 신시도는 고군산 군도 중에서 면적이 가장 큰 섬으로, 군산시에서 서남쪽으로 37㎞ 떨어진 곳에 위치한다. 처음 사람이 살기 시작한 것은 삼국 시대로 김씨 성을 가진 사람이었다고 전하나, 발굴 조사를 통하여 신석기 시대의 조개더미가 발견되면서 선사 시대부터 사람이 살았음이 밝혀졌다.

섬의 주봉인 영월산은 신치산으로 불리기도 한다. 신라 때 고운 최치원[857~?]이 산에 단을 쌓고 글을 읽었으며, 글 읽는 소리가 서해를 건너 중국에까지 들렸다는 설화가 있다. 한국 유학의 대학자 간재 전우[1841~1922]가 한때 머물면서 홍학계를 조직하여 한학을 가르치기도 하였다. 새만금 방조제로 인하여 육지와 연결되어 서해의 비경을 한눈에 감상할 수 있는 대각산 전망대가 위치하고 있다. 우리는 일정상 신시도는 관광버스 속에서 감상하는 선에서 머물러야 했다.

두 번째로 우리를 반겨준 섬이 무녀도이다. 고군산군도는 선유도와 장자도, 무녀도를 중심으로 군산 서쪽 해상에 무리지어 있는 섬이다. 무녀도라는 이름이 우리에게 호기심을 발동한다. 혹시 김동리 소설 「무녀도」와의 연관성이 있지 않나 궁금했다. 이 소설은 종교적인 문제를 가지고 한국적 방식으로 그려낸 감동적인 단편소설인데, 이곳의 무녀도는 종교적인 느낌보다는 단지 섬이 장구 모양이라는 것과 그 옆에 술잔처럼 생긴 섬 하나가 붙어 있어서, 마치 무당이 상을 차려놓고 춤을 추는 모양이라고 하여 무녀도라고 전한다.

무녀도는 고군산군도의 다른 섬들과는 달리, 3만 평의 논과 18만 평의 염전이 있고, 섬 주위에는 어족자원도 풍부하다. 무녀도는 조그만 섬이지만 육지가 부럽지 않는 곳이다. 더구나 선유도를 가운데 두고 무녀도-선유도, 선유도-장자도, 장자도-대장도 사이에는 다리가 놓여 있어 한 개의 섬처럼 걸어 다닐 수 있다. 작은 다리 하나로 연결되어 자전거 또는 걸어서 한번에 4개 섬을 동시에 다니며 볼 수 있다는 게 얼마나 큰 축복인지 육지 사람들은 모를 것 같다. 2015년에 새만금으로 육지가 된 신시도와 무녀도를 잇는 잔등대교가 완공되었으니 하나의 큰 섬으로 착각할 정도다.

장자도(壯子島)는 우리 일행이 제일 먼저 버스에서 내린 곳이다. 과거에는 물도 부족하고 도저히 사람들이 살 수 없는 곳이었지만, 선유도와 무녀도, 대장도와 다리로 연결된 섬으로 최근에 그 위치의 중요성이 더욱 부각된 곳이다.

천연적인 대피항으로 유명한 장자도는 힘이 센 장사가 나왔다 하여 장자도로 불리게 되었다고 전해진다. 뛰는 말의 모습을 하고 있는 이 섬은 풍수지리상 바다 건너 선유도가 감싸주고 있어 큰 인물이 많이 나온다고 전해진다. 그래서 교육열이 상당히 높은 지역이다. 고군산군도에 속한 19개의 유인도 중에서 제일 먼저 초등학교가 세워졌다고 하며 '장자도에 가서 글 자랑하지 말라'는 말이 전해올 정도로 걸출한 인물들을 배출한 지역이기도 하다.

장자도(壯子島)는 이웃 섬 대장도보다도 더 작은 섬이다. 마을 하나가 거의 섬 전체를 차지한다. 이곳에는 육지에 그 흔한 자동차가 한 대도 없다. 하지만 여객선이 하루에 두 번 닿는 이곳은 고군산군도가 조기 파시에 따라 황금어장으로 이름 날리던 시절, 서해안 유수의 어업 전진기지였다고 한다. 그런 덕분에 해방 전후 장자도는 90여 호가 마을을 이루며 살았다.

우리 일행 중 일부는 대장봉을 오르려던 계획을 바꿔 장자도 근처의 둘레길을 오르기로 했다. 바다로 둘러싸인 섬의 둘레길을 30여분 정도를 오르며 걷는 기분은 제법 쏠쏠했다. 일행을 기다리느라 정자에서 잠시 쉬어 가기로 했다. 사면이 바다로 둘러싸인 풍광을 보면서 가볍게 담소를 나누며 보내는 시간도 여유롭고 평온한 기분에 휩싸인다.

평소 모임 때 분위기 메이커로거의 역할을 독특히 하는 회원이 무심코 한 마디 건넨다. "빨리 퇴직해서 마음껏 여행을 가고 싶다!" 이런 말을 할 때 그의 표정은 사뭇 진지했다. 농반진반의 느낌을 받기도 했지만. 일상이 부산하고 여유가 없으면 자유로움을 추구하고 싶고, 한가하면 왠지 불안감을 안고 살아야 하는 현대인들의 이중 심리를 어떻게 풀어야 할까.

나는 현대인들의 삶을 동물적 삶과 식물적 삶으로 구분한 적도 있다. 다분히 이분법적이고 도식적이다. 대체로 도회적 삶은 경쟁하고 마치 적자생존의 트랙으로 진행되는 느낌이 든다, 반면 전원적이고 생태지향적 삶은 공존과 자연의 생리와 보다 밀접해서 식물적 삶으로 구분하고 싶은 것이다. 그래서 현대인들은 긴장과 이완, 경쟁과 협력, 그리고 물질문명과 정신이 조화를 이룰 때 평안해 지는 삶이 되는 건 아닐지. 지혜로운 삶을 위해서는 무엇보다도 탐욕을 늘 경계하면서 조화와 균형 그리고 마음의 평정심이 요구된다고 보는 것이다.

고군산군도를 둘러보자면 선유도를 빼놓을 수 없다. 선유도는 군산시에서 남서쪽으로 약 50km 떨어진 해상의 크고 작은 63개의 섬이 모인 고군산군도의 중심에 자리하고 있다. 특히 선유도는 신시도, 무녀도, 방축도, 말도 등과 더불어 고군산 열도를 이루는 중심 섬이다.

이곳에 올 때면 1987년 대학원 다닐 때 여자 친구와 다녀간 추억도 어른거린다. 당시는 군산에서 배를 타고 40여분을 달려와야 했다. 배편도 많지 않아서 대개 1박 2일 정도의 일정을 선호하는 편이었다. 당시 해수욕장에 온 사람들이 여유롭게 백사장을 산책하는 모습들도 오버랩된다.

해 질 녘 언덕배기에 위치한 선유도 초등학교 교정에서 고군산군도의 섬들과 백사장을 바라본 장면은 오랫동안 지워지지 않는 추억으로 남는다. 지난 추억들은 힘겨운 삶을 지탱해 주는 양념이 되는 건 아닐까. 그래서 추억은 많이 쌓을수록 좋기 마련이다.

선유도는 망주봉과 명사십리 해수욕장 등으로 이루어진 수려한 선유 팔경이 대표적인 관광 자원이며 이와 더불어 선유 대교, 장자 대교 등이 자연 경관과 잘 어우러져 관광객들이 즐겨 찾는다. 원래는 군산도라고 불리다가 섬의 절경이 매우 아름다워 신선이 놀았다고 하여 선유도라는 이름이 지어졌다. 선유도에서 장자대교를 지나면 약 1km의 산책로가 이어지는데 자전거 혹은 스쿠터를 대여하여 라이딩을 즐기기에 좋으며 양옆으로 아름다운 바다와 섬이 펼쳐진다. 선유도 해수욕장과 거대한 바위 봉우리인 망주봉도 함께 여행하면 더 좋을 것 같다.

선유도의 끝자락에 대장도가 있다. 장자도와 대장도는 두 개로 독립되어 있지만, 마을은 장자도로 통합되어 있다. 두 섬은 살펴보면 마치 연인 사이같이 정답게 위치해 있다. 대장도는 대장봉이 우뚝 솟아 있고 주변에는 기암괴석들이 둘러싸여서 남성적이고, 장자도는 산지도 없이 평평하고 아담해서 여성적인 느낌으로 다가온다. 장자도에서 훌쩍 뛰면 건너갈 수 있는 앙증맞은 짧은 다리가 놓여 있다. 형제 섬인 장자도와 대장도는 포구의 풍경과 대장봉, 장자도 해안 산책길, 일몰의 정

선유도 해수욕장 근처에서 바라 본 백사장과 망주봉의 모습

경, 잔잔한 바다의 속삭임, 장자교 다리 등으로 운치가 있는 섬이다.

아뿔싸! 기다리고 있는 일행을 생각하면 우리가 마냥 여유로운 시간을 보낼 수는 없을 것 같았다. 아쉬움을 뒤로 한 채 우리는 선유도 해수욕장 주차장으로 발길을 서둘렀다.

주차장으로 가는 길은 옛날의 장자교를 거쳐 가는 경우가 많은데, 사실 고군산군도에서 일반적으로 즐겨 추천하는 코스의 하나이기도 하다. 시골의 고샅길에 비유하면 좋을 것 같다. 정겹고 아담한 돌담길을 오르고 내리는 정겨움 같은 것을 생각하면 더 실감이 난다. 바다 위에 떠 있는 섬들을 보면서 오붓하게 혹은 유유자적하게 걷는 동안 온갖 사념이 사라지는 것 같다. 삼삼오오 짝을 지어 대화를 나누거나 추억을 담기에도 좋은 코스이다. 아니 고군산군도 섬들이 모두 추억을 담기에 좋은 코스들로 가득하다고 해야 할 것 같다.

5. 돌아오는 길

떠나면 돌아오고 싶은 것이 인간의 마음이다, 돌아오고 싶지 않을 만큼 폭 빠진 경우도 있겠지만 대체로 귀소본능이 더 강해 돌아오고 싶다. 빠듯한 일정을 감안하다 보니 선유도 장자도 등 고군산군도를 둘러보며 머무는 시간이 적었다. 이것이 못내 아쉽기도 하다. 가족들이나 혹은 지인들과 한번쯤 더 오고 싶은 생각이 든다.

아쉬움을 뒤로 한 채 우리 일행은 관광버스에 탑승했다. 기사님은 순천 도착시간이 예정보다 조금 늦을 것 같아서 그런지 뿌르퉁(?)해진 느낌이다. 돌아가는 길도 무사하기를 빈다. 돌아올 때면 버스 속에서 어떻게 보내야 할지 주관하는 입장에서는 약간의 고민(?)도 따른다. 마무리 차원에서 문학기행의 소감도 공유하고 소통하는 시간에 중점을 두며 비교적 차분한 시간을 보내야 할 지, 아니면 어느 단체처럼 회원들 간에 담소도 나누고 자유롭게 노래도 하면서 여흥을 즐겨야 할 지 등등 가닥을 잡아야 했다. 일단 여흥에 중점을 두기도 했다.

참가자들의 간단한 자기소개와 답사 소감을 마친 뒤 본격적인 오락 시간으로 채워졌다. 환갑을 넘긴 나이지만 부탁하면 사양하지 않고 여흥을 주도하는 회원에게 오락부장(?)을 부탁했다. 때론 체면에 얽매이지 않는 자유로움과 평안함은 나름의 내공(?)이 있어야 가능하리라.

사회자의 노련한 진행으로 관광버스에서 품어져 나온 열기로 모두들 흥겨운 분위기로 가득했다. 노래 중간에 사무국장이 발휘하는 뱀 장사(?)의 실력도 여전했다. 갑작스러운 부탁에 그 정도이니 아직 녹이 슬지 않았음을 입증한 셈이다.

기행(혹은 답사)을 마치고 돌아오는 일정은 대체로 피곤해서 잠을 자거나 담소 나누다 보면 활력이 떨어지는 듯한 느낌을 받는다. 나는 이런 분위기가 왠지 편치 않다. 그래서 돌아오는 여정을 여흥 위주로 마무리하고 싶었는지도 모른다. 문인들 역시 너무 체면에 얽매이지 않고 유쾌하고 흥겨운 분위기가 먼저라고 생각하고 싶다.

순천에 도착할 즈음 회원의 주선으로 갈비탕을 맛있게 먹으니 여행의 노곤함도 잊고 상쾌함이 밀려왔다. 힘든 산행을 마쳤을 때 밀려오는 노곤함도 있지만 상쾌함이 더 가득하기 마련이다.

●(이 글에 수록된 사진은 고(故)황종성 이사의 도움을 받았음)

해미읍성과 의암민속마을

　오늘은 순천문인협회 주관으로 문학기행(혹은 문화기행)을 가는 날이
다. 순천에 활동기반을 두고 창작활동을 하는 문인들이 모처럼 나들이하
는 연중행사인 셈이다. 매년 봄이면 문인들간에 친목도 도모하면서 글감
도 찾을 겸 정기적으로 '문학기행'을 간다. 문학기행의 경우는 선배 문인
들의 발자취를 더듬어 보는 터라, 각 지역의 문학관을 둘러보는 경우가
많은데, 이번은 다소 가벼운 마음으로 떠나는 '문화기행'이다.

　필자도 '순천문협'과 인연을 맺은 이래 이맘때쯤이면 기대하는 마음
으로 참석하곤 한다. 이번엔 '순천문협'에서 주관하는 19기 문예대학 과
정을 수강하는 예비문인들(?)도 대거 참가해서 더욱 뜻 깊은 여정이 됐
다.

　우리 일행은 오전 8시, 순천문화예술회관에 모여 출발했다. 서산은
거리상으로 비교적 가깝지 않으니 버스에서 3시간 정도를 보내야 했
다. 가는 동안 각자 근황을 소개하면서 친교의 시간을 보내기도 했고,
회원 간에 담소를 나누면서 시종 즐거운 시간을 보낼 수 있었다. 필자
역시 지역민들을 인솔하고 문학기행을 다니는 경우가 종종 있는데, 이
번의 경우 진행을 전담한 회원이 있어 비교적 부담없이 홀가분하게 떠

날 수 있었다.

버스를 타고 가는 동안 중간에 제약회사에서 나온 어느 후원자(?)의 건강에 관한 특강도 있었다. 그런데, 약보다 더 좋은 건 심신의 조화가 아닐까 싶다. 무엇보다도 절제와 균형이 심신의 건강을 지켜주는 지킴이인 셈이다. 이러는 사이 우리는 어느새 서산에 도착했다.

우리가 처음 도착한 곳은 서산 마애삼존불상이다. 우리나라에서 발견된 마애불상 중에서 가장 뛰어난 백제 후기의 작품으로 아름다운 미소가 일품이란다. 보통 사람도 웃는 모습이 미운 경우가 극히 드문데(난 웃는데 미운 사람을 보지 못했다!), 부처님이 미소를 짓고 있으니 누가 흠을 잡으리오. 오랜 세월 수풀에 파묻혀 잠들어 있다가 1958년에 발견되었고, 1962년에 국보로 지정되었다.

빛의 각도에 따라 미소가 오묘하게 변하는데 아침 햇빛에 비취는 얼굴이 가장 아름답다고 알려져 있다. 백제인만의 세련된 기술로 부드럽게 조각되었고, 80도로 기울어진 채 조각되어 있어 비·바람이 정면으로 들이치지 않게 한 점은 과학적으로도 우수하게 평가되고 있는 불상이다.

마애삼존상 발견에 관한 일화 한 토막.
"부처님이나 탑 같은 것은 못 봤지만유, 저 인바위에 가믄 환하게 웃는 산신령님이 한 분 있는디유. 양옆에 본마누라와 작은마누라도 있지유. 근데 작은마누라가 의자에 다리를 꼬고 앉아서 손가락으로 볼따구를 찌르고 슬슬 웃으면서 '용용 죽겠지' 하고 놀리니까 본마누라가 장돌을 쥐어 박을라고 벼르고 있구만유. 근데 이 산신령 양반이 가운데 서 계심시러 본마누라가 돌을 던지지도 못하고 있지유"

1959년, 마애삼존상 발견 당시, 국립부여박물관장 홍사준 박사가 현장조사 중, 지나가던 한 나무꾼에게 들은 이야기란다. 나무꾼에게는

마애삼존상의 미소, 부처님의 미소는 유독 더 은근하고 자애롭게 보인다

암벽 중앙의 본존불이 산신령으로 보였고, 본존불 우측의 보살은 본마누라, 좌측의 다리를 꼬고 턱을 괴고 앉은 반가사유는 작은 마누라로 보였던 것이다.

나무꾼의 생각이 참 재미있다. 이래서 유홍준 교수는 "세상도처유상수(世上到處有上手)"라는 말을 달고 다녔나 보다. 흔히 우리는 어느 분야에서 일가견을 이룬 경우 고수(高手)라는 표현을 쓰곤 한다. 우연히 티브이 프로에서 출연자들 스스로 '고수'라고 칭하는 경우를 보면서 조금 의아한 적이 있다. 고수(高手)는 스스로 고수를 자처하지 않기에.

유홍준 교수가 말하는 상수(上手)는 고수(高手)의 다른 표현일진대, 그도 유적지 답사를 가서도 의문이 풀리지 않는 경우가 종종 있다고 한다. 가기 전에 문헌을 뒤적여도 시원하게 해명되지 않던 것이 지역에 오랫동안 살아온 '어르신'에게 물어보면 의외로 실마리가 쉽게 풀린다는 경험에서 '문화유산답사기'에 이런 말을 적시해 놓았으리라.

그런데, 이것이 문화유적지를 답사하는 경우에만 적용될 얘기는 아닌 것 같다. 우리 모두는 인생의 고수를 지향하고 있지 않은가. 인생을 좀 더 지혜롭고 찰지게 살기 위해 문학도로서의 삶을 살면서 글을 쓰는 건 아닌지! 암튼 이 글을 쓰는 지금도 마애삼존상의 미소가 어른거린다.

다음으로 우리의 발길이 머문 곳은 해미읍성이다. 성곽 총길이 1800m, 높이 5m, 면적 19만4천 평방미터로 순천의 낙안읍성을 연상케 한다. 낙안읍성 또한 우리 지역의 명소로서 관광객들의 발길이 끊이지 않는 성곽일 뿐 아니라 지역민들이 실제로 거주한다는 점에서도 다른 읍성과는 차별성을 지닌다.

해미읍성은 또 다른 명칭은 '탱자성'이다. 지금은 그 흔적을 거의 찾아볼 수 없다. 적군의 접근을 어렵게 하기 위해 가시가 많은 탱자나무를 성 주변에 둘러 심었기 때문에 탱자성이라고 불리웠다는 것이다. 무심코 본 무성한 초록잎과 가시, 주황빛의 열매나무인 탱자나무가 적군의 진입을 막는 무기(?)로 쓰였던 말을 들으니 조상의 슬기와 지혜를 엿볼 수 있을 것 같다.

옛적 시골 마을이 시멘트로 담을 쌓지 않고 탱자나무로 울타리를 했던 모습을 생각하면 어린 시절의 추억이 생각나서 정겹게 느껴지기도 했는데, 지금 생각해 보니 담을 넘는 좀 도둑을 방어할 수 있고 경제성도 꾀한 일거양득의 효과를 본 것이다. 암튼 탱자나무 가시는 적의 침입을 방어하는 한 수단이 되었던 것도 과거 우리 조상들의 삶의 지혜가 담겨 있었던 셈이다.

알다시피 외적이 침입이 잦았던 우리 민족은 시련과 국난의 연속이었다. 그래서 성곽을 튼튼하게 쌓는 것은 생존과도 직결되는 문제였으리라. 대체로 공격하는 입장에서 성곽을 무너뜨리고 점령하기 위해서는 3배 이상의 전투력과 군사가 필요하다고 들었다. 그만큼 성곽은 외적의 침입을 방어할 뿐 아니라 보급로를 차단함으로써 적군을 고립시키는데 중요한 방어수단인 셈이다.

그런데, 이 때도 부실공사가 있었나? 조선시대의 부실공사를 방지하

해미읍성의 전경. 성 축조과정에서 구역을 정해 부실이나 하자(瑕疵)를 방지하려고 애썼다는 대목에서 조상의 슬기를 헤아려 본다

기 위해서 해미읍성 성벽에는 청주, 공주 등 각각의 고을명이 새겨져 있다고 한다. 이는 해미읍성 축성 당시, 각 고을별로 정해진 구간을 맡도록 함으로써 혹시 성벽이 무너질 경우, 그 구간의 고을이 책임을 지도록 했던 것이다. 해미읍성이 우리나라에서 보존이 아주 잘 된 성곽 중 하나로 알려진 것은 이렇게 우리 조상들이 철저하게 대비하고 공을 들인 결과였다.

　여기서 해미읍성과 관련해서 한줄 논평, "시간이 멈춰버린 듯한 성벽이여!, "크고 작게 쌓인 돌들은 해미읍성이 지나온 역사를 머금은 채 아무 말이 없다."

　해미읍성은 왜구로부터 백성을 보호하기 위해 1417년(조선 태종 18년)부터 1491년(성종 22년)까지 축성된, 보존이 잘 된 우리나라 3대 읍성 중 하나로 알려져 있다. 이외에도 해미읍성은 조선초기, 충청병마절도사가 근무했던 충청병마도절제사영으로 1579년에는 충무공 이순신

성당 앞, 천주교인들의 순례가 끊이지 않는 순교성지이다

이 병사 영의 군관으로 부임해 10개월간 근무한 유서 깊은 곳이기도 하다. 그래서 더 눈길이 간다.

다음으로 우리 일행이 들른 곳이 1866년부터 1882년 사이 천주교 박해 때 1천여 명의 신자를 생매장한 곳으로 천주교인들의 순례가 끊이지 않는 순교성지를 방문했다. 많은 천주교도들을 처형하기 힘들자 해미천에 큰 구덩이를 파고 모두 생매장 한 곳이다. 해미천 옆에는 박해 당시 생매장 당한 무명 순교자의 넋을 기리기 위하여 건립된 16m 높이의 순교탑이 있으며, 생매장시 천주교도의 죽음에 앞서 예수마리아를 부르며 기도하는 소리를 예수머리로 알아들은 주민들이 이를 '여숫골'이라고 불렀다고 한다.

성당 내부를 둘러보니 어느 성당과 다름없으나 순교자들이 많은 성지라고 하니 무겁고 착잡한 마음도 한 켠에 어른거린다. 종교는 두려움도 떨쳐내 주는 영험한 힘을 가졌다 보다. 나는 귀가하는 버스 속에서 개인적 일화 한 토막을 소개했다.

천주교 박해 때 1천여 명의 신자들이 고문을 당하고 희생한 현장에서 한 노인이 당시 전해들은 얘기를 우리에게 또 전해주고 있다. 이렇게 역사는 기록되기도 하지만 구전 (口傳)으로 전해지면서 생명력을 갖는다.

　장모님을 여윈 슬픔을 안고 장지로 가는 도중 한적한 시골의 성당에 서 장례미사를 보는 내내 난 슬프면서도 위안이 되었던 기억이 아련히 생각났기 때문이다.(필자는 카톨릭 신자가 아니지만), 우리가 사는 동 안 위안과 치유 그리고 두려움을 극복할 수 있게 하는 것으로 종교에만 한정할 수 없겠지만, 그 심연(深淵)의 세계는 비교할 수 없는 영역으로 다가온다. 죽음의 두려움을 극복할 수 있는 정신의 힘에 숙연해지기 때 문이다.

　우리 일행의 마지막 여정은 외암 민속마을이다. 순천으로 돌아오는 길에 잠시 들른 곳인데, 정겨운 돌담을 둘러보면서 회원들간에 담소를 주고 받기에 딱 좋았다. 전원적인 풍광이 고즈넉하고 정겨웠다. 좀 거 칠게 비교하자면, 도시적 삶은 경쟁이 만연한 곳이다. 반면 전원적인 삶은 공존의 삶, 식물성의 사회와 더 가깝기 마련이다.

　어느 책을 보니, 우리 인간은 자연의 소리가 70%이상일 때 평안함을 느낀다고 한다. 새소리, 물소리, 바람소리, 그리고 나무와 숲에서 울려 퍼지는 자연의 소리가 많을 때 인간의 정서도 정화되고 평정심 유지에

의암 민속마을의 전경. 낙안읍성과 유사하지만 이 곳엔 사람이 거주하지는 않는다. 한가롭고 목가적이다. 둘러보는 방문객들의 마음도 여유롭고 평안하다

도움이 된다고 한다. 그래서 도시적 삶은 창작활동은 물론이거니와 음악, 미술, 공연예술 등의 감상을 통해 치유적 삶을 수반해야 해야 하는 건 아닐까 싶다.

돌아오는 발길은 다소 피곤하면서도 즐겁고 유쾌한 시간들로 채워졌다. 일상의 일탈(?)은 젊은이들만의 전유물이 아니다. 어느 곳에 있든 자존감을 중시하고 체면을 생각해야 하는 문인들이지만, 매사 고답적(高踏的)이면 피곤해지는 법! 돌아오는 발길은 격의 없는 대화와 오락으로 여흥을 돋구는 시간들로 이어져서 더욱 정겹고 기억에 남는다.

살면서 돌이켜 보니 오래도록 좋은 기억으로 남는 건 거창한 것이 아니었다. 사소한 한 장의 사진과 배려가 의외로 오래도록 추억의 한 페이지를 장식하기도 한다. 각자 잊혀지지 않는 한 장면의 주인으로 기억되길 바라면서 오늘의 여정을 갈무리 했다. 무사히 출발지에 다시 도착하니 순천이 새삼 정겹다.

4 · 3 문학 기행 참가기

1) 들머리 – 4 · 3문학의 현장을 찾아

4월 6일 제주작가회의가 주관하는 '작가와 함께 하는 4 · 3 문학기행'
에 참가하기 위해서 나는 딸(초등학교 5년)과 함께 4일 이른 아침 진주
비행장으로 출발했다. 황금연휴에다 '사스'의 공포로 대부분의 관광객
들이 해외여행을 포기하고 제주행을 택하는 바람에 표를 구하기가 쉽
지 않았다. 우여곡절 끝에 비행장에 도착할 즈음 가랑비가 부슬부슬 내
리고 있었다. 하지만 막상 제주에 도착하니 55년 전 분노의 '함성'을 시
발로 이곳에 잉태된 비극은 아는지 모르는지 날씨는 화창하기만 했다.

얼추 10여 년 전부터 이곳 제주에서는 4월 2일 전야제를 시작으로
며칠 동안 4 · 3의 와중에 억울하게 죽어간 원혼들을 위무(慰撫)하고, 또
용서와 화해의 바탕 위에서 이 땅에 그런 비극이 다시는 재연되지 않기
를 소망하는 뜻에서 문화예술제를 다채롭게 열어 왔다.[1] 이러한 행사

---

[1] 이번 4 · 3문화예술제는 4월 2일 전야제를 시작으로 7일까지 북촌리 대학살 해원
상생굿,「작가와 함께 떠나는 문학기행」 외에도 본풀이마당, 4 · 3미술 10년 결작
선, 4 · 3대표 마당극 사월굿「꽃놀림」 등의 내용으로 꾸려진다. 또한 이번 문화예

를 통해 제주도민들은 끈질긴 생명력과 민주의식의 고양으로 4·3의 피
해의식을 서서히 극복해 가고 있는 것이다.

한편, 대부분의 사람들에게 있어 '제주'는 엄청난 비극의 현장이기
앞서 관광지의 이미지를 우선 떠올린다. 이러한 측면은 제주의 명암이
교차하는 접점이기도 하다. 하지만 가슴 한 켠에는 자꾸만 4·3의 함성
과 그로 인해 수많은 양민이 희생된 뇌옥(牢獄)의 현장으로서 역사의
숨결을 느끼려고 이 곳에 온 사람들은 그리 많지 않을 것이라는 생각이
들면서 왠지 모를 씁쓸함이 똬리를 틀기도 했다. 역사에서 배우지 못하
는 민족은 희망이 없다고 하지 않던가.

4·3의 함성과 비극이 지나간 역사 속의 일로 망각되거나, 혹은 제주
도민들에게만 '흙가슴'으로 남아있는 한 역사의 교훈을 제대로 승계하
지 못하는 어리석음을 반복할 수 있다는 섬뜩한 생각이 들기도 했다.
이런 생각이 나의 기우(杞憂)이기를 바라면서 4·3문학의 현장을 둘러
볼 바쁜 마음으로 버스에 동승했다.

2) '순이삼촌'의 고향, 북촌을 찾아서- 4·3 문학의 샘터와 원형

내가 제일 먼저 도착한 곳은 <순이 삼촌>의 창작 배경이기도 한 '북
촌리'였다. 여기서 잠깐 <순이 삼촌>과 관련해 현기영의 작품세계에
대해 일별(一瞥)해 보는 것도 유익할 듯 싶다.

이 작품에 대해서는 두루 알고 있듯이 1978년에 발표된, 4·3을 다룬
현기영의 첫 소설로서 독자들로부터 열띤 호응을 받았다. 그리고 무엇

술제는 지난 10년의 성과와 문제점을 점검하고 향후 발전적인 역사문화예술축제
로의 새로운 단계를 모색하는 계기로 삼겠다는 취지에서 다양한 문화예술매체를
활용해 '4·3진실 드러내기' 작업은 물론 '4·3이미지 생산' 등 예술로 승화하는
다각적인 방법을 동원하고 있었다.

보다도 억울한 양민학살을 문제삼음으로써 잊혀지기를 강요당해 왔던 4·3의 비극적 역사를 사회적으로 인식시키는 데 결정적 역할을 한 작품이기도 하다. 전국의 많은 독자들이 제주에 그런 억울한 역사가 있었음을 <순이 삼촌>을 통해 충격적으로 알게 되었다. 아니 이 땅의 대부분의 사람들은 4·3을 듣고 배웠겠지만, 지극히 과장되고 왜곡되게 알고 있다가 진실의 한 측면을 본 충격이 컸으리라.

대다수 국민들은 4·3을 잘 알지 못했고, 설령 알았다 해도 전체 한국사와 무관한 제주도의 사건쯤으로 외면해 왔다고 볼 수 있다. <순이 삼촌>을 발표할 당시만 해도 4·3은 문학의 소재나 제재로도 삼을 수 없을 금기의 영역이었다. 이 작품을 발표한 이후 현기영은 공안당국에 의해 곤욕을 치르기도 한다. 하지만 이후에도 현기영은 자신의 작품 소재와 제재로서 4·3을 집요하게 물고 늘어지며 글쓰기를 지속한다. 그만큼 현기영에게 있어 4·3은 자신의 문학적 화두이자 샘터라고 해도 과언이 아니다.

현기영의 작품세계를 논하면서 여러 평자들도 언급한 바와 같이 한 작가가 등단한 이후 늘 유사한 소재와 제재로써, 그것도 어느 특정한 문제를 집요하리만치 끈질기게 천착하며 문제작을 지속적으로 발표한다는 것에 대해 비평가를 포함하여 많은 독자들이 쉽게 납득할 수 없어 한다. 또 그렇게 하기가 결코 녹록치 않은 문학현실이다. 후에 현기영은 자신이 4·3에 얽매일 수밖에 없는 현실을 "작가가 일단 작품을 통해 던진 발언은 다시는 취소하기 어려운 구속력으로 작가 자신에게 작용한다"고 그 심정의 일단을 고백한 바 있다. 이쯤 이르면 그의 많은 소설 중에서도 거의 원형(元型, archetype)에 가까운 <순이 삼촌>의 작품 배경인 이곳 북촌리 일대가 자못 궁금해진다.

나는 북촌리 일대를 둘러보면서 이곳이 4·3의 상징성이 고스란히 배어 있는 화소(話素)라는 생각이 들었다. 그만큼 이 곳에는 그 때의 상혼을 짐작케 하는 역사현장이 곳곳에 산재해 있다. 당팟, 북촌국민학교, 북촌 포구, 북촌 도대불, 4·3 성터 등등.

더욱이 북촌국민학교 교정 및 그 주변에 공포에 떨고 있는 양민들을 모아놓고 당시 지휘관들이 즉석회의를 한 결과, 한 장교의 '대부분의 사병들이 적을 사살해 본 경험이 없으니 적을 사살하는 경험을 쌓을 겸 몇 명 단위로 총살시키자'는 제안이 채택되어 그런 비극이 벌어졌다니 말로만 듣던 '백살일비(百殺一匪)'를 실감케 한다. 단일 사건으로 유례가 없을 정도로 민간인의 희생자가 약 400여명에 이르렀으니 그 무모함과 광포함에 입이 다물어지지 않는다.

북촌리 대학살은 4·3의 가장 크고 비극적인 사건이라는 주최 측의 설명에 실감이 갔다. 마치 부모 형제들이 쓰러져 죽을 때 그 가족들의 피맺힌 절규가 아직도 귓가에 아우성으로 다가오는 느낌이 들었다. '북촌대학살'이 있은 지 5년 후인 1954년 1월 세칭 '아이고 사건'[2]으로 북촌 주민들은 다시 한 번 4·3의 아픔을 되새기게 되었다니 그들 가슴에 남은 회한을 어찌 필설로 다할 수 있으랴.

특히 북촌 주민들이 밭일을 하다가 돌아올 때 쉬어가던 넓은 광이 있어서 '너븐숭이'라고 불리는 이곳에는 애기무덤 20여개가 군락을 형성해 있다. 나는 '너븐숭이 애기무덤'을 둘러볼 때는 깊은 슬픔과 분노의 감정에 휩싸이는 기분이었다. '애기무덤' 주변을 천진난만하게 뛰노는 아이들을 보면서 더욱 그러했다.

---

2) 1950년 한국전쟁이 발발하자 청년들은 '북촌리에서 빨갱이 소리 들어가며 고단한 삶을 사느니 차라리 전쟁통에 가서 죽는 게 낫겠다.'라며 대부분 자원 입대하게 된다. 그 중 한 사람이 군 복무 중 사망하자 북촌리 주민들은 그 영혼을 위로하는 꽃놀림 행렬을 하면서 '이왕이면 4·3학살 때 죽어간 북촌리 주민들의 영혼을 함께 달래주자'며 "아이고, 아이고" 하며 대성통곡을 한 사건이 발생한다. 이것을 문제삼아 당국(제주경찰서)에서 동네 이장 등 마을 주민들을 조사하여 반성문을 쓰게 하는 등 4·3의 한을 덧칠하여 북촌주민들을 옥죄었던 데에서 연유한 사건.

'너븐숭이 애기무덤' 주변에서 제주가 낳은 젊은 문학평론가 고명철 씨의 문학강연(?)도 이어졌다. 그는 시민들이 함께 한 점을 염두에 둔 듯 쉽고도 명쾌하게 현기영의 소설을 중심으로 4·3문학이 나아가야 할 방향까지 제시해 주었다. 나는 미체험 세대 작가들은 4·3을 어떻게 인식하고 있으며, 또 선배 작가들의 문학궤적에 대해 어떻게 진단·승계하고 있는지 자못 궁금하기도 했었다.

그는 이 자리에서 '억압(혹은 죄의식)에서 벗어나 민족사의 아픔과 연대하여 외연을 확장함은 물론, 대중성을 확보하여 보다 친숙해질 수 있는 4·3문학으로 계승하여 궁극적으로 민족문학의 장강(長江)'으로 거듭날 것을 제안하였다. 4·3문학이 화해와 살림의 문학으로 성장할 수 있는 잠재력을 확인할 수 있는 자리였다. 이렇게 '북촌리'는 화해와 희망의 문학으로 나아갈 것임을 다짐할 수 있는 역사의 현장이자 억울한 원혼들의 분노의 함성이 귓전에 울리는 곳이었다. 우리는 일정상 이곳에만 머물 수 없어 다음 행선지 '목시물굴'로 무거운 발길을 돌려야만 했다.

북촌리 대학살은 4·3의 와중에 이틀 동안 400여명이 영문도 모른 채 몰상당한 사건으로 '제주 4·3의 축소판'이라 할 수 있다. '너븐숭이 애기무덤'은 당시 죽은 아이들을 임시 가매장한 곳으로 이곳에는 20여기의 애기무덤이 모여 있어 4·3 당시 참혹했던 북촌대학살을 증언하고 있다.

3) 목시물굴에서 펼치는 4·3 문학마당
- 시 낭송의 피울음과 제주의 '한'

우리는 4·3사건으로 당시 선흘리 주민들이 집단으로 희생을 당했던 목시물굴을 찾아갔다. 목시물굴 들어가는 진입로는 지금은 도로 변에 인접해 있어 차량들의 왕래가 간헐적으로 이어지지만, 당시는 사람의 인적이 드문 곳이라는 생각이 들었다.

목시물굴 근처에는 당시 마을 사람들이 가가호호 모여 임시방편으로 며칠 동안 생활한 흔적이 남아 있었다. 몇 개월 아니 4·3의 상흔이 채 가시기도 전에 한국전쟁이 발발하면서 이곳 제주도는 또 한 차례 그런 광풍(狂風)의 정점에 있었다.

6년 6개월이라는 4·3의 전개과정은 한 인간이 자신을 지키며 살기에는 너무나 길고 험난했을 것이다. 선흘리 양민들 역시 4·3로 온갖 흉흉한 소문과 유언비어들이 제주도 전역을 휩쓸고 있는 마당에 며칠 피신해 있으면 세상이 평안해질 것으로 알고 이곳에 은신해 있다가 참변을 당했던 것이다. 특히 함께 온 어린아이들 걱정 때문에 굴속을 나왔을 즈음에는 동네 사람들이 참변을 당해 시체들로 널브러져 있었다 하니 그 때의 충격과 공포는 어떠했을지 짐작하고도 남는다.

이곳에서 제주작가회의 소속 문인들의 자작시 낭송이 있었다. 시인들의 음성에는 4·3의 함성과 분노, 그리고 '한'이 절절이 배어 있었다. 4·3사건의 유족인 듯한 분이 대독하는 시에는 피울음이 흐르는 듯 했다. 사실 4·3의 반세기가 흐르는 동안 4·3이 금기의 영역에서 벗어나고, 또 그 동안 제주도민들에게 덧씌워진 불명예를 씻겨냄은 물론 정부 차원에서 진상규명과 명예회복, 그리고 전향적 자세로 이어지기까지 각 계의 노력이 줄기차게 이어졌기에 가능했을 것이다.

'제주작가'들의 절규와 메아리도 그러한 도정의 한 정점에 있었다고 본다. 현기영 비롯하여 현길언, 오성찬, 그리고 일본에서 활발하게 활동하고 있는『화산도』의 작가 김석범, 그리고 지금도 이곳 제주에 연고를 두고 왕성하게 활동하고 있는 많은 현역 작가들의 고뇌에 찬 창작의 파장을 결코 도외시할 수 없기 때문이다.

'제주 작가'들은 제주의 모든 땅이 4·3문학의 공간이자 소재(제재)가 되고 있다는 생각이 들었다. 그들에게 있어 4·3은 그들의 문학적 화두이자 원형인 것이다. 시인들 역시 4·3문학의 지평을 넓고도 깊게 하는 데 그 몫을 톡톡히 했다. 김경훈(북촌리에서), 김수열(낙선동), 홍성운(동굴의 꿈), 문충성(사라진 마을은 어디쯤 있어), 김석교(사월의 뜻), 강덕환(불칸당), 고정국(제주민들레2) 시인들의 자작시 낭송이 이어졌다. 후박나무와 대나무가 어우러진 숲에서 하는 시 낭송은 가슴에 원인 모를 설움과 한으로 꽂혀오는 듯 했다.

나는 시인들의 자작시 낭송에서 제주 도민들 사이에 회자되는 몇 개의 언어 코드(code)를 어렵지 않게 접속할 수 있었다. '레드 콤플렉스', '초토화 작전', '집단기억', '가위눌림', '가슴앓이', '폭도', '왓샤부대'[3], '도피자 가족', '밀세다리', '몰라구장', '청년이 센 마을일수록 희생이 컸다', '센 곳에 붙어야 산다', '몰명한 우리만 살아남았다', '실암시난 살아진다' 등등[4]. 이것은 제주도민들이 4·3을 겪으면서 얻은 '생철학'이기도 하다.

시인들의 시에도 역시 제주의 피해의식, 좌절감, 자괴감, 그리고 항

---

3) 무장대는 시위를 할 때 서로 어깨를 걸고 마을 주위를 행진하거나 뛰면서 '왓샤! 왓샤!' 하고 외쳤다. 그래서 당시 주민들은 이를 '왓샤시위'라 했고 시위대를 '왓샤부대'라 불렀다고 전한다.
4) 제주도민들 사이에 회자되는 위의 표현들은 김종민의 "4·3에 관한 기억들"(『제주작가』제2호)을 일부 참고했다. 위의 표현들에는 제주 도민들이 4·3으로 겪은 치욕과 분노, 좌절과 체념으로 인해 공동체의식마저 변화·왜곡시킨 측면이 함축되어 있다고 해야 할 것이다.

거의 정신이 절절이 배어 있다. 시인들은 4·3의 상처를 치유하고 화해를 모색해 나가는 열성적인 당대의 파수꾼들이기도 하다. 4·3의 정신과 '한'이 절절이 배어 있는 시들 중에서 한 편만 소개하는 것이 다소 아쉽지만, 김광렬의 '대숲에서'를 소개해 둔다.

　꼿꼿한 정신 하나 붙들어매기 위해/ 날이 맵찰수록 대나무들은 더욱 푸르다 //
　한 때는 지조 있는 선비들이/ 대나무의 뜻을 본받으며 스러져갔다 //
　나라가 어려울 때 의병들도/ 죽창 들고 나라를 구하는데 앞장섰다 //
　4·3 때도 사람들은 죽창을 들었다./ 그 중에는 억울해서 죽창을 든 사람도 있었다 한다//
　그 모든 원통함들이 대숲에는 살아 있다/그들의 뼈아픈 목소리가 댓잎 끝에 서걱인다//
　아, 이제 더 이상 슬픔은 없어야 한다/알고 보면 다 인정 나누며 살던 이웃인 것을 //
　서로 어우러져 살기 위해/ 대숲에는 대나무들이 빽빽이 모여 살고 //
　우리는 여기 고단한 몸 비비며 /두 눈 부릅뜨고 꼿꼿하게 살아가려 애쓴다//

위의 시에서 나는 외세와 불의에 항거해 분연히 민중의 선봉에 섰던 민란의 장두(狀頭) 이재수 후예들의 기백과 저항의 분위기들이 녹아 있음을 감지했다. 물론 한 편의 시에는 한 두가지 의미만 담겨있지 않지만 저항에 보다 많은 비중을 두어 감상했던 것이다. 이외에도 시인들의 시에 4·3의 정신이 배어있지 않은 시가 거의 없었다. 하지만 시인들은 시를 쓰면서 언어의 무력함과 공소함을 느꼈으리라. 시로서 4·3로 억울하게 쓰러져 간 원혼들을 달래고 위무할 수 있다면, 시로서 4·3의 정신을 올올히 담을 수만 있다면…

이 굴에는 당시 노약자를 포함하여 많은 사람들이 숨어 있었는데, 70명 이상이 희생됐을 것으로 추정하고 있다. 제민일보 4·3 취재반의 『4·3은 말한다』(전예원, 1997)에는 35명의 희생자 이름이 나와 있다

목시물굴을 나와 공원도로변에서 점심과 함께 탁주 몇 잔을 돌리며 그 날의 의미를 되새기는 시간도 가졌다. 여기서 고정국 회장(시인)을 비롯해 양영길 시인, 오승국 시인(4·3연구소 사무처장), 김수열 시인, 김창후 4·3연구소 부소장 등으로부터 4·3에 얽힌 여러 가지 이면(裏面) 혹은 현장방문(field work)에 관련한 생생한 취재담도 들을 수 있었다. 제주일보를 비롯하여 지역 언론에서도 지대한 관심을 보이며 취재에 열정을 보였다. 그리고 무엇보다도 반가운 것은 이번 행사에 시민들이 많이 관심을 기울이고, 특히 우리 딸 아이 또래의 어린아이들이 동참하고 있어 더욱 가슴 뿌듯했다.

그들이 지금 당장은 4·3의 진실을 실감하거나 피부에 와 닿지 않을지라도, 먼 훗날 장정이 되고 후손을 거느리게 될 때 역사의 교훈을 되새김질 해 줄 수 있다면 이보다 더 뜻 깊은 산교육이 있겠는가. 나는 여독이 있어 다소 나른한 몸으로 다음 행선지 종남마을로 발길을 돌렸다.

4) 종남 마을 -잃어버린 마을에서 복원된 역사 -

1948년 11월 20일경 와산리 마을 전체가 토벌대에 의해 소각되면서 그 후 지금까지 복구되지 않은 채 잃어버린 마을로 남아 있는 종남 마을을 찾았다. 중산간에 위치한 종남 마을을 찾아가는 길은 약간의 도보를 요구했다. 옆에 동행한 딸은 전 날의 제주관광과 대비되는지 연속 하품을 해대며 힘든 표정을 연출하고 있었다(딸이 제주행에 동참한 것은 말을 탈 수 있을 것이라는 기대가 더 크게 작용했다. 어제 말을 탈 때의 기분이 채 가시지 않은 느낌이다). 하지만 4·3에 얽힌 이런저런 얘기를 해주니 고개를 끄덕이며 몇 발 앞서기 시작했다.

대절한 버스에서 내려 일행들이 삼삼오오 30여분을 가다 한적한 대숲을 헤치니 당시 10여호 정도가 목축에 종사하며 살고 있다가 참변을 당한 종남 마을이 나왔다. 이곳에는 집터 흔적이 고스란히 남아 있고, 생활도구로 보이는 옹기그릇 조각 등이 널려 있었다. 또한 식수로 사용했을 우물터도 남아 있지만, 최근에야 4·3사건으로 인해 마을이 참변을 당해 버린 사실이 밝혀졌다 한다. 이런 사실이 처음 소개되는 마을인 만큼 제주mbc를 비롯해 지역 언론에서도 역사교육의 활용방안에 대해 관심을 보였다

이곳에서도 또 한 차례 문학강연(?)이 이어졌다. 제주대 김동윤 선생의 4·3문학의 반세기를 개관하고 그 의미를 짚어보는 시간이었다. 5) 그는 내가 4·3에 관심을 갖게 한 원인제공자이다. 나는 우연히『제주작가』에 실려 있는 그의 글들을 보고 4·3(문학)에 관심을 갖게 되었기 때문이다. 나 역시 이곳에서 '문학 속에 나타난 여순사건'에 대해 짤막하게 소개하는 시간을 가졌다. 6)

---

5) 김동윤은『4·3의 진실과 문학』(각, 2003)을 통해 4·3문학의 흐름과 성격, 그리고 작품·작가론을 통해 4·3문학의 과제와 그 지향점을 밝히고 있다.

종남마을은 당시 10여호 정도가 목축에 종사하며 살고 있었으나, 1948년 11월 20일 경 와산리 마을 전체가 토벌대에 의해 소각되면서 그 후 지금까지 복구되지 않은 채 잃어버린 마을로 남아 있다.

문학과 역사의 만남. 흔히 문학은 허구의 영역이라지만, 시대의 진실을 증언하고 기록하는 임무도 부여받았다. 종남 마을이 역사 속으로 사라지지 않고 우리의 현실로 다가왔듯이, 역사 속으로 사라진 마을이 또 없는지 탐색해 나갈 필요를 느낀다. 이런 마을이 다시 발견되지 않기를 바라면서도, 또 한편으로는 '진실'의 복원에 의미를 더 할 수 있다면 찾아내야 할 임무도 우리에게 주어져 있는 게 아닐까.

다음과 같은 한 역사학자의 생각은 4·3의 현주소를 환기해 주는 시사적인 대목이라 인용해 둔다.

4·3은 반세기가 지난 지금까지도 제주사회에 상당한 영향력을 지니고 있는 현재적 사건이기 때문에, 4·3을 역사적 사건으로 보는 데 그치지 말고, 4·3이 미친 정치·사회·경제·문화적 영향에 대한 분석도 제주 현대사

---

6) '문학 속에 나타난 여순사건'에 대한 보다 구체적인 것은 졸저, 『한국 근·현대소설의 현실대응력』(북스힐, 2003), 77-106쪽 참조.

를 연구하는 데 필수적이라 할 수 있다. 이를 위하여 4·3사건으로 인하여 잃어버린 마을에 대한 실태조사, 마을별 실태조사, 토지소유의 변동상환, 인구변동 등에 대한 조사와 아울러 집단기억에 대한 사회심리학적 분석도 이루어져야 할 것이다.

— 박찬식, 『제주작가』 2호, 39~40쪽 참조

위에서도 언급하고 있듯이 4·3연구는 자료확보와 방법론을 바탕으로 각 부문별로 더 세부적으로 논의되고 진행되어야 할 것이지만, 무엇보다도 실체적 진실을 확보하려는 총체적인 연구는 아무리 강조해도 지나치지 않다. 4·3의 진실규명은 왜곡된 우리 현대사를 바로잡는 것과도 맞닿아 있기 때문이다. 문학 역시 이러한 과업의 정점에서 대중성을 확보하고, 그 의미를 되새기는 데 중추적 역할을 해왔고, 또 앞으로도 지속해 나갈 시대적 명제에 직면해 있다고 해야 할 것이다.

4·3의 상흔을 간직하고 있는 '총 맞은 비석', 곤을동, 다랑쉬 마을, 그리고 4·3평화공원 등 4·3의 역사현장을 더 둘러볼 곳이 있었지만, 일정상 우리의 문학기행은 여기서 그쳐야 했다. 아쉬움을 남긴 채 우리는 4·3의 비극을 오늘의 시각에서 재조명한 마당극이 공연되는 관덕정으로 향했다.

5) 마당극 – 55년 전 제주의 함성과 비극을 재연

오후 4시 관덕정에는 놀이패 한라산의 4월굿 '꽃놀림' 공연을 관람하기 위해 많은 시민들이 운집해 있었다. 관덕정에 모인 시민들은 마당극에 많은 관심을 보이며 배우들과도 호흡을 함께 하고 있었다. 마침 그날의 비극을 재연하는 클라이막스(climax)에 이를 즈음에 나는 아쉬운 발길을 공항으로 돌려야 했다.

북촌리 대학살('아이고 사건')이 작품배경인 놀이패 한라산의 '꽃놀림' 공연장면.

공항으로 가면서 마당극은 4·3의 비극과 현재성을 보여주는 데 아주 유용한 장르라는 생각이 들었다. 또한 55년 전 그 날 제주의 함성과 비극을 온몸으로 재연하려는 배우들의 열연 속에서 제주도민으로서의 자긍심을 잃지 않으려는 열정을 확인할 수 있는 시간들로 다가왔다.

6) 맺으며 - 4·3의 현재성과 오늘의 과제를 떠올리며

짧은 일정이었지만 많은 것을 생각하게 하는 문학(역사) 기행이었다. 나는 이번 기행을 통해서 해방공간 대한민국 탄생의 단면도와 4·3의 역사가 맞물려 있음을 확인할 수 있었다. 그것도 관념적이고 추상적인 차원이 아니라 역사현장을 통해서 실감할 수 있었다.

충분하다고는 할 수 없지만 4·3이 가진 역사적 의미, 나아가 지금의 우리 세대에게 어떤 메시지를 전해주고 있는 지를 절실하게 느끼는 소중한 기회가 됐다. 또한 우리가 소중한 역사적 교훈을 얻기까지 조상들이 너무 많은 희생과 고통이 뒤따랐음도 확인할 수 있었다. 앞으로 이 땅 어느 곳에서도 이런 엄청난 비극이 재연되지 않도록 4·3의 진정한 자리매김에 혼신의 노력을 기울여야 할 책무가 우리세대에게 주어져 있다 할 것이다. 끝으로, 이 글을 쓰는 지금도 현기영의 다음과 같은 절규가 들려오는 듯해 인용해 둔다.

4·3의 수만 원혼들은 반세기가 지난 지금에도 위로 받지 못하고 있다. 진혼되지 않았기에 저승에 안착할 수 없는 그들은 결코 썩은 흙으로 돌아갈 수 없는 주검들로 남아 있다. 대저 슬픔이란 눈물로 한숨으로 표현할 수도 있고 말과 글로도 표현할 수 있다. 그러나 4·3의 슬픔은 눈물로도 필설로도 다할 수 없다. (-중략-)억울한 죽음만이 수호신이 될 자격이 있다. 그리하여 4·3의 우리 조상들은 가장 억울한 넋이기에, 그것도 수만의 세력으로 뭉쳐있기에 가장 영험 있는 수호신이 된다. 7)

역사는 단순히 과거의 사실을 전해주는 데 머물지 않는다. 그것은 죽은 역사이다. 오늘을 사는 우리들에게 끊임없는 질문과 문제의식을 요구한다. 4·3의 역사 속에는 우리 현대사의 질곡의 과정이 고스란히 배어 있다.

정녕 4·3의 실체적 진실 위에 그 정신을 우리 후손들에게 제대로 승계시켜야 할 엄연한 과제가 오늘의 우리 세대들에게 주어져 있음을 직시하자. '해원상생의 흙가슴을 위하여'. **

● (이 글은 필자가 2002년 4월 6일 제주작가회의 주관으로 '작가와 함께 하는 4·3 문학기행'에 참가하고 적은 것이다. 문학기행을 하는 동안 필자를 따뜻하게 맞아주고 정담의 기회를 주선한 제주작가회의 고정국 회장(시인)을 비롯한 제주지역 작가들의 배려에도 감사의 뜻을 전한다. 문학기행에 참가할 수 있도록 후원을 아끼지 않은 제주대 김동윤(문학평론가) 교수의 호의도 잊을 수 없다).

---

7) 현기영, "4·3을 발견하면서 재발견한 몇 개의 화두들"(『제주작가』, 제4호), 71쪽

2부

남도의 역사와 현장

'여순사건' 관련 소설의 담론화 현황과 지향점

1. '여순사건'과 문학

이 글은 '여순사건'[1] 관련 소설의 담론화를 통해 해방 이후 현대사 사건의 문학적 형상화 과정과 그것의 방향성을 탐색해 보고, 또한 이러한 접근이 오늘날의 시점에서 어떤 의미를 띠는지를 고찰하는 데 목적을 두었다. 이는 '여순사건'의 역사적 진실을 밝히기 위한 문학적 담론화가 그 동안 어떻게 전개되어 왔으며, 또 이러한 작업이 문학적으로

---

[1] 이 사건에 대한 명칭은 그 동안 여순반란사건, 14연대 반란사건, 14연대 폭동, 여순봉기, 여순사건 등 다양하게 불려져 왔다. '여순사건'이란 명칭이 일반적으로 널리 사용되어 왔다. '여순사건'이란 명칭은 이 사건의 성격이나 의의에 관한 규정을 유보한 입장에서 나온 가치중립적인 태도에서 나온 것이다.
최근 '여순사건' 70주년을 맞으면서 시민 사화단체 및 일부 연구자들은 '항쟁'이라는 표현을 쓰기도 한다. 역사적 사건의 명명은 그 사건의 성격을 규정한다는 점에서 정명(正名)은 아무리 강조해도 지나치지 않다. 필자도 이러한 입장에 공감하고 있음에도 불구하고 여기서는 이 글이 처음 발표된 시점과 문맥상 일단 '여순사건'이라는 명칭을 주로 사용한다. 경우에 따라서는 '여순항쟁' 혹은 '여순 10·19'라는 용어를 사용할 것이다. '여순사건'의 명칭 및 이와 관련된 보다 구체적인 사항은 주철희,『동포의 학살을 거부한다』, 흐름 2017 참조

어떤 의미를 갖는지를 고찰해 보는 작업과도 맞물려 있다.

'여순사건'은 해방 정국에 벌어진 대표적인 비극적 사건으로 그 논의가 공개적으로 이루어진 것은 최근에 와서다. 오랫동안 '여순사건'은 정치권력에 의해 금기의 영역으로 논의조차 쉽지 않았기 때문이다. '여순사건'은 그만큼 미묘한 이데올로기적 요소와 맞물려 있어 논의가 충분하게 이루어지지 않았을 뿐 아니라 베일에 쌓여있는 부분이 적지 않았음을 시사해 준다. 2)

이 사건은 또한 혼란한 세대의 정치세력과 그 토대가 되는 역사·문화성과 관계되어 일상적인 논리로 해명할 수 없는 다양하고 다층적인 면을 지닌다. 다행스럽게도 근래에 들어 여수 및 순천의 지역사회 연구 단체3)를 비롯하여 사회 각 계에서 '여순사건'에 대한 다각적인 조명과 분석을 요구하고 있음은 물론 진상규명과 이에 관련된 주민들이 명예회복을 여망하고 있는 형편이다. 고무적이고 반가운 징조다.

그런데, 이 사건의 문학적 형상화는 학문 분야나 저널리즘의 차원의 접근보다도 상당히 앞서 있었을 뿐 아니라, 학계나 언론계를 자극하여 그 논의를 이끌어내는데 선도적 역할을 수행했다. 4) 문학은 학문적 방

---

2) 2021년 7월 20일 '여순사건특별법이'이 통과된 이후 지역사회의 인식과 관심도 전파는 다르다. 무엇보다 '여순반란' 사건으로 덧씌어진 오명에서 벗어날 수 있다는 점에서 고무적이다. 덧붙여 2022년 10월 초순 제3차 여순사건 위원회에서 사건 발생 74년 만에 희생자 45명과 유족 214명을 공식 결정함으로써 "제주 4·3사건을 진압하라는 국가의 부당한 명령을 거부하며 발생한 사건"이라고 밝히고 있어 향후 각계의 관심도 더욱 고조될 것으로 전망된다.

3) 이 지역의 대표적인 민간 연구 단체로는 전남 동부 지역 사회 연구소 (http://www.sunchonbay.or.kr)와 여수지역사회연구소(http://www.yosuicc.or.kr)를 들 수 있다. 최근에는 순천대 여순연구소가 설립되어 여순사건 관련 생존자 및 유족의 구술과 채록을 바탕으로 한 증언집 발간을 비롯해서 진상규명과 관련된 연구서를 지속적으로 발간하고 있다.

4) '여순사건'에 비해 '4·3사건'은 이러한 차원의 문학적 노력이 비교적 활발하게 이루어져 온 편이다. 이와 관련해서 졸고, 「4·3 문학 기행 참가기」, 『제주작가』 제10호, 2003. 상반기; 정홍섭, 「학살의 기억과 진정한 평화의 염원」, 『민족문학

법으로 해명할 수 없는 인간과 세계의 현상 및 그 진실을 탐색할 수 있기 때문이다. 이처럼 문학은 역사를 보완하거나 그 역사적 사건을 증명하는 보조양식이 아니라, 다른 여러 학문 분야와 동등한 자리에서 독자적인 의미를 지니고 있다. 그래서 어느 한 시대 역사의 실상은 그에 대한 학문적 연구 성과와 작품과의 만남에서 보다 정직하게 밝혀질 수 있는 것이다.

이런 차원에서 이 글은 '여순사건' 관련 소설의 담론화를 통해 특정한 지역의 문제로 국한하기보다는 해방정국의 역사적 맥락에서 조명함으로써 문학적 형상화와 그것이 가진 의미를 논하기 위해 씌어졌다. 이 글은 역사적 판단을 염두에 두기보다는 문학작품 속에서 끊임없는 재해석이 이루어질 때 더 풍부한 역사적 구체성과 현재성을 확보하고, 나아가 문학적 형상화의 질을 고양시킬 수 있다는 전제에서 출발한다. 또한 이러한 접근은 분단극복과 통일문제의 밑거름으로 인식될 수 있는 문학의 방향을 탐색하고 발전시키는 데도 기여할 수 있을 것으로 판단된다.

2. '여순사건' 관련 소설의 담론화 양상

'여순사건'을 주요 모티프로 한 작품은 많지 않은 편이다. 알려진 작품으로는 김동리의 「형제」, 전병순의 『절망 뒤에 오는 것』, 조정래의 『태백산맥』, 이태의 『여순병란』정도이다. 5) '여순사건'을 삽화형식으

사연구』 제22호, 2003. 6. 참조
5) 조정래의 『태백산맥』은 '여순사건'과 관련하여 언급할 여지가 많은 작품임에도 불구하고 지면관계상 본격적으로 다루지 못했다. 이외에도 문순태의 「일어서는 땅」(『일어서는 땅 』(인동, 1987)은 5·18 광주민주화 운동을 소재로 한 작품이지만 해방정국의 비극적 사건으로 '여순사건'과도 관련된다는 점에서 언급할 여지를 안고 있다. 이 작품은 '여순사건'과 '5·18 광주민주화운동'을 등치시켜 놓음으로써 직접적으로 겪게 된 세대로서의 서술의 핍진성을 도모함과 동시에 두 사

로 짤막하게 언급한 「형제」를 제외하면 작품의 직접 배경으로 다룬 것
은 위에 열거한 작품들이 해당된다. 6)

　물론 '여순사건'을 본격적으로 다룬 작품은 아닐지라도 '여순사건'과
관련해 언급할 만한 작품들로 한승원의 연작소설 「안개바다」를 비롯
해 김승옥의 「건」, 서정인의 「무자년 가을 사흘」, 권운상의 「녹슬은 해
방구』, 정지아의 『빨치산의 딸』등을 들 수 있을 것이다.7) 하지만 필자
가 판단하건대 이들은 '여순사건'을 본격적으로 다루었다고 보기는 힘
들다. 해방공간에서 한국전쟁으로 이어지는 과정에서 '여순사건'을 부
분적으로 언급하고 있는 선에서 머물기 때문이다.

　'여순사건'은 한국전쟁으로 이어지는 현대적 사건인 만큼 단절적(斷
絶的)으로 바라볼 수 없는 측면이 있다. 하지만 본격적으로 다룬 작품
들과 삽화식으로 다룬 작품들을 구분해서 접근할 필요를 느낀다. 이중
에서도 김동리의 「형제」는 '여순사건'을 직접 배경으로 하고 있음을 서
두에 밝히는 정도의 짧은 단편으로 '여순사건'을 본격적으로 다루었다
고 보기는 힘들다. 8) 이 글에서는 우선, 전병순의 『절망 뒤에 오는 것』

건이 갖는 비극의 유사성을 염두에 둔 측면이 크다. 보다 구체적인 사항은 졸고
「5·18 광주 민주화운동과 '기억'의 방식- 문순태의 5·18관련 소설을 중심으로」,
전홍남 편저, 『문순태 소설의 시대정신』, 국학자료원, 2018), 156-161쪽 참조」
6) 근래 들어 '여순 10·19'와 관련된 장편소설 및 창작집들이 다수 출간되고 있어 주
목할 만하다. 다만 이 글은 발표 당시의 글을 일부 깁고 수정한 상태인 만큼 논의
대상이 최근의 작품들까지 망라하지는 못했다. 이와 관련해서는 별도의 지면이
요구된다.
7) 열거한 작품중에서 특히 한승원의 연작소설 「안개바다」, 「석유등잔물」, 「꽃과 어
둠」(『아리랑 별곡』, 문이당,1999)등은 여러 면에서 주목할 만한 작품이다. 김승
옥의 「건」, 서정인의 「무자년 가을 사흘」 등도 비록 삽화적이긴 하지만 '여순사
건'의 비극성을 잘 드러내고 있다는 점에서 여전히 언급할 여지를 남겨두고 있
다.
8) 김동리의 「형제」(『백민』, 1949. 3)는 맨 처음 '여순사건'을 작품의 모티프로 삼고
는 있지만, 지극히 피상적으로 다루어지고 있을 뿐이다. 보다 구체적인 분석은 졸
저, 『해방기 소설의 시대정신』, 국학자료원, 1999, 226-237쪽.

과 이태의『여순병란』의 분석에 주안점을 두었다.

1) 『절망 뒤에 오는 것』의 '여순사건' 수용과 '삶의 자리'

전병순의『절망 뒤에 오는 것』은 '여순사건'의 배경이나 전개과정이
전면에 부각되지 않고 있다. 그러나 이 작품은 해방공간 대한민국의 남
단에서 일어났던 엄청난 역사의 소용돌이 이면에 가려졌던 비극적인
현장을 증언하는데 비중을 둔다. 이 소설 서사의 한 줄기를 여주인공을
중심으로 잡은 것도 이런 맥락과도 무관할 수 없다.

적어도 전쟁이나 혁명, 또는 봉기 등의 질곡의 역사 현장에 앞장섰던
경우는 대부분 남성들인 만큼 남성들의 희생이 컸다. 그러나 그것은 표
면적인 한 모습일 뿐 여성들의 수난도 이에 못지 않았다. 따라서 여성
들의 수난사는 민간인들의 희생이나 수난과도 불가분의 관계를 맺는
다. 작품 속의 여성들은 표면적으로는 사랑을 위해서 동분서주하는 듯
하지만 거기엔 인간다운 삶을 갈망하는 소박하고도 거역할 수 없는 평
범한 욕망과 집념이 똬리를 틀고 있기 때문이다. 그만큼 이 작품은 '여
순사건'을 겪으면서 황폐해지고 증오심을 키워 온 인간 삶에 대한 반성
과 회한이 담겨 있다.

분단시대의 일반사가 아닌 특수사로서 한 전형인 '여순사건'을 소재
로 한 이 작품은, '여순사건'의 발발직후부터 휴전까지를 그 시대적 배
경으로 삼는다. 진압군이 여수시를 탈환하며 진입한 여수시의 정경을
여기서는 다음과 같이 묘파한다.

시체나 귀중품을 파내는 작업이 군데군데 벌어졌고, 각자의 집터를 찾
아 잿더미를 치우는 사람들이 여기저기서 우글거렸다. …(중략)… 이 죽
음의 도시를 버리지 못하고 잿더미 위에 다시 터전을 닦아야 되는 인간이

란 얼마나 악착같은 존재이냐. 새까맣게 타다 남은 기둥의 잔해조차 네것 내것을 가리며 다투어야 되는 인간이란 가엾은 생물이었다. …(중략)…

국군 제X연대가 항만을 봉쇄하고 제 XX연대가 육로를 막아 밀고 들어올 때 독 안에 든 쥐처럼 꼼짝 못하게 되어 버린 반란도배들. 그 안에서 모두 개새끼처럼 새까맣게 타서 죽어버리거나 두 손을 들고 항복해 나오라는 국군의 작전계획이었을까? 아니면 열흘밖에 차지하지 못하고 다시 내어놓을 수밖에 없는 이 시가를 못 먹는 감, 찔러나 버리는 격으로 불질러 버린 반란 도배들의 마지막 발악이었을까?

그러나 그것은 어느 편이건 너무나 처참한 일이 아닐 수 없다. **이미 바다 저편에 군함이 정박했을 때부터 반란군들은 모조리 육로를 뚫고 도망치다 막히면 산줄기를 타고 입산해 버린 것이다. 남은 건 어수룩한 시민들과 그밖에 주착없이 부역한 무리뿐이었다. 텅빈 도시를 에워싸고 무슨 승리고 진압이고 말할 것도 못된다. 군의 정찰부족으로 희생은 일반 시민에게만 컸다.**(모두 어쩔 수 없는 일이지)[9] (고딕표시-인용자)

인용한 대목은 진압군이 시내에 진입하면서 화염에 휩싸인 도시의 정경을 보고 여주인공 서경이 느끼는 감정을 서술한 것이다. 위와 같은 정경묘사는 이 작품의 전체적인 분위기를 집약적으로 드러낸 부분이다. 처참하게 널브러진 시체와 포연에 휩싸인 도시의 묘사를 통해 삶이 송두리째 절단 난 주민들의 피울음과 고통이 아로새겨져 있기 때문이다.

이런 상황에서 승자와 패자가 존재할 수 없다. 여주인공은 분노하고 감정이 복받치면서도 섣불리 어느 한쪽을 일방적으로 지지하는 이분법적 구분을 경계한다. 서경은 작품이 진행되는 상당부분 정부군 아니면 반군(혹은 봉기군)중 어느 쪽의 입장에 서 있는지 분명하지 않다. 하지만 서술의 행간에 정부군의 정찰부족과 신중치 못한 대응으로 시내

---

9) 전병순, 『절망 뒤에 오는 것』, 『한국문학접집 68』(상,하, 삼성출판사, 1973), 상권: 68-69쪽. 이 작품의 텍 스트는 여기에 의존할 것이며, 앞으로는 인용 말미에 권수와 쪽수만 밝힌다.

가 포연에 휩싸이고 민간인들의 희생이 컸음을 적시해 준다. 인용문은 사실에 입각한 묘사로 '여순사건'의 지휘관으로 관여했던 백선엽이 후일 펴낸 저술에서 회고하는 부분과도 일치한다.

여수탈환전은 이승만 대통령을 비롯한 정치지도자들의 성화 속에 이뤄졌다. 이에 여수에 잔류해 있던 반란군 주력이 앞서 순천을 빠져나간 김지회 홍순석 부대와 합류하기 위해 24일 밤부터 이동하기 시작했고 민간인들도 전화를 피해 피란을 서둘던 마당에 이뤄진 조급한 작전은 시가지에 대한 무차별 폭격으로 많은 민간인 희생자를 낳았다. 당시 현장에 있었던 여수 시민들은 지금도 진압군의 포격과 이로 인한 화재로 밤하늘이 벌겋게 물들었던 기억을 간직하고 있다. 10)

위의 진술을 놓고 볼 때 정부군의 과잉진압 혹은 상황판단의 미숙으로 민간인의 피해가 더 컸음을 배제할 수 없다. 11) 하지만 당시 정부나 군은 반군의 저항이 극렬하여 불가피한 조치였음을 피력하는 데 급급했지 민간인의 피해에 대해서는 외면하는 태도로 일관했다. 이러한 점은 '여순사건' 진압 후에도 상당기간 논란이 되었던 사안이다.

이처럼 이 작품은 다소 논란이 있는 민간인의 피해상황이나 사건 당시의 상황을 충실하게 묘사해 놓고 있다. 나아가 사실적 상상력을 통해 역사적 진실의 확보에 공을 들이고 있음을 여러 곳에서 확인할 수 있다. 특히 여주인공 서경의 시각을 통해 이러한 사실이 재현된다.

죄의 유무는 문제 밖이다. 일단 몰리면 빨갱이요, 처벌 앞에 단 한마디도 변명할 겨를이 주어지지 않는 판국이다. 무력만이 인간을 지배하는 세

---

10) 백선엽, 『실록 지리산』, 1992, 고려원, 186쪽.
11) 국방부에서 발간한 진압작전 전투상황을 기록한 자료를 통해서도 확인해 볼 수 있는 사항이다. 구체적인 것은 국방부 전사편찬위원회, 『한국전쟁사: 해방과 건군』 제1권, 동아출판사, 1968, 469쪽.

상을 상상할 때 그것은 절망 그 자체였었다. 동정이나 이해란 손톱 만큼
도 없고 거칠대로 거칠어버린 감정이 횡포하게 남을 규탄한다. 억울하다
고 몸부림치며 쓰러진 주검들이 선하게 떠올랐다. <저놈!>하고 손가락
질[12] 하는 순간, 그 사람의 가슴 속엔 이전에 품었던 앙심이 꿈틀거리고
있었다면 얼마나 무서운 일이냐. 우매하고 추악한 <인간>이라는 이름
이 스스로 슬퍼진다.(상권: 76쪽)

해방공간의 현실에서 실제 대한민국에서 벌어졌던 일에 대해 술회하
는 대목이다. 해방에서 한국전쟁에 이르는 동안 매카시즘(McCarthyism)
의 횡행으로 무고한 민간인들이 억울하게 희생된 경우가 한 두 건이었
던가.

이 작품에서는 인간의 감정이 극도로 격화되고 반목과 대립으로 얼
룩진 현실 속에서도 서경, 혜순, 옥순 등 여교사들이 좌익혐의로 진압
군에게 체포되어 곤욕을 치르고 있는 동료교사 원동휘를 석방시키기
위해 진압군 장교들과 벌이는 실랑이를 통해 인간적인 신뢰를 보여준
다. 서슬 퍼런 진압군을 상대로 억울하게 구속되어 있던 동료를 구출하
려는 이면에는 여성들 사이의 미묘한 애정이 스며 있다(후일 원동휘는
혜순과 결혼하지만 서경과 원동휘는 결혼하고도 서로가 남다른 감정
으로 교제한다).

하지만 이 작품은 사랑이나 애정의 서사에 중점을 두면 작품의 의미
를 제대로 밝혀내기 어렵다. 작품의 전반부 상당 부분은 여성인물들간

---

12) 미군의 작전지휘권과 군수물자의 지원 아래 탈환된 지역에서 진압군은 民怨의
대상이 되었다. 특히 탈환된 지역에서는 경찰·우익인사 청년단원 등이 '복수와
사감'등과 주관적 기준에 의해 이른바 '부역자'를 색출하였다. 이 과정에서 '손가
락총'이라는 말이 유행하였으며 개인적 감정이나 중상모략이 난무했었다 한다.
이로 말미암아 무고한 희생자가 더욱 많아졌고, 그 희생의 주체가 누구인지 애매
한 경우가 많았음은 물론이다.—이효춘, 「여순반란연구: 그 배경과 전개과정을
중심으로」, 고려대학교 교육대학원 석사논문, 1996, 34쪽.

의 미묘한 감정들이 교차되고 있어 애정에 관련된 사건이 작품의 큰 비중을 차지하고 있는 것처럼 보인다. 이러한 점들은 서사적 긴장력을 떨어뜨리는 요인으로 작용하기도 한다. 13)

그러나 이것은 어디까지나 살벌한 현장과 대비된 인간애를 더욱 부각시키기 위한 방략(strategy)의 일종으로 보아야 할 것이다. 14) 『절망 뒤에 오는 것』은 '여순사건' 전개과정이나 그 배경보다도 이 사건으로 인해 인권이 유린되고 황폐화되어 갔던 암담한 현실의 증언과 인간다운 삶의 복원의지에 더 무게중심을 두고 있기 때문이다.

하지만 이 작품에서 우리는 '여순사건'에 관련된 비극적인 현실을 사실적인 분위기 묘사와 사실적 상상력을 통해 증언해 주고 있음도 소홀히 할 수 없다. 분단 특수사로서 진압과정에서 빚은 지나친 보복, 군·경 사이의 경쟁적인 공훈쟁탈이 낳은 부작용으로서의 전투수행의 비능률성, 피난지 부산에서 일부 상류층의 퇴폐와 반역사적인 부패, 부정 등의 작태를 여실하게 묘사함으로써 역사의 증언을 독특히 하고 있는 셈이다. 우리는 이 점을 소홀히 해서는 안 된다. 이는 '역사적 진실'을 확보하기 위한 방략이나 담론 방식과도 무관할 수 없기 때문이다. 15)

---

13) 일간신문에 연재될 것을 염두에 두고 (『절망 뒤에 오는 것』은 전병순의 처녀작으로 1961년 한국일보사 주최 장편소설 공모 가작으로 입선한 작품), 작가는 애정 윤리를 통해 서사적 긴장력을 확보하려 한 듯하다. 하지만 작품 전체적으로 볼 때 오히려 서사적 긴장력을 떨어뜨리는 요인이 되었다고 본다.

14) 이와 관련해서 최미진은, 필자가 여순사건의 역사적 수용이라는 측면을 지나치게 강조한 결과에서 연유한 것으로 필자와 견해 차이를 보이고 있다. 보다 구체적인 것은 최미진, 「사회적 멜로드라마의 역사성과 대중성」, 『현대문학이론연구』 제21집, 2004, 326-327쪽 참조.

15) 이 작품의 담론 방식과 관련하여 보다 구체적인 분석은 졸고, 「<절망 뒤에 오는 것>에 나타난 여순사건의 수용양상과 의미」, 『국어국문학』제127호, 2000, 399-421쪽 참조.

2) 『여순병란』의 '여순사건' 수용과 담론 방식

이태의 『여순병란』은 '여순사건'이 발발한 경위, 전개과정, 정부군에 의한 여수 탈환, 그리고 이후 주모자들이 입산하여 빨치산으로 활동한 행적이 작품의 얼개를 이룬다. 특히 이 작품에서는 '여순사건'의 발발과 전개과정 등에 초점을 두어 그에 관련된 인물들의 활동상황 등을 전남 동부권을 중심으로 전개되고 있다. 뿐만 아니라 국내·외의 정세 등도 보고문학적 형태로 서술되고 있다. '6·25 육군 전사' 등 군 당국의 자료는 물론 빨치산 생존자의 증언, 작가 자신의 체험 등을 토대로 실존인물을 그대로 등장시켜 당시의 사회상황을 재현하고 있기 때문이다. 일종의 증언문학 혹은 증언소설인 셈이다. 16)

증언문학은 한 인물에 대한 이야기가 아니라 역사적 사건이 중심이 되며, 또 그 사건의 진실을 밝히기 위해 여러 관점을 드러나게 하는 접근방법을 통해 더욱 객관적인 신뢰를 가질 수 있다. 17) 『여순병란』은 '실록소설'을 표방하는 만큼 '여순사건'에 관련된 여러 가지 사건과 인물들의 삶을 역사적 사실에 입각해 있음을 여러 곳에서 확인할 수 있다.

이러한 점은 많은 사건 중에서 우선 '영암사건'18)과 '혁명의용군사건'19)의 소설화 과정을 통해서도 어느 정도 드러난다. '영암사건'은 해

---

16) 이태의 『여순병란』은 작가 스스로 '실록소설'이라고 밝히고 있는 만큼 관점에 따라 본격적인 소설로 볼 수 있겠느냐는 논란의 소지를 안고 있다. 그러나 여순사건을 직접적인 배경으로 삼고 있는 만큼 증언문학의 한 형태로서 다룰 가치가 있다고 판단해서 분석 대상에 포함시켰다.

17) 정찬영, 「증언소설의 개념과 특성」, 『현대문학이론연구』 제11집, 1999, 343-374쪽 참조

18) 1947년 6월 1일 제4연대 소속 하사관과 영암 신북지서장과의 사소한 시비가 발단이 되어 급기야 300여 명의 경비대 사병이 영암경찰서를 습격, 총격전을 벌이다 경비대 측의 사병 6명이 사망하고 10명이 부상하는 등 경비대가 참패를 당한 사건.

19) 최능진(제헌의원 선거에서 입후보하려다 이박사 추종자들의 방해로 입후보하지 못했다)과 광복군 출신의 오동기 소령(반란직전의 여수 14연대장) 등이 남북노동

방정국 당시 경비대와 경찰사이의 적대감정이 어느 정도였는지를 짐작케 해 주는 사건이다. 경비대와 경찰 사이의 충돌은 대부분 사소한 문제로 폭발하는 경우가 많았는데, 영암 외에도 구례, 순천 등지에서도 무력충돌로 이와 유사한 사건이 비일비재하게 일어났다.

결국 군사고문단과 상급기관의 중재를 통해서만 해결될 수 있었다. '영암사건'은 '여순사건'의 직접 배경은 될 수 없을지라도 해방정국에서 경비대와 경찰사이의 골이 얼마나 깊이 패어 있었는지를 실감케 해 주는 대표적인 사례로서 '여순사건'의 한 動因으로 작용했을 정도이다. 20) 국방 경비대와 경찰 사이의 골이 깊을 수밖에 없는 이유를 이 작품에서는 다음과 같이 서술하고 있다.

당시 경비대 병사들의 4분의 1은 한글조차 깨닫지 못하는 문맹이었고, 농촌의 머슴이나 관공서의 사환 등 경찰로서는 하찮게 보이는 이른바 기층 출신이 상당수 있었다. 더러는 부랑아나 양아치 따위도 끼어 있었다. 다만 그런 사병집단의 분위기를 리드하는 것은 기초적인 교육이 있고 충분한 의식을 가진 사병들, 특히 하사관들과 경찰의 수배를 받고 숨어 들어온 요즘 말하는 '운동권출신'의 병정들이었다.

그러니 경찰들의 그런 인식에 대해 경비대 성원 자신의 생각은 전혀 달랐다. 그들에게는 경찰이 일제 주구의 잔재라는 인식이 있는 데다 '군은 경찰의 우위에 있다'는 일본 군국주의적 사고가 그대로 답습돼 있었

당과 결탁, 쿠데타를 일으켜 특정 정치인을 옹립하려고 획책하는 것을 사전에 탐지 검거하자 그 하부 조직원인 14연대 장병들이 신변의 위험을 느끼고 반란을 일으켰다고 선전하다가 결국 흐지부지되어 버린 정치적 사건.

20) 안종철은 여순사건 발단의 직접적 배경 가운데 경비대와 경찰 사이의 갈등이 여순사건의 한 동기가 되었음을 배제하지 않고 있다. (안종철, 「여순사건의 배경과 전개과정」(『여순사건 실태조사보고서』 제1집, 1998. 10, 여수지역사회연구소, 1998, 363- 373쪽 참조) 심지어 여순사건이 일어난 배경에 대해 경찰의 학정이 주요한 비중을 차지한다는 시각도 있다. 보다 자세한 것은 김계유, 「여순봉기」, 『역사비평』, 겨울호, 1991, 256-257쪽.

다. 그런 자기들이 급여, 병기, 피복 등 여러 면에서 경찰보다 매우 열악하다는 데 불만을 품고 있었다. 21)

인용문을 통해서 우리는 '영암사건'이 특정한 지역에서 우발적으로 일어났다기보다는 당시 경비대와 경찰사이의 분위기를 짐작케 해 주는 사건이며, 또한 이것은 결국 '여순사건'의 발발에도 적지 않은 영향을 미쳤음을 알 수 있다. '여순사건'과 관련해서 경찰의 희생자가 유독 많고, 이에 따른 민간인의 희생이 늘어나는 악순환을 밟아 결국 후손들마저 뼈아픈 상처로 남게 되었던 것도 당시의 이런 사회분위기와 무관하지 않다. 인용문은 당시 국방 경비대의 분위기를 충분히 헤아려 볼 수 있게 하는 한 대목이다.

또한 '혁명의용군사건'에 대해 김태선 수도청장이 발표한 바에 의하면, 최능진, 오동기, 서세충, 김진섭 등이 주동이 되어 '김일성 일파와 합작하여 자기들 몇 사람이 숭배하는 정객들을 수령으로 공산정부를 수립하려고 공모'하였다는 것이다. 정부 발표에 의하면 '여순사건'은 이들 주모자가 체포된 뒤에도 아직 남아 있던 말단세포가 일으킨 것이다. 22)

하지만 최능진 등이 사건을 일으키기 전에 토의하였다는 구체적인 혁명방법을 살펴보면 상식적으로 쉽게 이해할 수 없는 측면이 많았을 뿐 아니라 '혁명의용군'은 조직적 실체도 없는 허상의 군대였다고 보는 것이 학계의 일반적 시각이다. 이 작품에서도 오동기는 '대쪽같은 성격의 소유자이자 군의 기강을 바로 잡아보려고 시도했던 개혁성향의 인물'로 나온다. 때론 장교들의 부패와 타락을 일소시키는 과정에서 인심을 잃기도 하였지만 사병 후생에 힘썼던 인물로 묘사되고 있다. 뿐만

---

21) 이 태, 『여순병란』 상권, 청산, 1994, 130쪽. 앞으로는 인용 말미에 권수와 쪽수만 밝힌다.
22) 『서울신문』, 1948. 10. 23(『여순사건 자료집』 제2집, 여수지역사회 연구소, 1999, 21쪽 재인용), 국사편찬위원회, 『자료대한민국사』, 1998, 821-822쪽.

아니라 원칙론자로서 방공태세의 확립에도 철저했던 인물로 부각되고 있다.

이외에도 이 작품에서는 '여순사건'의 발발경위와 전개과정, 그리고 전남 동부권 빨치산의 활동반경과 정부군의 대치 등을 사실적으로 묘사하고 있다. 예컨대 제주도 '4·3사건'의 진압을 위해 전달된 전문이 보통 우편으로 전달된 점을 의심스러워 보완유지를 위해 2시간을 조정한 사연, 14연대 구성원들의 성향, 특히 하사관들의 동향과 숙군 작업과의 연관성, 모의계획 등 당시의 긴박한 상황을 재현해 낸다. 이렇게 서술된 사건 중에는 아직 역사학계조차 시각차를 좁히지 못하고 논의의 여지를 남겨둔 예민한 경우도 있다. 또 지극히 원론적인 차원의 서술에 머문 경우도 있다.

하지만 이 작품에서는 아직 연구자들조차 시각차를 좁히지 못하고 있는 부분까지도 여러 가지 정황과 자료를 근거로 서술해 감으로써 역사적 진실의 확보에 공을 들인다.[23] 이를테면 '여순사건'과 남로당과의 연계여부 혹은 일부 하사관을 주축으로 한 자발적 행위였는지, 또 여기에 대한 군 당국의 대응 등을 비교적 상세하게 서술하고 있다.

여기서 우리는 '여순사건'을 주도한 14연대 구성원들의 성향과 '남로당의 개입 여부'[24]를 이 작품에서는 어떠한 시각으로 파악하고 있는

---

23) 문학적 진실은 역사적 진실과 층위가 다소 다르다. 문학적 진실이 역사적 진실을 크게 왜곡해서도 안 되지만 사실성의 추구가 문학적 진실과 꼭 부합하는 건 아닐 수 있기 때문이다. 동시에 문학적 진실과 역사적 진실의 추구는 당연히 교집합도 있다. 다만 문학적 진실은 역사적 사실성에 종속되기보다는 개연성에 보다 방점이 주어져 있다.

24) 남로당의 개입 여부는 두 시각으로 엇갈려 있다. 황남준은 여순사건의 특성을 서술하면서, 사건발생의 측면에서 제 14연대의 일부 좌익계 사병과 여수읍내의 좌익세력이 어느 정도 연계해서 발생한 것이며, 다른 연대 혹은 군수뇌부의 좌익세력들과 연계된 흔적은 전혀 보이지 않는다고 기술한다. 즉 제 14연대 남로당 하부조직 혹은 그 동조세력이 독자적으로 사건을 일으켰다고 보고 있다. 보다 자세한 것은 황남준, 「전남지방정치와 여순사건」, 『해방전후사의 인식·3』, 한길사,

지 접근해 볼 필요를 느낀다. 먼저 14연대 구성원들의 성향을 서술한 다음과 같은 대목을 보자.

1948년 5월초 광주의 4연대 1개 대대를 기간으로 하여 여수에 14연대가 창설되었다.

첫째, '영암군경충돌사건'을 경험했던 사병들, 그리고 기간요원 가운데도 여순사건의 주모자인 지창수, 김지회, 홍순석 등 좌익계 간부들이 적지 않게 들어 있었다. 둘째 사병의 모병작업이 전남 일원의 장정을 중심으로 철저한 신원조회 없이 실행했던 결과 5·10선거투쟁에 경찰 수배자가 다수 입대할 수 있었다는 점이다. 따라서 14연대는 전남 도내 좌익들의 은둔처였으며, 동시에 좌익의 선동에 쉽게 동조할 수 있는 계층 출신의 사병들이 연대의 대부분을 차지했고, 또한 그에 따라 어느 집단보다도 반경사상이 높았다는 사실이다.(상권: 137쪽)

당시 14연대 구성원들에 대한 위와 같은 시각은 이 사건에 관련된 자료를 토대로 볼 때 크게 틀리지 않는다. 위의 진술만을 놓고 볼 때 이 작품에서 '여순사건'을 좌익계 하사관을 주축으로 한 병사들이 계획적으로 일으킨 '14연대 군반란'으로 보는 시각에 의존했다는 비판을 받을 수 있다. '여순사건'을 '14연대군 반란'으로 규정하는 시각은 당시 이승만 정부 또는 진압군의 관점과도 일맥상통하기 때문이다. 당시 이승만 정부는 이 사건을 진압하기 위해 총체적으로 대응했을 뿐 아니라 정권

1987, 467-468쪽 참조. 반면 김계유씨는 장교그룹과 하사관 그룹간에는 역할 분담이 있었다는 주장을 통해 '역할분담론'을 통해 남로당의 개입을 인정하는 견해를 피력하기도 한다. 역할분담론의 입장은 사건의 발발과 여수의 뒷 수습은 지창수가 책임을 맡으며 순천과 전국으로의 합산은 장교그룹에서 담당하도록 함에 따라 사건이 순천으로 확산될 때도 지창수는 순천으로의 동원부대에 가담하지 않고 14연대 본부에 남아 여수상황을 책임지고 있었다는 것이다. 김계유, 앞의 논문, 참조. 최근에 와서는 좌익세력과의 연계 및 남로당과의 역할 분담은 설득력이 떨어진다고 보는 시각이 보다 설득력을 지닌다.

유지 차원에서 활용하려는 의도가 개입되어 있음은 근래에 연구 자료를 통해서도 입증되고 있다. 25) '여순사건'은 해방정국의 정치·사회적 배경과도 떼래야 뗄 수 없는 밀접한 상관성을 지닌다. 다시말해 '여순사건'은 제 1공화국 출범 당시의 사회·경제적 조건 및 정치적 상황의 산물이면서, 동시에 해방 이후 전개된 전남 지방정치와 직접적으로 맞물려 나타났던 '역사적 산물'이다. 26) 당시의 정치·사회적 배경 특히 서민경제에 대한 저간의 실정을 알 수 있게 하는 한 대목을 보자.

당시 공무원들의 평균 봉급은 1,500원 정도였는데 쌀 한말 값이 1,000원이었다. 양심적인 공무원은 모두 굶어 죽어야 하는 계산이다. 소매물가지수가 해방 이후 220 이상 뛰어 올랐는데 평균 임금지수는 80배를 밑돌았으니 그럴 수밖에 없었던 것이다. 각종 지표에 의하면 1947년부터 여순병란이 일어나는 1948년 가을까지 한국 민중들은 전 세계에서 중국 다음으로 높은 물가고, 실업사태, 식량난의 3중고로 모진 고통을 겪고 있었다.(상권: 81쪽)

이처럼 『여순병란』은 당시의 사회적 상황이나 현실을 구체적인 자료를 토대로 당시의 사회상을 충실하게 재현한다. 다만 부분적으로 구체적인 사항이 재구성되고 있을 뿐이다. 이 작품이 보다 궁극적으로 노리는 것은 역사의 소용돌이에서 희생될 수밖에 없었던 평범한 소시민들의 억울함, 또 지극히 소박한 삶의 소망마저 접어두어야 했던 참담한 현장에 대한 고발과 증언에 있다. 나아가 매카시즘의 횡행으로 인한 이

---

25) 이승만 정부는 여순사건의 구조적이고 구체적인 발생원인과 실상을 밝히기보다는 그 책임을 김구나 좌익세력에 떠넘기기에 바빴다.—김득중, 「이승만 정부의 여순사건의 대응과 민중의 피해」, 『여순사건 자료집』 제2집, 여수지역사회연구소, 1999, 86쪽.
26) 구체적인 논의는 황남준, 「전남 지방정치와 여순사건」, 『해방전후사의 인식·3』, 한길사, 1987, 423-445쪽 참조.

데올로기의 장막을 거두고 보다 인간화된 삶의 지향점에 비중을 두고 있음을 주목해야 할 것이다. 27)

3) 단성적 담론의 안팎

『절망 뒤에 오는 것』은 '여순사건' 이후 휴전협정까지를 배경으로 한 작품으로서 일종의 분단소재 문학으로 확장해 볼 수 있다. 특히 '여순사건'을 사실적으로 묘사하고 증언하는 데 심혈을 기울이고 있는 점에서 주목할 만한 가치를 지닌다. '여순사건'의 문학적 형상화를 통해 구체적이고 사실적으로 접근한 경우는 거의 없었다 해도 과언이 아니기 때문이다.

이러한 데에는 여러 가지 요인이 있을 수 있다. 무엇보다도 작가들이 '여순사건'에 대한 이데올로기적 중압감으로부터 자유로울 수 없었던 점이 크게 작용했다고 본다. 집필시 이데올로기적 제약 요소란 작가에게 상대적인 측면을 안고 있다. 이데올로기적 요소는 사안에 따라서는 후대에 창작되었다 해서 반드시 자유로운 것만은 아니기 때문이다. 이를테면, 매체는 달리하고 있지만 영화얘기를 한번 해 보자.

'여순사건'의 진상규명과 명예회복을 위해 2000년 10월경 전남동부지역사회연구소 주관으로 다큐멘타리 형식의 영화 「애기섬」이 거의 완성단계에 있었다. 하지만 군경 유가족 단체들의 유형·무형의 압력 및 예산부족 등으로 제작단계에 많은 어려움이 따랐다는 관계자들의 얘기, 또 우여곡절 끝에 영화를 완성해 놓고도 일부 언론의 색깔론 제기로 사회적 파장이 일어 일반인들은 접해 볼 기회조차 차단당해 왔던 현실28)은 이런 점에서 시사해 주는 바가 크다.

---

27) 보다 구체적인 분석은 졸저,『한국 근현대소설의 현실 대응력』, 북스힐, 2003. 93-106쪽 참조.

『절망 뒤에 오는 것』의 작가(전병순)는 중등학교 교사로 근무할 당시 '여순사건'이 발발했기에 누구보다도 당시의 상황을 생생하게 목격할 수 있었던 점도 이 작품이 비교적 객관적 시각의 확보에 도움이 되었을 것으로 추측된다. 29) 물론 사건을 직접 목격하고 그 사건에 관련된 사람들도 관점에 따라 혹은 입장에 따라 동일한 사건에 대해 정반대의 시각으로 볼 수 있는 측면이 있다.

당시 '여순사건' 관련자들의 증언을 녹취하고 이것을 토대로 기술한 관련 자료들이 때로는 현저한 시각차를 보이는 것을 보아도 짐작할 수 있다. 30) 이런 점에서 이 작품은 단지 시기적으로 앞서 다뤘다는 점 외에도 다루는 시각이 그 동안 진압군의 시각에 의존해 일부 과장·왜곡되었던 부분을 재조명하는 계기를 부여한 측면을 소홀히 할 수 없는 이유이기도 하다.

물론 아쉬운 점도 있다. 우선, 당대적 정치권력에 대한 비판의식이 없이 '민족의식'을 강조하는 형태를 띰으로써 소박하고 원론적인 접근 방식에서 벗어나지 못했던 점을 들 수 있다. 이는 당시 정치·사회상과 작중인물을 구체적으로 관련지었더라면 보다 설득력 있게 제시될 수 있었을 것이다.

또 하나는 앞의 지적과도 관련되는 문제인데, 개인간의 얽히고 설킨 사연을 통해 당시의 사회상을 간접적으로 드러내는 데 비중을 두다 보

---

28) 영화 「애기섬」을 연출·감독한 장현필 감독으로부터 「애기섬」의 제작 및 상영과 관련해서 애로사항을 적지 않게 들었다.
29) 전병순씨는 여순사건 당시 억울하게 좌익 혐의로 희생당한 송욱 교장이 근무했던 여수여중 교사로 재직한 것으로 전해진다.
30) 증언은 다분히 정치적인 측면을 안고 있을 수 있다. 관점에 따라, 혹은 입장에 따라 진술하는 과정에서 자기관점이 개입될 수 있기 때문이다. 이 사건과 관련해서 증언을 녹취하는 과정뿐만 아니라 당시의 문서나 자료를 분석할 때도 이러한 측면이 면밀하게 검토되어야 할 것이며, 또 이러한 측면이 '실체적 진실'에 접근하는데 어려움으로 작용하기도 한다.

니 인간적인 갈등이나 분단체제가 빚는 상호 모순적인 인간상이 제대로 부각되지 못했다.

이러한 지적은 이 작품에서 인간의 갈등상이 전혀 부각되지 못했다는 의미는 아니다. 특히 전반부의 상당부분은 진압군에 맞서 부당함을 호소하는 여교사들과 진압 군인의 첨예한 갈등상이 부각되고 있다. 하지만 작품 전체적으로 볼 때 이것은 미약하며, 결과적으로 인물들간의 갈등상을 부각시켜 작품 전체의 탄탄한 구성력을 끝까지 확보하는 데까지 나아가지는 못했던 것이다.

한편, 『여순병란』은 실록소설을 표방하는 만큼 서술자의 다양한 시각을 확보하지 못하고 역사적 사건의 사실적 수용에 보다 비중을 두다 보니 문학적 상상력이 취약해질 수 밖에 없었다. 이는 실록소설이라는 장르상의 제약점에 기인하는 점도 있지만 보다 본질적으로는 문학적 개연성을 약화시키는 구조적 요인에서 비롯된 측면이 크다.

이처럼 전병순의 『절망 뒤에 오는 것』과 이태의 『여순병란』등은 역사적 사건의 수용양상에서 차이를 보인다. 후자는 실록소설을 표방한 만큼 보다 실존인물을 중심으로 사건이 전개되고 있다. 그리고 여순사건의 실체적인 진실의 일부를 재구성하고 있다. 하지만 전자는 사실적 상상력을 동원하여 역사적 진실을 추구함으로써 문학적 개연성을 유지하고 있으며, 나아가 구조적으로도 진일보한 면을 보인다.

동시에 두 작품은 '여순사건'의 문학적 수용과 상상력을 통해 다성적 담론의 장으로 나아가지 못한 한계점을 안고 있다. 이는 정도의 차이는 있을지 몰라도 '역사적 진실' 추구에 대한 작가의식이 앞선 나머지 작품의 구조적 측면에 소홀한 결과에 기인한다.

3. 과제 및 제언

이 글은 '여순사건' 관련 소설의 문학적 형상화 과정을 탐색하고 그것이 갖는 의미를 살펴보기 위해 씌어졌다. 특히 전병순의 『절망 뒤에 오는 것』과 이태의 『여순병란』을 분석의 유용한 준거로 삼고 담론화 양상과 그것이 갖는 문학적 의미를 고찰하는데 주안점을 두었다.

우선, 두 작품은 '여순사건'을 본격적으로 다룬 작품들이다. 또한 '여순사건'을 다루는 시각이 비교적 그 동안 진압군의 시각에 의존해 과장 · 왜곡되었던 부분을 재조명한 측면에 의미를 부여했다. 두 작품은 비록 접근해 가는 방식은 다르지만, '광기의 현장'을 증언하고 비판함으로써 비극적 사건에 대한 성찰과 반성의 계기를 제시해 주기 때문이다.

또한 두 작품은 절망의 끝에서 희망을 싹틔우고 인간다운 삶의 소중함과 복원의지를 잃지 않을 때만이 인간의 존엄성을 유지할 수 있음을 역설해 준다. 이러한 점들은 분단모순의 문학적 치유와 그 방안에 대한 모델로서의 의미도 제공하고 있다고 봐야 할 것이다.

다음으로는 당시의 사회적 상황을 증언하고 그 참상을 고발하는 수준을 벗어나 휴머니즘에 입각한 인간성 옹호의 가능치를 제고하였다. 물론 두 작품이 인간성의 옹호방식과 인간다운 삶의 복원의지를 형상화한 방식은 다르지만, 단지 '여순사건'의 현장을 고발하고 증언하는데 그치지 않았다. 절망과 연속되는 시련 속에서도 인간다운 삶의 복원의지와 희망을 이어가는 인간상을 제시해 주고 있다.

'여순사건'과 같이 미묘한 현대적 사건을 다룰 경우 자칫 지나치게 좌우 대립적인 갈등의 부각이나 혹은 이분법적 시각에 얽매여 오히려 바람직스럽지 못한 결과를 도출할 수 있다. 하지만 두 작품은 역사적 사건의 재구성을 통해 '역사적 진실'의 확보에 일조한 작품들로 판단된다. 나아가 두 작품은 '여순사건'으로 인한 지역민들의 수난을 통해 인간 삶의 황폐화, 매카시즘의 횡행으로 인한 인간다운 삶의 손실과 이에 대한 복원의지를 형상화한 공통점을 보인다.

특히 전병순의 『절망 뒤에 오는 것』은 여러 면에서 주목할 만하다. 단지 '여순사건'을 본격적으로 다루고 있다고 해서 특별한 의미를 띠는 것은 아니다. 이 작품의 의미를 보다 확장해 본다면 분단문학의 범주에서 파악하려는 자세도 요구된다. 요컨대 『절망 뒤에 오는 것』은 이문열의 『영웅시대』, 이병주의 『지리산』, 조정래의 『태백산맥』, 김원일의 『불의 제전』, 『겨울 골짜기』로 이어지는 80년대의 괄목할 만한 장편 분단소설의 등장에 어떤 연결고리를 했는지를 엄밀하게 성찰하고, 또 그 한계를 통시적인 맥락에서 구명해 갈 때 작품의 의미가 보다 분명해질 것이기 때문이다.

다만, 이 작품에서 우리는 분단의식의 부분성과 단편성, 그리고 혈연성과 같은 70년대적 한계를 완전히 극복했다고는 볼 수 없을 지라도 구체적이고 사실적으로 '여순사건'을 비교적 중립적인 시각을 확보하면서 분단극복 의식을 고무시킨 점을 주목해야 할 것이다. 왜냐하면 역사에 대한 정당한 해명이 현실의 이해와 미래의 올바른 진로를 위해 필연적인 것이라고 할 때, 분단문학은 여전히 우리 문학의 핵심 영역에 위치할 것이고 해방공간은 계속해서 작가의 상상력과 분단 극복의 의식을 자극할 것이기 때문이다.

역사적 사건에 대한 문학적 형상화의 노력은 그 동안 지속적으로 이어져 왔다. 역사적 사실과 문학적 진실은 대치되기보다 상보적 관계를 유지하기 때문일 것이다. [31] '여순사건'의 문학적 형상화에도 적용될

31) 문학과 역사의 관련성, 나아가 역사적 사실과 문학적 상상력의 상관성과 관련하여 원론적인 측면에서 혹은 작품과 구체적으로 연관시킨 글들은 이미 많이 발표되었다. 이와 관련된 문헌으로는 이상신 편, 『문학과 역사』,(민음사, 1982); 한국문학연구회 엮음, 『다시 읽는 역사문학』,(평민사, 1995); 이남호 편한국 대하소설 연구』,(집문당, 1997) 등이 주목에 값한다.

수 있는 얘기다.

과제 및 제언으로 이 글을 마무리 하고 싶다. 먼저 김승옥, 조정래, 서정인, 그리고 한승원, 이청준의 작품들 중에서 '여순사건' 관련 대상 작품을 좀 더 확대해서 연구의 지평을 넓혀갈 필요가 있다. '여순사건'과 관련해서 언급할 여지를 여전히 안고 있다는 문제의식이 요구된다.

물론 '여순사건'을 직접적으로 언급하거나 본격적으로 다루었다고 보기 힘든 작품들도 있다. 그럼에도 불구하고 이러한 원인을 포함해서 당시의 시대적 상황이나 메카시즘과의 관련성 속에서 추적해 간다면[32] 유의미한 결과를 도출해 낼 수 있다. [33] 동시에 이들 작가들의 작품 속에서 '여순사건'을 다룬 방식의 공통점과 차이점을 구명해 가는 것도 '여순사건' 관련 소설의 지형도를 파악하는 데 시사점을 제공할 것으로 본다.

또 하나 제언하고 싶은 것은 이승우를 비롯해서 한창훈, 정지아, 전성태 등 중견 작가들이 선배 세대들의 문학적 업적을 이어받아 '여순사건'과 관련한 작품들을 지속적으로 창작함으로써 관심의 지평을 확대해 가는데 기여했으면 싶다. 문학의 소재 및 제재는 창작의 자율성의 영역이라는 점도 감안해야겠지만 미체험 세대의 작가로서 사실성과

---

32) 해방공간 당시의 시대적 상황과 메카시즘으로 인한 민간인의 희생과 관련해서는 당시 사진도 유효한 증거자료가 되고 있다. 특히 칼 마이던스(Carl Mydans)와 이경모의 사진은 주목할 만하다. 보다 구체적인 것은 임송본, 「사진으로 보는 여순 10·19」, 전남인재평생교육진흥원, 『남도학 첫걸음』 자료집, 2022, 240-265쪽 참조.

33) 이와 관련해서 이균영의 유작 『나뭇잎들은 그리운 불빛을 만든다』(민음사, 1997)에 수록된 「빙곡」은 장편소설을 염두에 두고 쓰다가 불의의 교통사고로(1996. 11)로 완성을 못했다. 하지만 이 작품에서도 '여순사건'과 관련된 인물이 등장하고 사건들을 삽화적으로 다루고 있다. 이와 관련해서는 별도의 지면이 요구된다. 작가 이균영은 광양 출신으로 1977년 「바람과 도시」로 동아일보 신춘문예로 등단하고, 2004년 「어두운 기억의 저편」으로 제8회 이상문학상을 수상한다. 1993년 『신간회연구』로 단재학술상을 수상한 역사학자이기도 하다.

상상력의 조화를 통한 작가의식의 복원은 여러 면에서 주목할 만한 성과로 이어질 수 있다. 34) 동시에 지역사회도 이와 관련된 여건의 조성(혹은 정책적 지원35))이나 연대의식을 발휘해서 관심의 제고 및 확대에 기여할 수 있도록 지혜를 발휘했으면 싶다.

●(이 글은 2019년 11월 30일 순천시의회여순사건 특별위원회와 순천문협의 공동 주관의 〈여순사건과 남도문학〉 포럼에서 발표한 내용을 일부 수정한 것임. 참고문헌은 각주로 대신함)

---

34) 이런 점에서 '5·18광주민주화운동'을 다룬 한강의 『소년이 온다』(창작과비평사, 2014)는 여러 면에서 시사적이다. 이 작품에 대해 평자들도 대체로 호평이 많거나 참신하게 평가한다. 이외에도 근래 들어 '여순 10·19' 및 이와 관련된 인물을 소재로 한 정지아의 장편소설 『아버지의 해방일지』(창작과비평사, 2022)를 비롯해서 정미경의 『공마당』(문학들, 2021), 양영제의 『여수역』(좋은 땅, 2020) 등도 주목을 요한다. 이와 관련해서는 최현주, 「역사적 사건으로서의 '여순10·19'와 문학적 형상화」, 전남인재평생교육진흥원, 『남도학 첫걸음』 자료집, 2022, 132-158쪽 참조,
35) 순천시와 여수시를 비롯한 지자체에서 '여순항쟁 문학제' 혹은 '여순항쟁 문학현상 공모' 등을 통해 작가 및 지역사회의 관심을 제고하는 데 솔선하거나 혹은 '여순사건' 관련 소설 문학작품집을 발간하도록 정책적으로 지원할 수도 있다. 2022년 <여순 10·19 문학상>이 제정되고 응모작도 많아 성황리에 마친 점은 여러 면에서 시사점을 제공해 준다. 맥락이 다소 다르지만, 도선국사를 인물로 다룬 장편소설 『도선비기1』, 『도선비기2』(2006, 이룸)와 『매천 황현1』, 『매천 황현2』(문학들 2010)등의 출간은 광양시의 작가 및 출판비의 지원에 힘 입은 바 크다.

'5·18광주민주화운동'과 '기억'의 방식

문순태의 5·18 관련 소설을 중심으로

1. 들어가며

이 글은 '5·18광주민주화운동'[1] 관련 소설 속에 나타난 광주를 '기억'의 측면에서 혹은 '서사적 진실'의 확보와 어떻게 관련되고 있는지를 고찰하는 데 주안점을 두고 있다. 이는 '5·18' 관련 소설 속에서 '광주'가 갖는 공간성과 상징성의 문제를 구명하는 문제와도 맞물려 있어 문화사회학적 입장을 견지한 것이기도 하다. 특히 이 글은 '5·18'과 관련된 문순태의 소설 <일어서는 땅>(1987), <최루중>(1993), <녹슨 철길>(1997), ≪그들의 새벽≫(2000) 등을 분석하는데 주안점을 두었다.

본고에서 문순태의 소설을 주목하려 한 것은, 지금까지 '5·18' 관련 소설을 연구하는 과정에서 그의 소설이 미학적으로나 주제의식 면에서 주목할 만한 작품들임에도 불구하고 상대적으로 연구자들로부터

---

1) 이 글에서는 '5·18광주민주화운동'을 문맥에 따라서 '5·18민중항쟁' 혹은 '5·18'을 사용하는 경우도 있을 것이다.

비평적 조명을 덜 받은 측면을 감안했다. 또한, 그는 지식인이자 작가로서 역사적 부채감을 안고 4편의 5 · 18 관련 소설을 썼다. 이는 '실체적 진실'을 확보하는 것 못지않게 '서사적 진실'의 확보를 통한 '기억의 투쟁'과도 무관할 수 없다고 본다. 동시에 '집단 기억'의 방식을 통해 5 · 18의 지속적인 관심과 미래 세대 계승의 한 방식을 보여준 점에서도 주목할 만하다.

'5월 광주'가 반성적 역사로 지속적으로 갱신되기 위해서는 보편자로서가 아닌 개별 주체들의 기억에 대한 의미화가 분자적으로 이루어져야 할 것이다. 기억 연구는 한편으로는 다양한 차원의 내러티브들이 경쟁하고 공존할 수 있게 함으로써 기억이 여타의 힘 없는 기억들을 억압할 수 없도록 하는 반사적 효과가 있기 때문이다. 기억 연구의 대가인 엔델 털빙(Endel Tulving)은 "기억이란 정신 속에서 진행되는 시간여행"이라고 지적했다. 기억은 과거에 일어났던 일을 현재화해서 다시 경험하는 것이다. 물론 여기서 '기억'은 언어를 써서 설명할 수 있는 '서술기억(declarativ memory)'[2]을 염두에 둔 측면이 더 크다.

이 글 역시 이러한 맥락을 수용하면서 문순태의 '5 · 18' 관련 소설 속에 나타난 '기억'의 방식을 통해 '서사적 진실'의 확보 과정을 드러내고 동시에 '광주'의 서사공간은 소설 속에서 어떻게 의미화되고 있는지를 추출하는데 주안점을 두려고 한다. 서사가 엮어내는 이야기는 어떤 무질서한 집합체로서 사건의 나열이 아니라 부분과 전체, 처음과 끝이 일관된 연결성을 갖게 하는 일종의 질서화 작업에 근거한다. 요컨대. 서

---

2) 서술기억도 '의미기억'(semantic memory)과 '일화기억(episodic memory)'으로 나누어지는데. 이 글에서는 삽화기억에 보다 가까운 개념이다. 이것은 기억하는 사람 자신에 관한 기억, 과거 자신의 인생에서 일어났던 어떤 에피소드(일화)에 관한 기억을 포괄하고 있기 때문이다 삽화적 기억에는 언제나 행위자 또는 어떤 행위의 수용자로서 '자신'이 포함된다. 보다 구체적인 것은 석영중, 『뇌를 훔친 소설가』, 예담, 2011, 159-173쪽 참조.

사란 사건을 특정한 의미틀에 집어넣음으로써 그것을 이해하게 해주는 '인지적인 과정'이다. 이러한 인지적인 과정은 체험을 명명할 수 있고 서로 관련된 사건들의 합성물로 구성하도록 해준다.

이런 맥락에서 보면 '서사적 진실'은 '역사적 진실'과는 다르다. '서사적 진실'은 상상력과 보다 밀접한 관련을 지닌다. '서사적 진실'은 '역사적 사실'과 부합하기도 하지만 소설이란 집의 규모와 균형을 위해서 작가에 의해 취사선택된다는 점에서는 '역사적 사실'과 부합되지 않는 경우도 있기 때문이다. 3) 본고에서 소설 속에 나타난 '기억'의 방식을 주목하는 것도 이러한 맥락에서다.

이 글에서 '5·18' 관련 소설 연구의 현황을 개관하거나 혹은 이와 관련된 연구물들도 적지 않기에 일일이 검토하는 것은 적절치 않다. 다만 정명중, 왕철, 김정숙, 한순미, 심영의 등의 글은 본고의 작성 과정에도 적지 않은 시사점을 제공해 주었다. 4) 특히 본고와 보다 직접적으로 관련되고 있는 심영의의 글은 주목할 만하다. 그의 글은 문순태의 소설을 통해 광주라는 서사 공간이 기억의 개입과정을 통해 어떻게 의미화되고 있는가를 분석하는데 주안점을 둠으로써 본고와도 맥락을 같이한다.

3) 보다 구체적인 것은 김현진, 「기억의 허구성과 서사적 진실」, 최문규 외『기억과 망각』, 2003, 217-236쪽 참조.

4) 정명중, 「5월 항쟁의 문학적 재현 양상」, 『민주주의와 인권』3권 2호, 전남대학교 5·18연구소, 2003; 「'5월 문학'연구에 대한 비판적 고찰」, 『현대문학이론연구』제22집, 현대문학이론학회, 2004; 「'5월'의 재구성과 의미화 방식에 대한 연구-소설의 경우」, 『5·18민중항쟁과 문학예술』, 5·18기념재단, 2006; 왕철, 「소설과 역사적 상상력-임철우와 현기영의 소설에 나타난 5·18과 4·3의 의미」, 『민주주의와 인권』제2권 2호, 전남대학교 5·18연구소, 2002, 10; 김정숙, 「5·18민중항쟁과 기억의 서사화-8·90년대 중단편소설을 중심으로-」, 『민주주의와 인권』제7권 1호, 전남대학교 5·18연구소, 2007; 한순미, 「고통, 말할 수 없는 것; 역사적 기억에 대해 문학은 말할 수 있는가」, 『호남문화연구』제45집, 전남대학교 호남학연구원, 2009, 9; 한순미, 『미적 근대의 주변부: 추방당한 자들의 귀환』, 문학들, 2014; 심영의, 「5·18소설의 '기억공간' 연구-문순태의 소설을 중심으로-」, 『호남문화연구』제43집, 호남학연구원, 2008, 12.

인간의 정신 영역에 나타나는 기억과 망각의 심리적 과정은 억압과 반복, 자리바꿈, 쾌락의 원칙과 같은 심리적 메커니즘에 의해 일어나는 것으로서 왜곡이나 수정에 의해 이루어지는 꿈의 작업과 유사한 과정이라고 할 수 있다. 따라서 기억의 행위란 결코 지나간 것의 정확한 재현이 아니다. 지나간 것을 현재화하는 행위에는 언제나 애매함이나 불확실성이 따르기 마련이기 때문이다. 그러한 불완전한 기억에 도움을 주는 것은 바로 상상력이다. 그러나 상상력이 발현되는 순간 본래의 것은 진정성을 상실하기도 한다. 따라서 이러한 기억의 불완전성과 상상력 간의 관계는 동서양의 작가들에게 공통적으로 나타난다. 5)

그렇다면 문화로서의 기억은 왜 존재하고 작동하는 것일까? 그것은 자신의 흔적을 남기고 보존하려는 인간의 욕구, 다시 말해 망각되지 않으려는 욕구 때문이다. 결국 기억은 망각에 대한 필연적 반응인 셈이다. 이런 점에서 문순태의 5·18 관련 소설에 나타난 '기억'의 방식과 '서사적 진실'과의 관련성의 추출은 이와 관련된 연구에 시사점을 제공할 수 있을 것이다.

---

5) 서양의 작가들까지 예를 들 수는 없지만 국내 작가의 다음과 같은 고백에서도 지나간 것의 현재화로서의 기억이 지닌 애매함과 불확실성을 읽어낼 수 있다. "그러나 소설이라는 집의 규모와 균형을 위해선 기억의 더미에서 취사선택은 불가피했고, 지워진 기억과 기억 사이를 자연스럽게 이어주기 위해서는 상상력으로 연결고리를 만들어 주지 않으면 안 되었다. 더 큰 문제는 기억의 불확실성이었다. ---기억이라는 것도 결국은 각자의 상상일 따름이라는 것을 깨닫게 된다."(박완서, ≪그 많던 싱아는 누가 다 먹었을까≫ 6쪽). 보다 구체적인 것은 최문규, 「문화, 매체, 그리고 기억과 망각」, 최문규 외, 『기억과 망각』, 책 세상, 363쪽 각주3)에서 재인용

2. 유년의 기억, 반복되는 비극의 현장과 생명력의 공간:

〈일어서는 땅〉

문순태의 <일어서는 땅>은 '80년 5월 광주항쟁 소설집'이라는 타이틀을 달고 나온 소설집《일어서는 땅》(인동, 1987)에 수록된 작품이다. 문순태로서는 '5 · 18 민중항쟁'을 소재로 처음으로 쓴 소설이기도 하다. 6) 작품을 분석하는 과정에서 밝혀질 터이지만,「일어서는 땅」은 작가 자전적 체험과 사건이 배어든 작품이다. 소설집 첫머리 '작가의 말'에서도 밝힌 바와 같이, 그는 80년 5월 전남 매일신문사 편집국 부국장 자리에 있었다. 데스크를 맡고 있는 입장에 있었다고는 하지만, 5·18 현장에서 기록하고 체험한 입장에서 누구보다도 5 ·18을 생생하게 경험하고 목도한 셈이다.

이 작품에 대해 한 연구자는 "5·18 민중항쟁이 단순히 일회적이고 우발적인 사건이 아니라 한국 현대사를 가로지르고 있는 분단 모순의 연장선 위에서 발생한 것이라는 작가의 문제 의식을 잘 드러난 소설"7)로 평가한 바 있다. 적절한 지적이다. 이 작품에 등장하는 인물들의 관계와 면면을 보아도 그렇고, 한 가족의 비극이 대를 이어가며 반복되는 서사의 전개과정을 놓고 보아도 역사에 대한 거시적 조망이 자리했다는 점을 배제할 수 없다. 동시에 한 가족의 비극은 당연히 한 개인사 이전에 당대 민중의 삶으로 확대된다.

그는 남쪽 항구도시의 반란사건8) 때 행방불명이 된 아들을 찾아 한동

---

6) 소설집『일어서는 땅』은 '5 ·18민중항쟁'을 소재로 처음으로 펴낸 소설집으로서 의미가 깊다. 문순태의 소설 외에도 9명 작가들의 작품이 더 수록되어 있으며, 이들 작품의 의미와 관련해서는 정명중, 김정숙의 앞의 논문에서도 다룬 바 있다.
7) 심영의, 앞의 글, 238쪽.
8) 해방정국의 큰 비극인 사건으로 비화되기도 했던 '여순사건'을 지칭한다. '여순사건'의 성격과 관련해서는 김득중,「이승만 정부의 여순사건 인식과 민중이 피해」, 여수지역사회연구소,『여순사건연구총서』, 제2집, 1999. 및 홍영기,「여순

안 정신없이 헤매었던 어머니를 생각해 보았다. 그리고 어머니와 아내를 비교해 보았다. 어머니와 아내는 다같이 아들을 잃어버렸다. 그리고 마을 사람들로부터 미쳤다는 말을 들었다. 그러나 그는 어머니도 아내도 미쳤다고는 생각하지 않았다. (중략)사십 년 전 어머니에게 형의 죽음을 말했지 못했던 것처럼 그는 아내한테 아들의 죽음을 인식시키려고 하지 않았다. 아내가 아들 찾기를 포기했을 때, 아내는 동면과도 같은 깊은 실신의 망각으로부터 영원히 깨어날 수 없다고 생각했기 때문이다. 9)

다소 길게 인용한 대목은 소설의 모두(冒頭)에 해당한다. 작품의 구성과 얼개를 어느 정도 드러내 준다. 여순사건으로 형은 행방불명이 되고, '5·18 민중항쟁'으로 자신의 아들마저 행방이 묘연해진 엄청난 비극의 소용돌이에 휘말린 한 가족을 등장시켜 비극의 양상에 광주의 비극을 포개놓는다. 분단 뿐 아니라 그 분단의 원인이기도 했던 일제강점기까지로 소급해 간다. 특히 이 작품에서 '여순사건'과 '5·18'을 등치시켜 놓음으로써 직접적으로 겪게 된 세대로서의 사건 서술의 핍진성을 도모한 측면도 있다. 두 사건이 갖는 비극의 유사성을 염두에 둔 측면이 더 크다.

1) 사십 년 전 어머니와 함께 항구도시의 산동네 기슭에 장작더미처럼 쌓여 있는 시체 무더기를 보고 한동안 심하게 구역질을 했던 일을 말하고 싶지가 않았다. 그의 아내도 육 년 전 시체더미를 본 자리에서 마구 구역질을 하면서 눈이 뒤집히더니 이내 실신을 하지 않았던가(24쪽)

2) 사십 년 전 반란사건이 터졌던 항구도시는 고속도로의 남쪽 끄트머리

사건에 관한 자료의 성격과 연구현황」, 『지역과 전망』 제11집, 전남 동부지역사회연구소 자료집, 1999 참조.
9) 문순태, <일어서는 땅>, ≪일어서는 땅≫, 인동, 1987. 19쪽. 앞으로는 인용 말미에 쪽수만 기입한다.

에 있고, 토마스가 흔적도 없이 사라져 버린 우리를 위한 영의 탑이 있는 도시로 가자면 고속도로를 따라 북쪽으로 사십 분쯤 달려야 한다.(27쪽)

인용한 장면들을 통해 짐작할 수 있듯이, 이 소설의 주인공 박 요셉의 아버지는 일제 강점기에 노무자로 끌려가서 행방이 묘연해졌고, 자신의 형은 여순사건 때 행방불명이 된 경우다(사실 박 요셉은 형의 시신을 확인했으나 어머니에게 알리지 않은 채 돌아와 평생을 죄책감을 안고 산다). 이제 자신의 아들마저 5·18 당시 행방이 묘연해진 경우로 대대로 이어지는 가족사의 불행이 서사의 중심이 된다. 어머니가 형의 행방을 찾으려고 거의 실성한 모습이듯이 아내는 토마스를 찾으려는 희망을 버리지 못한다. 매년 5월이 되면 아내 역시 6년째 거의 실성한 사람으로 변한다. 토마스 또래의 대학생들이 '5·18' 당시 토마스를 연상시키는 말을 전하면 상실감이 극에 오른다. 박 요셉은 '아비부재'의 시대를 살아온 세대로서 겪는 아픔도 있지만, 어머니는 이런 상실감을 형의 집착으로 대신한다.

그들 모자가 쌍암재 마루턱을 향해 작은 작음 모퉁이를 감고 돌 때 다시 총소리가 짜글짜글 산을 흔들었다.
"엄니 그만 돌아가요."
박 요셉이 어머니의 말기끈을 잡고 늘어졌다. 그러나 어머니는 끙끙 두 다리에 힘을 쏟아 내리며 계속 걸었다.
"네 형을 못 찾으면 네 아버지도 만날 수 없단다. 네 형을 만나야 아버지도 만날 수 있는겨."
박 요셉은 그런 어머니의 말을 이해할 수 없었다. 형을 만나야 아버지도 만날 수 있다는 어머니의 그 말이 무엇을 뜻하는 것인지 몰랐다. 어린 박 요셉의 생각에도 아버지는 노무자로 끌려가 죽은 것이 분명한 듯싶었는데, 죽은 아버지를 다시 만날 수 있다고 생각하는 어머니, 어쩌면 어머니는 형과 아버지를 혼동하고 있는 것인지도 모른다고 생각했다. 아니 형을 아버지로 잘못 생각하고 있는 것인지도

모를 일이었다(고딕글씨-인용자, 29쪽)

어렸을 때 어머니가 형에 집착하는 이유를 이해하지 못했지만, 요섭은 아내와 함께 토마스의 행방을 수소문하기 위해 광주를 왕래하면서 조금씩 이해하게 된다. 앞에서도 서술한 바 있듯이, 이 작품의 특징은 '겹침의 구조'[10]를 갖는다. 요섭의 어머니와 아내는 동일한 삶의 궤적을 밟고, 또 이 작품 여러 곳에서 형과 토마스를 동일 선상에 놓고 있음을 발견할 수 있다. 예컨대, 작가는 예전의 형의 자취방 분위기와 토마스 자취방 분위기를 병치시켜 놓거나, 형의 일기에 기록된 내용과 토마스의 일기에 기록된 그것이 거의 일치함을 제시하기도 한다. 여기에 하나 더 첨가할 것은 토마스와 무등산을 동일시하려는 장면의 삽입이다. 작품 결말부분에 이르면 토마스는 무등산이 품은 한 대상이 되는 것이다. 따라서 결말에 이르면서 자식을 잃은 부분의 상실감을 달래주는 위안의 대상이 바로 '무등산을 보는 것'[11]이라는 설정은 의미심장하다. 특히 아내에게 무등산은 "흙과 돌과 바위와 나무와 풀로 이루어진 자연의 총체로서의 거대한 무더기라기보다는, 슬픔과 기쁨과 꿈과 기억들을 불러일으켜 주는 빛나는 생명체"(58-59쪽)였던 것이다. 요섭과 그의 아내에게 그랬든 것처럼 무등산은 그저 산이 아니라 자신의 아들 마냥

---

10) 김명중, 앞의 글(2002), 67쪽.
11) '무등산'에 대한 문순태의 애착은 유별나고 깊다. 자연히 그의 작품에서 반복적으로 등장한다. 무등산은 광주의 역사적 사건과 기억, 그리고 지역 사람들 사이에 전승되어온 집단적 기억인 설화와 신앙, 문화 등과도 밀접하게 결합되어 있다. 이런 점에서 문학 속의 지명과 자연(산)은 상상력의 산물로서 집단적 기억과 집단적 심상을 헤아려 볼 수 있는 자료가 된다. 따라서 문학 속의 지명 혹은 산(자연)은 작가의 지리감각, 역사의식, 감성구조, 나아가 지역의 정체성 변모 양상 등을 살필 수 있는 매개점이 될 수 있다는 점에서도 주목할 만하다. 이와 관련해서는 한순미의 「소설 속의 지명과 감성지도」, 『지명학』제19집, 한국지명학회, 2013가 주목에 값한다.

하나의 생명체로서 반갑고 아린 존재다.

　박 요셉은 아내와 함께 날마다 눈이 시리도록 무등산을 보면서 사는 꿈을 머릿속에 그려 보면서 말했다. 세상 사람들이 눈을 뜨기 전, 맨 먼저 일어나서 새벽의 빛으로 밝아 오는 무등산을 아내와 함께 두 팔로 힘껏 끌어안고 아침을 맞으며, 하루의 마지막 황혼으로 붉게 타오르다가 서서히 어둠속에 잠길 때 까지 그 산을 바라보는 길고도 황홀한 꿈을 꾸어 본 것이었다. 그리고 그 빛나는 꿈을 현실로 바꾸어 보고 싶었다. (중략)

　"옳거니, 무등산이랑 토마스랑 우리 내외랑 함께 살기로 해야겠구만."
아내의 손을 잡고 버스에서 내린 박 요셉은 혼잣말처럼 말하면서 오랜만에 밝게 웃었다.(61쪽)

　작품의 말미에 박 요셉의 아들 토마스와 '무등산'을 등치시킨 비유적 수사는 '5·18'은 역사 속에 사라지는 것이 아니라 마치 무등산이 "거대한 육송의 우듬지처럼" 혹은 "땅에서 솟은 것이 아니고, 하늘의 구름 위에 태양과 함께 높이 떠 있으면서"(60쪽) 국가적 폭력에 사라진 영혼들을 위로하고, 지워지지 않는 '기억의 투쟁'[12]으로 영원할 것을 암시한 것이다. 아들을 잃은 참척(慘慽)의 고통 속에서도 부부가 오랜 만에 웃

---

12) '기억의 투쟁'은 '문화로서의 기억'과 밀접한 관련을 지닌다. '문화로서의 기억'은 '의사소통적 기억'과 '문화적 기억'으로 구분되는데, 전자가 생존해 있는 인간의 상호 소통에 의한 기억이라면, 후자는 문화를 이끌어가는 다양한 매체에 의한 기억을 뜻한다. 따라서 우리가 기억이라는 용어를 사용할 경우 그것은 매체에 의존한 기억, 즉 '문화적 기억'을 가리킨다. 이럼 점에서 아스만의『기억의 공간』은 문학작품과 각종 텍스트, 신화와 종교적 제의, 기념물 및 기념장소, 문서보관소 등을 통해 기억의 개념, 기억의 매체, 기억 연구의 의의 등을 정리하고, 나아가 기억의 문화적 재현을 모색하고 있다는 점에서 시사적이다. 우리의 경우도 현대 뿐만 아니라 '상흔'으로 대표되는 과거의 사건(일제강점기, 여수사건 및 4·3사건, 그리고 한국전쟁 등)을 연구하는데 참조점이 될 것으로 보인다. 구체적인 것은 최문규, 앞의 글, 최문규 외『기억과 망각』, 책세상, 2003, 362-363쪽 및 알라이스 아스만 지음, 변학수·채연숙 옮김,『기억의 공간』그린 비, 198-468쪽 참조.

을 수 있는 이유도 드러나 있다. 아들을 품은 무등산은 오래도록 자신의 아들과 함께 하리라는 희망을 굳게 믿기에 가능한 것이다. 그래서 소설 말미 위의 장면은 더 의미심장할 뿐 아니라 이 작품의 주제와도 맞닿아 있다. 요컨대, "광주라는 서사공간이 죽은 이를 찾아 헤매는 살아남은 자의 절망과 좌절을 넘어 그러한 비극을 딛고 일어서는 땅/기억 공간이 되기를 소망하고 있음을 알 수 있다."[13]

3. '은폐기억'과 '강박적 반복'에 맞선 '기억 공간': 〈최루증〉, 〈녹슨 철길〉

문순태의 <최루증>[14]은 13년이란 시간의 흐름 속에서도 여전히 그날의 상처에서 진물이 흐르고 있음을 보여준다. 특히 5·18 관련 소설들을 몇 가지로 유형하거나 혹은 실체적 진실의 구명에 입각할 경우[15], 대체로 피해자에 초점을 둔 경우가 많다. 이 소설은 가해자의 입장을 통해 가해자 역시 그 날의 트라우마(trauma)로부터 자유롭지 못한 점을 통해 화해의 문제까지 다루고 있다는 점에서 문제적이다. [16]

---

13) 심영의, 앞의 글, 242쪽.
14) 텍스트는 5월문학총서 간행위원회 엮음, ≪5월문학총서2-소설≫, 문학들, 2012로 한다.
15) 연구자 및 비평가의 관점에 따라 혹은 연구방법에 따라 5·18관련 소설을 유형화한 방식은 각기 다르기 때문에 일률적으로 말하기는 곤란하다. 다만, 일반적인 방식의 하나로 정명중의 경우(2002)를 들 수 있겠다. 이를테면, 트라우마 문제를 다룬 소설들의 경우는 개인들의 원한과 아픔을 치유할 수 있는 공적 장치의 부재가 서사적 갈등의 해결과 결말에 어떻게 작용하는지 등에 주안점을 두어 5·18 관련 소설을 유형화해서 분석했다.
16) 가해자의 입장에서, 혹은 가해자를 등장시켜 5·18의 상처와 치유의 문제를 타진해 본 작품으로는 정도상의 <십오방 이야기>」역시 주목할 만하다. 가해자의 등장 유무가 중요한 건 아니다. 가해자의 등장 혹은 입장을 통해 소설미학적으로 얼마나 의미심장한 주제에 도달했느냐가 관건이 된다. 정도상의 <십오방 이야

이 소설의 주인공은 사진관 주인이었던 오동섭이라는 인물이다. 17) 그
는 <보도> 완장을 차고 그날의 역사적 사건들을 기록/기억해 두었던 것인
데, 도청 안에 들어가 "형체를 알아볼 수 없을 정도로 얼굴이 짓이겨지거나
뭉그러진 시신들이 여기저기 처참하게 눕혀져 있는 모습을 보았던 것이다"

특히 이 소설에서 주목할 것은, 사진사 오동섭이 그날로부터 13년이 지
나 "광주의 유혈이 이 나라 민주주의의 밑거름이 되었다"는 대통령의 담화
를 듣고 용기를 내어 그동안 비밀리에 간직해 온 사진들을 공개한 뒤 벌어
지는 일련의 사건이다. 문제의 사진은 공수 부대의 한 군인이 착검을 하고
젊은이의 가슴팍을 찌르려고 하는 장면을 담은 것으로 당시 숨어서 어렵게
찍은 것이다. 오동섭은 문제의 이 사진을 스무 장이나 인화하여 각 신문사
와 방송국에 전달한다. 팬티 바람의 스무 살도 미처 안 되어 보이는 앳된
청년이 길바닥에 무릎을 꿇은 채 겁 먹은 얼굴로, 그의 가슴팍에 총검을 들
이대고 있는 군인을 쳐다보고 있고, 건장한 체구에 역삼각형 얼굴의 군인
은 총부리에 꽂은 칼로 당장 청년을 찌를 듯 매서운 눈초리로 꼬나보고 있
는 사진이었다. 18)

그런데, 오동섭은 어느 날 신문에 난 사진을 보고 당시 진압에 참여
했던 점버 차림의 사나이 오치선의 급작스런 예방을 받게 된다. 그는
이 사진 속에 등장하는 바로 그 사람으로서 "이 사진 때문에 제 인생이

기>는 1987년쯤에 쓰여진 작품이다. 소설 속의 작중인물로 가해자를 등장시켜
화해의 문제를 다루면서 작품의 완성도를 유지하고 있다.

17) 오동섭이라는 인물은 사진가 신복진을 모델로 한 것으로 추정된다. 문순태 작가
스스로 '5월문학총서' 출판기념회에서 <철루중>을 낭독하기 전에 신복진씨의 5
·18 사진 공개와 관련한 일화를 소개한 바도 있다. 즉 "신복진이라는 사진가가 있
었는데 그 양반이 5·18 사진을 가지고 계시다고 해서 그것을 세상에 드러내야 되
겠다"라고 회고한다. 이것을 계기로 사진가 신복진씨가 죽음을 무릅쓰고 찍었던
5월의 생생한 현장이 세상에 알려진 것이라고 한다. 문순태는 이와 관련한 소설
<철루중>을 발표한 것이었음을 밝힌 바도 있다. 광주드림, 2012. 9. 5일자 참조.

18) 5·18 관련 사진들 중에서 섬뜩한 장면의 하나로 5·18의 '실체적 진실'의 구명과
관련해서 언론매체에 의해서도 지속적으로 소개되기도 했다.

아주 망가지고 말았다"(398쪽)며 자신의 억울한 입장을 토로한다. 그는 이 사진에 나오기 전에도 악몽에 시달리고 그 때 죽은 사람들이 자신을 목매달아 죽이는 꿈일 자주 꾸었다고 실토한다. 그래서 술에 의지하며 살 수 밖에 없었고, 또 "죽은 사람들보다는 오히려 내가 더 고통스러움을 당했지요. 정말 사는 게 아니었어요. 아무도 내 고통을 모를 것입니다"(399쪽)라고 하소연한다. 오동섭을 찾아온 이유는 자신도 그 젊은이의 생사가 궁금하니 그 사진을 한 장 확대해서 그 젊은이를 찾게 되면 용서를 빌어 그 죄책감으로터 벗어나 새 출발할 수 있을 것이라고 두서없이 말한다. 여기서 우리는 "광주라는 공간이 국가폭력에 무장으로 저항했던 장소로서, 그리고 그 근원에는 시민들의 도덕적·윤리적 분노가 자리하고 있음"[19]을 확인할 수 있게 된다.

이 작품에서 이렇게 가해자의 입장에서의 죄책감을 드러낸 대목을 통해 광주에 파견되었던 계엄군들의 자의식 속에 남아있는 '은폐 기억'과 '강박적 반복'의 양상에 주목할 필요를 느낀다. 프로이드에 의하면, 개인적 기억의 표출과 밀접한 관계가 있는 심리적 현상은 '은폐 기억'과 '강박적 반복'이다. '은폐기억'이란 꿈에서 억압된 무의식적 내용이고, 강박적 반복이란 잊고 있던 어떤 억압된 내용을 기억해 내야 하는 경우, 그것을 기억하지 않고 행동으로 그 억압된 내용을 반복하는 것을 말한다. 다시말해 "억압은 처음부터 존재하는 방어기제가 아니라 의식의 정신 활동과 무의식의 정신 활동 사이에 확연한 간극이 생길 때 발생한다.[20]"

오치선이 오동섭을 찾아온 이유도 "진정으로 자신의 잘못에 대해 반성하고 용서를 비는 것이 아니라, 자신이 죄책감의 굴레로부터 벗어나서 새로운 삶을 살아보겠다는 의미"로 "순전히 이기적인 생각"이 더 많

---

19) 심영의, 앞의 글, 243쪽
20) 프로이트, 윤희기 역, 『정신분석학의 근본개념』, 열린 책들, 2004, 139쪽.

이 작용한 것이다. 오동섭 역시 오치선의 그러한 요구를 탐탁지 않게 생각한다. 하지만 사진을 공개한 뒤 여러 가지로 느낀 점도 있고 해서 다음날 오면 사진을 줄 수도 있다는 여운을 남기고 그 날은 헤어진다. 이렇게 구두 약속으로 이어지기 전에 오동섭은 오치선을 비롯한 당시 진압군의 행위를 강하게 질타하는 장면을 통해 5·18당시의 참상이 자연스럽게 드러난다.

> "트럭에 싣고 가서 어떻게 했는데요? 당신들은 그때 젊은이들을 시민들이 보는 앞에서 옷을 벗기고 대검으로 찌르고 곤봉으로 치고 구둣발로 짓이겨서 초주검이 된 상태로, 마치 밀가루 포대를 싣듯 차곡차곡 트럭에 쌓아서는 어디론가 사라졌지 않소. 그 젊은이들을 모두 죽여서 화장을 했다고도 하고 어딘가에 집단으로 매장을 했다고도 하는데 왜 당신이 이 젊은이의 행방을 나한테 묻는단 말이오."(403쪽)

오동섭의 질타에 오치선은 자신의 입장을 극구 변명한다. 자신은 대검으로 찌르지 않고 개머리판으로 머리를 쳤을 뿐이며, 그 뒤 트럭에 실려 보낸 터라 행방은 모른다며 자신도 억울하다는 입장을 피력한다.

> "우리는 군인이었어요. 그것도 사병이었어요. 군인이란 명령에 복종할 수밖에 없지 않습니까. 군인이 명령에 불복하면 어찌 되는지 모르십니까?"
> 명령에 복종했다는 말 한마디로 당신들의 행동이 정당했다 이거요?"
> "잘했다는 건 아닙니다. 사실 우리한테 그런 명령을 내렸던 상관을 찾아서 보복을 하고 싶은 심정이라고요. 사실 개인적으로는 엄청 괴로움이 커요. (중략) 우리한테 그런 비인도적인 명령을 내렸던 상관들은 진급하고 훈장도 받고 돈도 벌고 권세 누리며 떵떵거리고 살았다는 것을 생각하면 정말로 분하고 억울해서 죽고만 싶답니다."(400쪽)

이렇게 이 소설은 그날 현장에 있었던 기억/기록자의 입장에서 가해자의 입장을 드러냄으로써 화해의 가능성을 조심스럽게 타진해 본 것이다. 13년 만에 대통령의 담화가 발표되던 날 아침, 용기를 내어 혼자 망월동 묘지를 참배하면서 그 사진을 공개로 마음먹은 사실도 이와 무관할 수 없다. 우선 오동섭 자신 역시 그날의 죄책감으로부터 조금 벗어날 수 있는 계기도 되었기 때문이다. 자신도 "역사의 현장에 함께 있었으면서도 죽음의 대열에 동참하기는커녕, 그가 촬영했던 필름마저도 땅 속에 묻어두었던 부끄러움으로부터 벗어날 수 있는 것만으로 만족"(409쪽)했던 것이다.

문제는 그 사진의 공개로 인해 가해자로부터 죄책감을 안고 산다는 사실을 전해 듣고, 또 이렇게 그가 찍은 사진이 실린 신문을 보면서 깨달은 것도 있고 해서 오치선의 입장을 조금은 헤아리게 되는 것이다. 그래서 오동섭은 다음 날 문제의 사진을 인화해서 오치선에게 전달하기 위해 대봉투에 넣어 사진관으로 출발한다. 오치선이 사진 속 젊은이를 찾아내어 만나게 되는 장면을 상상해 보면서 위안도 받는다. 하지만 오치선은 약속시간에 나타나지 않는다. 결국 그때 사진 속의 젊은이가 그에게 말하고 있는 것 같았다. '아저씨, 그를 기다리지 마세요. 그는 오지 않을 겁니다. 아직 올 때가 안 되었어요.'(411쪽)라는 말을 통해 작가의 의도를 어느 정도 헤아릴 수 있다. 이는 "5·18의 참상과 관련하여 아무 것도 해결되지 않은 상태에서 섣부른 화해의 움직임을 경계"[21]한 것으로 읽혀지기 때문이다.

앞의 작품 <최루증>은 사진사를 주인공으로 설정했다면, <녹슨 철길>[22]은 남평역장이 등장한다. 남평역은 소설이나 시 속에서는 간혹 사평역으로도 알려진[23] 광주 외곽의 한적한 간이역이다. 남평역은

---

21) 심영의, 앞의 글, 246쪽
22) <녹슨 철길>의 텍스트는 최인철, 임철우 엮음, ≪밤꽃≫, 이룸, 2000에 의존한다.
23) 곽재구의 시 <沙平驛에서>나 임철우의 소설 <沙平驛> 모두 작품의 실제 배경

광주에서 순천, 부산을 잇는 경전선의 간이역이기도 하다. 따라서 광주를 출발해 부산을 왕래하는 완행열차들이 통과하는 만큼 광주로 가기 위해서 혹은 광주에서 광주 외곽의 시골 읍에 사는 주민들의 입장에서 자주 이용하는 친숙한 공간이다.

이곳 역장인 김만기 역장은 "5월 20일 막차에서 내린 손님들이 광주가 온통 생지옥이라고들 하면서, 아직 공포에 질린 얼굴로 몸을 떨기까지"(83쪽)한 이후로 열차가 며칠째 끊겨 걱정이다. 광주에서 내려오는 하행열차는 물론이거니와 순천 쪽에서 올라오는 상행열차도 발이 묶일 정도로 심각해진 상태다. 더욱이 대학을 다니는 자신의 아들 준식이의 근황이 걱정돼 하숙집으로 전화를 하니 하숙집 아주머니는 무엇에 쫓기는 듯한 목소리로 간밤에도 준식이가 하숙집에 들어오지 않았다고 걱정하니 조바심이 더한다. "그 무렵 남평에는 광주를 빠져나오려는 사람들이나 광주로 아들을 데리러 간 사람들이 십리재에서 수도 없이 총에 맞았다는 소문"(84쪽)이 도니 김만기 역장은 열차가 들어오는 날 바로 준식이도 돌아오게 될 것이라고 굳게 믿는다. 하지만 3일째가 되어도 열차가 들어오지 않자 역장의 근심은 이만 저만이 아니다. 최병태 조역이 역장을 위로라도 할 겸 "티브이를 보면 세상이 아무렇지도 않던데요 뭐. 가수들은 여전히 엉덩판을 흔들어대며 신나게 노래를 부르고 코메디언들은 귀신 씨나락 까묵는 소리를 해삼씨 웃기드만요"(86쪽)라고 위로하자 역장은 역정을 내고 만다.

은 사평역이 아니다. 사평(沙平)에는 역이 없고 가까운 역으로 남평역이 있다. 그러나 문학을 사랑하는 사람들의 내면에는 사평역이 더 뚜렷하게 존재할 것 같다. 임철우는 곽재구의 <沙平驛에서>를 읽고 소설 <沙平驛>을 쓴 것으로 전해진다. 곽재구의 <沙平驛에서>는 남광주역이 소재가 되었다고 한다. 요컨대 사평역이 남평역이든 남광주역이든 그것은 고단한 남도 사람들이 머물다 떠나는 간이역이라는 상징성을 지닌다.

"열차가 끊기면 세상이 끝나는 거네. 사일구 때도... 오일육 때도 열차 통행이 멈추지는 않았다네. 홍수가 나서 철로가 끊겼다면 또 모를까...철 길이 썽썽한듸 열차가 통행을 멈추다니, 이런 난리는 없었어. (중략) 기차 가 통행을 못헌 것은 고작 사흘 동안이었다니게. 그런듸 이참에는 오늘로 벌써 나흘째가 아닌가. 역원이 되어 기차소리에 잠이 들고 기차소리에 잠 을 깨면서 30년을 살아 왔제만도 이런 일은 없었어. 그런듸도 태평천하 여?"(87쪽)

김만기 역장은 6·25때를 떠올리며 열차가 오지 않는 점을 불길하게 생각한다. 역장은 열차를 간절하게 기다리는 이유를 자신의 아들이 돌 아오기를 기다리는 마음 못지 않게 진심은 "ㅡ열차를 타고 아무 데나 마음대로 오고 갈 수 있는 세상"(99쪽)에 대한 소망에 있음을 드러낸다. 역으로 말하면 열차가 오지 않으면 그만큼 그의 희망도 멀어지고 마는 셈이다. 소설의 말미에 이러한 불안감은 더욱 증폭되고 '녹슨 철길'에 대한 불길한 징조로 이어진다.

" 세상에 이럴 수가---철로에 녹이 슬다니 ---철로에 꽃이 피었구만요."
최병태는 여전히 감탄의 소리를 연발하였다.
"내 눈에는 철로에 온통 피를 뿌려놓은 것같이 보이네."
"피를 뿌린 것 같다구요?"
"그렇다네. **철로에 녹이 슬 때는 사람이 많이 죽거든.**"
김만기 역장은 한숨을 내뿜듯 말하면서 고개를 들어 얼핏 십리고개 쪽 을 보았다. 그 때 그는 다시 가슴을 뚫는 듯한 열차의 기적소리를 들었다. 바람 한점 불어오지 않는 정광리산 모퉁이 쪽에서 절겅절겅 디젤기관차 가 긴 객차를 달고 바람을 쉥쉥 가르며 달려오고 있는 소리를 들은 것이 다. (인용자-고딕표시, 100-101쪽)

'철로에 녹이 슬 때는 사람이 많이 죽거든'이라고 김만기 역장이 되뇌는 것은 그의 '기억'에 의존한다. 30년 전 장성역의 늙은 역장도 사흘째 끊긴 기차를 기다리다가 철로에 녹이 슨 것을 발견하고는, 녹슨 철궤를 쓰다듬으면서 통탄했던 장면이 자꾸 연상되었기 때문이다. 역장은 녹슨 철길을 보면서 앞에서도 "철로에 녹이 슬면 큰 변고가 생긴다는디---철로가 녹이 슬면 피를 많이 흘린다는디. 철로에 녹이 슬면 온통 세상이 피로 얼룩진다는디---."(96-97쪽)라고 주문처럼 동어반복적으로 말하는 것은 그만큼 '광주' 상황의 불길한 징조를 내포한 것이다. 지금 '광주의 상황'을 30여 년 전의 한국전쟁과 같은 변고에 비유한 것이다. 이는 어린 시절 한국전쟁을 겪은 세대로서 작가의 트라우마가 작동한 측면과도 연관된다. 24)

김만기 역장으로서도 한국전쟁은 동족 간에 혹은 형제 간에 총부리를 겨누어야 했던 기억하고 싶지 않은 큰 '변고'이다. 결국 김만기 역장은 끝내 열차의 소리를 듣지 못한다. 다만, 디젤기관차가 긴 객차를 달고 오는 소리를 사람을 실은 열차 소리로 착각하고 "푸른 전호기를 펼쳐 들고 마구 흔들어 대면서 정광리산 모퉁이를 향해 뛰어가는" 모습에서 안타까움을 더해준 것으로 이 작품은 끝난다.

앞에서도 분석한 바와 같이, <최루증>, <녹슨 철길>은 사진사로서 혹은 시골 간이역 역장으로서 '5월 광주'의 기억을 떠 올리면서, 그러한 트라우마가 개인의 삶 영역에 어떻게 스며들고 있으며, 또 상처로 자리하고 있는지를 보여주고 있다. 다만, <최루증>은 보다 직접적으로 '5·18'의 참상을 드러내면서 가해자의 입장에서 겪는 '은폐기억'과 '강박 반복'의 무의식의 세계를 드러내면서 화해의 문제까지 접근했다

---

24) 문순태는 어린 시절 6·25를 겪으면서 가족들이 여러 번 이사를 다녀야 했고, 또 이데올로기의 갈등으로 인해 한적한 시골마을이 겪어야 했던 '아픈 기억'을 그의 산문(집)을 통해서도 생생하게 밝히고 있다. 특히 어머니의 지난한 삶을 통해서 이런 기억을 고스란히 드러내고 있다. 문순태의 산문집으로는 ≪꿈≫ (이룸, 2006)과 ≪생오지 가는 길≫(눈빛, 2009) 등이 있다.

는 점에서 차이가 날 뿐이다. 반면 후자는 비유의 장치를 동원하여 5·18의 참상을 드러내고 동시에 한국전쟁을 오버랩시키면서 비관적 전망을 보이고 있다. 두 작품 모두 '기억 공간'이 두 소설의 사건과 서사를 이어주는 매개로 작용하는 공분모를 지닌다.

4. 윤리적 분노와 저항의 '집단 기억' : ≪그들의 새벽≫

문순태의 ≪그들의 새벽≫은 1980년 5월 27일 새벽 최후까지 목숨을 걸고 전남도청을 지킨 300여 명의 무장 시민군 대부분이 하층민이었다는 사실에 주목한다. 이 소설은 이념이라고는 알지 못하는 이들이 목숨을 버려가면서까지 지키려 했던 까닭을 되짚으면서 '5·18'에 담겨진 '실체적 진실'과 역사적 의미를 묻는다.

특히 문순태의 ≪그들의 새벽≫은 '5·18' 관련 소설 중에서 그가 가장 심혈을 기울인 작품으로 보인다. 따라서 이 작품과 관련하여 작가의 다음과 같은 언급은 새겨둘 만하다.

나는 이 소설을 탈고하고 나서 20년 만에 비로소 무거운 짐을 벗어버린 듯 홀가분한 기분을 느꼈다. 마치 치유 불가능한 난치병을 앓고 난 기분이다. **앞으로는 5월에 대한 소설을 쓰지 않기로 결심했다.** 그 첫 번째 이유는 대부분의 사람들로부터 5월문학은 이제 식상했다는 말이 너무 듣기 싫기 때문이다. 두 번째는 거대한 역사적 경직성 때문에 소설적 형상화가 너무 어렵다는 것을 실감했기 때문이다. 진실 드러내기와 문학적 형상화 사이에서 나는 그동안 많은 갈등을 겪었다. 진실 드러내기보다 소설미학에 치중하게 된다면 영령들의 죽음을 욕되게 할 수도 있기 때문이다. 이 소설을 쓰기 위해 많은 자료를 수집했으나 그 자료들은 소설미학을 확보하는 데는 오히려 방해가 되기도 했다. 애써 모은 많은 자료들을 충분히 살리지 못한 것이 참으로 아쉽다[25](고딕글씨-인용자, 작가 후기)

작가 스스로도 앞으로 '5월에 대한 소설'을 쓰지 않기로 결심한 이면에는 '5·18' 관련 소설을 창작하는 과정에서 여러 가지로 중압감(혹은 부채감)이 작용했음을 미루어 짐작케 한다. '진실 드러내기'의 수위 조절도 부담스러웠거니와 소설 미학을 확보하는 문제도 사실성과의 충돌로 인해 녹록지 않았을 것이기 때문이다. 문순태는 이 소설을 끝까지 업보처럼 껴안은 것은 '체험적 고통'과 '역사적 부채감' 때문이었음을 스스로 고백한 점을 미루어 볼 때도 이 작품에 대해 우리의 관심과 분석이 필요한 이유이기도 하다.

작품을 분석하는 과정에서 드러날 터이지만, 이 소설의 초점은 한 번도 제대로 된 사람 대접을 받아보지 못했던 구두닦이 손기동과 술집 호스티스 미스 진, 그리고 그의 친구인 철가방, 구두찍새, 버스 차장 아가씨, 미용사 같은 뿌리 뽑힌 존재들에 놓인다. 그래서 전체 32개의 소제목으로 되어 있는 ≪그들의 새벽≫의 마지막 장의 제목은 '그들만의 새벽'으로 되어 있는 것이다. 따라서 이 작품은 구두닦이, 철가방, 호스티스, 공장 직공 등 "밑바닥 청소년들이 무엇 때문에 마지막까지 도청을 사수하다가 끝내 죽음을 선택했을까 하는 의문을 풀어 보기 위해서"(작가 후기) 창작을 했던 만큼 살아남은 이들의 윤리적 부채감을 따지는 것보다 '왜 그들이 총을 들었는가?' 하는 데에 초점이 맞추어져 있다.

소설의 제1권은 그들의 가정사와 생활상들을 조밀하게 소개하는데 지면을 할애하고 있다. 제1권의 말미에 들어서면서부터 본격적으로 이들의 투쟁과정이 조금씩 전개되고 있다. 제1권은 작가가 만들어 낸 허구적 인물이 정착해 가는 과정이 비교적 촘촘하게 그려져 있어 박진감이 덜하고 서사의 흐름도 완만한 편이다. 하지만 제2권에서는 객관적 사실을 수용하면서 서사를 전개하려고 애쓴 흔적들이 역력히 드러난

---

25) 문순태, ≪그들의 새벽≫2, 한길사, 347쪽. 앞으로 인용은 여기에 의존하며 말미에 권수와 인용한 쪽수만 기입한다.

다. 26) 무엇보다 이 소설에 일관되게 흐르고 있는 것은 5· 18 당시 광주를 '윤리적 분노와 저항의 공간'27)으로 묘사되고 있는 점이다.

"정말 미안합니다. 광주 사람들한데 너무 큰 죄를 지었어요. (중략) 이거는 데모 진압이 아니라, 완전히 빨갱이 토벌작전이라니까요. 광주에서 빨갱이들이 폭동을 일으켰다고 했는데 와서 보니 아니잖아요. 나도 한때는 제정신이 아니었답니다. 탈탈 굶은 끝에 건빵에 쏘주를 퍼마셨으니 제정신이었겠어요? 미친 개였지요. 대한민국 군인이 된 것을 후회하고 있답니다. 나는 이제 다시는 광주에 못 올 것 같아요. 정말 조국이 싫어졌어요."(제2권 111쪽)

시민군이 술집 앞을 지날 때 더러 술을 권하는 사람도 있었지만 술을 얻어 마시는 시민군은 한 명도 없었다. 거리에 술에 취해서 비틀거리는 시민들도 보이지 않았다. 거리의 모습이 달라졌다. 시민들도 달라져 보였다. 의식을 준비하는 사람들처럼 엄숙하고 근엄해 보였다. (중략) 그리고 언젠가는 계엄군이 다시 도시로 진격할 때 많은 시민군들이 죽음을 맞게 될지도 모른다는 생각을 떨쳐 버릴 수 없었다. 그런데도 이날 아침만은 내일에 대한 두려움은 잠시 접어 두고 있는 듯 했다. (제2권, 121쪽)

처음 인용한 대목은 진압 군인들의 고문으로 강당에 널부러져 있는 월순이를 등에 업고 근처 교회로 피신시켜 준 '안경쟁이 군인'이 내뱉는 말이다. 그는 군에 오기 전 대학시절 봉사활동 마치고 귀가 중 함께 탄 미니버스에서 봤던 월순이를 기억하고 연민의 심정으로 월순이를 구해주려 한 것이다. 군인은 그녀를 순박하기만한 공장의 직원으로 기

---

26) 이미란은 이 소설이 "5·18이라는 거대한 폭력의 소용돌이에서, 그 경험의 자장에서 풀려나 비로소 객관적 시각의 형상화"를 통해 5·18의 총체적 조망을 확보한 점을 작품의 미덕으로 평가했다. 이미란, 「개인적 삶과 문학적 성취의 행복한 결합」, 『예향』, 2000, 8월호, 246쪽.

27) 심영의, 앞의 글, 247쪽

억하고 있다. 그는 급작스럽게 군에 입대해서 이번 진압군에 편성된 경우인데 월순이를 업고 뛰면서 그녀에게 건넨 말이다. '안경쟁이 군인'이 진압군의 입장을 대변하는 것은 아니겠지만, 그의 입을 통해 5·18 당시 광주가 어떻게 유린당하고 있는 지를 가늠케 한다. 이러한 사실은 화자의 진술[28]을 통해서도 반복적으로 드러난다.

뒤의 인용은 시민군들이 폭도가 아닌 선량한 시민들로 구성되었음을 상기시켜 주는 대목이다. 당시 언론에 의해 시민군은 폭도로 왜곡·과장되어 보도되는 경우가 다반사였다. 5·18 당시에도 진실공방으로 설왕설래 말들이 많았던 민감한 부분이다. 이런 점에서 보편자로서 행하는 역사의 폭력과 탈마법화에 대항하는 것은 과거의 재현을 넘어 현재를 활성화하고 맥락을 창출하는 (대항)기억[29]이 소중한 이유다. 소설 속에서 시민들이 총을 든 이유는 주인공 기동에 의해 결말 부분에서 보다 직접적으로 표현되고 있다.

"---도청에 있다가는 다 죽을지도 모르제. 그렇지만 이미 늦었어. 살기 위해서라면 처음부터 총을 들지 말았어야제. 암튼 우리는 도청에 남아 있을 수밖에 없게 됐어. 내가 나오면 --내가 **도청에 남은 건 누구를 위해서가 아니**

---

28) 18일 오후 5시부터 밤 10시까지 공수대원들은 광주시민들에 대한 가장 잔혹한 탄압을 시작했다. 그들은 이미 사람이 아니었다. (중략) 더욱이 퇴근길의 많은 회사원들과 공무원들이 이유도 없이 공수대원들한테 붙잡혀 곤봉에 얻어맞고 군홧발에 차였으며 대검에 찔려 피를 흘리는 고통을 당했다. (제1권, 262~263쪽)

29) 푸코는 니체를 자신의 주장의 전거로 삼아 기억된 역사란 대부분 지배 권력 담론이 구성한 승리자의 역사임을 주장한 바 있다. 동시에 푸코는 이러한 역사의 공식적이고 지배적인 기억이 망각시킨 잃어버린 역사를 재구성할 수 있는 '대항기억'이란 개념을 만들어냈다. 푸코에 따르면, '대항기억'은 기원이라 불리는 거대한 사회적 연속성에 맞서 오히려 우연적 요인들로 간주된 미세한 일탈들이 만들어내는 불연속적·단층적 출발점들에 대한 기억이다. 미셸 푸코, 『니체, 계보학, 역사, 지식의 전복에 관하여』(최문규 외, 『기억과 망각』, 2003, 198쪽 각주 75번에서 재인용)

라 내 자신을 위해서여. 지금까지 세상에서 천대받고 살아온 우리가 마지막 순간만이라도 떳떳해지고 싶은 건지도 모르제.(고딕 글씨-인용자, 305쪽)

계엄군의 도청 진압이 현실로 다가온 시점에서 기동이는 삼순이와 실랑이를 벌인다. 결국 삼순이의 간곡한 만류에도 기동이는 도청 속으로 뛰어들고 만다. 기동이는 마지막 남은 자신의 자존심을 지키고 싶어한다. 죽음을 목전에 두고 자존감이 그렇게 중요할 수 있는가 하는 점은 차치하고라도 도청에 남은 대다수 시민군들의 생각과 의지를 대변한 말이다. 이러한 생각은 그 밖의 다른 인물들도 이와 유사한 말을 함으로써 연대의식을 드러낸다.

----요 며칠 동안에 태어나서 첨으로 사람 대접 한번 잘 받아 봤지 않어요? 어디를 가나 발에 채이고 똥 친 막대기 취급만 당해 오던 우리였는듸. 시민들 박수를 다 받아 보고 말이오. 태어나서 첨으로 그 많은 사람들한테 박수를 받아 봤소. 박수를 받을 때는 참말로 내가 옳은 일을 했는 모양이구나 하고 어깨가 으쓱해집디다. (중략) **우리가 언제 이런 대접 받아 봤는가요? 양아치 주제에 이만하면 참말로 사람 대접 잘 받은 거지라. 그러니 죽드라도 억울하게 생각 하지 맙시다.**"(고딕 글씨-인용자, 제 2권, 279쪽)

박순철은 지금 여기서 한꺼번에 몰사를 당하느니 살아서 이러한 투쟁과정을 전해 주자고 손기동을 설득하려 한다. 인용한 대목은 박순철이 "도망치기 위해서라기 보담도 몰사헐 판국이 된다 치면 몇 사람이라도 도망쳐서 살아남을 수 있는 방도를 생각해 보자"(278면)면서 기동을 회유하는 과정에서 한 말이라는 점에서 이들의 대화는 의미심장하다. 박순철과 박목사는 손기동에게 1시간 후 함께 도청을 떠났으면 하고 간청하지만 손기동은 야학당 식구들과 여자들을 걱정할 뿐 흔들리지 않고 결국 남는다. 그렇다고 손기동은 박순철을 비겁자라고 비난하지

는 않는다. 이러한 장면은 이 소설이 편향된 이념의 스펙트럼이나 도식적인 계급투쟁에 함몰되지 않으면서 균형 감각을 견지하고 있음을 가늠해 준다. 30)

이처럼 문순태의 『그들의 새벽』은 천대받고 소외된 민중들의 삶과 부당한 국가 권력과 폭력에 맞선 투쟁과정을 통해 자존과 연대의식의 중요성을 드러냄과 동시에 5·18의 객관적 형상화를 시도한 점에서 돋보인 문제적인 작품이다. 또한 이 작품을 통해서 5·18 정신의 계승과 치유를 위해서는 '집단 기억'에 의한 '기억의 투쟁'과도 맞물려 있음을 확인할 수 있게 된다는 점에서 문제적이다.

5. 나오며-제언

이 글은 문순태의 5·18 관련 소설에 나타난 '기억'의 방식을 통해 '5월 광주'를 어떻게 서사화하고 있으며, 또 이것이 갖는 문학적 의미를 고찰해 보았다. '서사적 진실'은 '실체적 진실'과는 일치하는 것은 아니다. 일치하는 경우도 있지만, 각기 경쟁과 긴장관계를 유지함으로써 '기억의 투쟁'에 복무한다면 보완의 차원을 넘어 상승효과를 거두게 될 것이다.

이 글에서 문순태의 5·18 관련 소설에 주목한 것도 '기억'을 통한 5

---

30) 문순태의 소설은 "문학에 덧씌워진 환상에 현혹되지도 않지만, 급진적인 이념이나 이론의 틀에 갇히지도 않는다."(황광수, 『소설과 진실』, 해냄, 2000, 머리말). 위의 표현은 황광수가 조정래의 소설세계를 살피고 한 말이지만, 문순태의 소설 세계에도 그대로 적용된다고 볼 수 있겠다. 동시에 문순태의 소설에서 소외된 계층의 서민층이 주요 인물도 등장하는 것은 계급주의적(혹은 계급투쟁적)인 관점에 입각해 있다기보다는 그들에 대한 관심과 애정의 일단을 드러낸 것이고, 나아가 역사를 밀고 나가는 주체 세력으로 대다수 민중을 설정한 그의 역사관과 보다 밀접한 관련을 지닌다.

·18의 문화사회학적 계승에 보다 주안점을 두고 싶었기 때문이다. 5
·18에 대한 '기억'은 직접 체험한 당사자들도 각기 다르다. 더욱이 이
사건을 소재로 한 예술적 형상화는 다를 수 밖에 없을 것이다. 문학의
경우도 예외가 될 수 없다. "그것은 고통의 해결이나 제거가 아니라 고
통을 주었던 부정적 역사와의 간격을 지탱하면서 수많은 사람들의 고
통이 변질되지 않도록 애쓰는 것, 그리고 그것을 다시 반복해서 겪지
않으려는 눈뜬 성찰이다. 문학은 고통의 크기가 커지면 커질수록 역사
적 기억에 대해 말하는 것을 지속해야 할 충분한 이유를 갖는다."[31]

　문순태는 5·18 당시 기자의 신분으로 현장을 생생하게 목격하고 기
록했다. 지식인이자 작가로서 역사적 부채감을 안고 앞에서 분석한 4
편의 5·18 관련 소설을 썼던 것이다. 그런데, 공교롭게도 5·18 관련 소
설을 대략 7년여 마다 1편씩 썼다. 이것은 '실체적 진실'을 확보하는 것
못지않게 '서사적 진실'의 확보를 통한 '기억의 투쟁'과도 무관할 수 없
다. 나아가 이것은 '집단 기억'의 방식을 통해 5·18의 지속적인 관심과
미래 세대 계승의 한 방식을 보여준 것이기도 하다. 이런 점에서 다음
과 같은 한 연구자의 제언은 의미심장하다.

　'5월 광주'가 반성적 역사로 지속적으로 갱신되기 위해서는 보편자로
서가 아닌 개별 주체들의 기억에 대한 의미화가 분자적으로 이루어져야
한다. 기억 연구는 한편으로는 다양한 차원의 내러티브들이 경쟁하고 공
존할 수 있게 함으로써 기억이 여타의 힘 없는 기억들을 억압할 수 없도
록 하는 반사적 효과가 있다.[32] 나아가 그 '사건'과 시간적으로 멀어질수
록 '기억'↔'상처'↔'치유'↔'진실'의 또 다른 서사가 필요하다. --중략--
피해자와 가해자의 기억을 넘어, 남성과 여성의 기억, 가족의 기억, 저장

---

31) 한순미(2009), 앞의 글, 93-94쪽.
32) 전진성, 「억압적 '역사'에 대한 재현의 정치학」, 『비평』, 2006,12, 김정숙, 앞의 글
　　201쪽 재인용

기억과 기능기억의 겹침과 괴리 양상, 기억에 대한 비유, 기억의 매체 등에 관한 세분화된 기억 연구가 후속적으로 이어져야 할 것이다. 33)

기억에 대한 다양한 주체들이 필요하고 공감할 수 있는 것은, 죽음(과거)-상처(현재)-미체험(미래) 세대를 이으며 시간을 넘나들게 하는 집단적 주체의 연대를 모색하는 일과도 밀접하게 관련되어 있다. 34) 나아가 이러한 작업은 사회학적 진상 규명으로부터, '5월' 자체가 제도화되지 않고, 끝없는 증식을 계속하도록 함으로써 문화적 기억으로 확대되는 효과를 낳는다. 문순태의 5·18 관련 소설을 '기억'의 방식에 주안점을 두어 살펴본 이유도 여기에 있다. 다만 그의 작품을 분석하는 과정에서 기억에 대한 모형이 다소 단순화된 측면이나 '비유'의 양상을 면밀하게 고찰하지 못한 점은 아쉬움으로 남는다. 특히 기억에 대한 비유가 어떤 것이 있는지를 살펴본다는 것은 기억에 대한 여러 가지 모형이나 그 역사적 맥락 혹은 문화적 욕구나 해석 원형을 살펴보는 것과도 긴밀하게 관련되어 있기 때문이다. 이러한 점의 보완은 후일의 과제로 잠시 미룬다.

●(이 글은 졸고, 「5·18광주민주화운동과 '기억'의 방식-문순태의 5·18 관련 소설을 중심으로-」, 『현대소설연구』 제58호(한국현대소설학회, 2015, 4)에 수록된 것임. 참고문헌은 각주로 대신함.

---

33) 김정숙, 위의 글, 201쪽.
34) 다행스럽게도 이러한 작업들이 5·18 미체험 세대 작가들에 의해 발전적으로 계승되고 있는 점은 고무적인 현상으로 받아들여야 할 것 같다. 이와 관련해서는 별도의 독립된 글이 요구되지만, 최근 한순미의 「지역문학 반란사건, 세계를 추방합니까?」(『문학들』, 32, 2013년 여름호)는 젊은 작가들의 '변방의식 탈피'와도 관련되고 있는 점에서 시사해 주는 바가 크다.

원망(願望)의 좌절과 해원(解冤)의 방식
― 이청준의 『신화를 삼킨 섬』을 중심으로

1. 머리말

이청준의 소설에서 '제주'는 낯선 공간이 아니다. 우리가 익히 잘 알고 있는 「이어도」를 비롯해서 최근의 『신화를 삼킨 섬』에 이르기까지 '제주'는 그의 작품 속에서 독특한 공간으로 설정되어 있다. 이렇게 이청준이 '제주'를 작품의 공간적 배경으로 주로 삼는 이유는, 우선 작품의 성격에 맞게 공간적 특성을 설정한 측면, 이를 테면 "자생적 운명의 존재방식을 성찰할 때 섬 모티프를 즐겨 채용하는[1]" 점도 있겠지만, 작가 스스로 바다나 섬에 대한 친밀감도 어느 정도 작용했을 것으로 보인다.[2]

특히 『신화를 삼킨 섬』은 1948년 '제주'에서 일어난 4 · 3사건을 작품의 직접적 배경으로 삼은 점에서 화제를 불러일으킨 작품이다. 이 작

---

[1] 우찬제, 「작품해설;풀이의 황홀경과 다시 태어나는 넋」, 『신화를 삼킨 섬』2, 열림원, 2003, 217쪽.

[2] 이청준의 고향이 전남 장흥인 점을 염두에 둔 진술이다. 이외에도 한승원은 특히 바다와 섬을 작품의 공간적 배경으로 삼는 경우가 많은데, 이와 관련해서는 필자가 '남도작가의 고향탐색의 도정과 공간화 전략'을 통해 이들 작가의 작품에 나타난 공간성의 특성과 문학적 함의를 분석하는 별도의 글을 준비중이다.

품을 두고 "98년 4월 문학전집 발간이 시작될 무렵 착수해 5년 만에 완성한 소설로 40년 소설 인생을 갈무리하는 뜻 깊은 작품"[3], 혹은 "이름 없는 역사의 희생자들, 좌나 우의 편가르기조차 무의미한 억울한 역사 앞의 죽음들을 위해 소설 인생 사십을 바라보는 작가가 펼쳐 놓은 한판의 씻김굿"[4], 그리고 "오랜 세월 저자가 4·3에 대한 취재와 탐문 그리고 자료연구, 또한 무속과 무속인들에 대한 공부를 계속해 왔음을 보여주고 있다"[5] 고 평할 정도로 언론의 관심을 받기도 했다. 『신화를 삼킨 섬』에 대한 이 같은 언론의 관심과 문단의 호평이 단순히 원로 작가에 대한 예우차원에서 나온 '주례사 비평'[6]에 머문다고 할 수는 없을 것이다.

작품을 구체적으로 분석하면서 밝혀지겠지만, 우선 『신화를 삼킨 섬』은 우리 현대사의 비극적 측면을 구성하고 있는 '제주4·3사건'을 작품의 직접 배경으로 삼고 있는 점에서 문제성을 지닌다. 이 작품이 단순히 현대사를 작품의 직접 배경으로 한 점이 문제성이 아니라, 우리 현대사의 한 사건에서 빚어진 아픈 상처를 위무하고 작품화하는 방식에 주목했기 때문이다.

또한 이 작품은 지금까지 보여준 이청준의 작품세계를 계승하면서도 또 다른 방식으로 그의 문학적 지향과 보폭을 넓히려 한 점이 발견되고 있다. 나아가 앞으로 이청준의 작품세계의 방향을 가늠해 볼 수 있는 시금석과 같은 작은 작품이라는 점도 고려하지 않을 수 없다. 이런 점에 주목하여 이 글은 『신화를 삼킨 섬』을 분석해 이 작품에서 그

---

3) 한겨레신문, 2003년 5월, 23일.
4) 한국일보, 2003년 5월 26일.
5) 조선일보, 2003년 5월, 23일.
6) 비평가적 양심보다 출판사, 학연 등 특정한 이해관계나 혹은 비평의 주변적인 요소에 얽혀 마치 결혼식 주례사를 하듯 작품과 작가에 대해 좋은 이야기만 해주는 비평행위를 일컫는다. 이와 관련된 보다 구체적인 것은 김명인 외, 『주례사 비평을 넘어서』, 한국출판마케팅연구소, 2002, 참조.

려진 '제주'의 공간성이 갖는 의미와 특성, 그리고 4·3사건에 대한 문학적 해법(?)을 작품 속에서 어떻게 제시하고 있는지를 구명하는데 주안점을 둘 것이다.

본격적 분석에 앞서 이청준 문학과 관련하여 다음과 같은 비평가의 지적은 여러모로 생각할 거리를 제공해 준다.

> 이제 이청준의 문학은 그 윤곽을 드러낸 듯도 하지만, 이청준이라는 거대한 텍스트는 아직 그 전모를 노출하지 않는다. 그의 작품들은 근원적으로 '열린 텍스트'이기 때문이며, '활동 중인 텍스트'이기 때문이다. 그래서 이청준 문학은 여전히 다시 읽혀질 수 밖에 없다. 7)

위의 지적에도 적시하고 있듯이 이청준 문학은 연구자나 비평가들의 손에 쉽게 걸려들지 않아 마치 '베일에 속에 가려진 여인'처럼 신비스러운 모습을 띤다. 비슷한 비유를 하나 더 들자면 성긴 그물로는 좀처럼 그 실체가 포착되지 않는 '영물스런 물고기'와도 같다고 하겠다. 당연히 촘촘한 그물을 동원하지 않고는 그 실체를 어렴풋이도 가늠할 수 없게 된다. 이런 점은 연구자나 비평가들로 하여금 호기심을 더욱 촉발시키는 요소로 작용했을 것이다.

하지만 이청준 소설의 원형(혹은 본질)을 캐는 작업은 여전히 녹록치 않다. 그만큼 그의 문학이 안고 있는 스펙트럼의 폭이 넓고도 깊다. 이런 점에서 "이청준 문학은 어떤 거대한 현대 문학사에도 편입될 수 없는 이청준만의 문학사를 이루었다"8)는 평가 역시 지나친 찬사로만 생각되지 않는다. 그럼, 이제 이러한 저간의 평가를 이 작품에도 적용해도 될지 『신화를 삼킨 섬』을 본격적으로 분석해 갈 차례다.

---

7) 이광호, 『움직이는 부재』, 문학과 지성사, 2001, 195쪽.
8) 앞의 책, 208쪽.

2. '제주'의 공간성과 그 含意

일반적으로 작품의 공간적 배경이 차지하는 비중은 결코 적지 않다. 작가에 따라서 작품에서 공간이 차지하는 비중이 편차를 보이고 있어 일률적으로 말하기는 곤란하다. 하지만 사건의 전개가 공간적 배경과 밀접하게 관련되는 만큼 공간성은 도외시할 수 없는 요소를 지닌다. 더욱이 한 사회의 공간 구조는 분명 그 사회를 총체적으로 규정하는 기본 조직 원리 또는 메커니즘에 의해 지배된다. 9) 따라서 공간은 단순한 사회생활의 공간적 배경이 될 뿐만 아니라 사회적 관계의 산물이며, 동시에 사회적 과정과 끊임없이 상호 작용하는 것이다.

이런 점에서 소설에서의 공간묘사는 세계 인식을 위한 장치가 된다. 공간의 묘사를 통해 소설가는 세계에 대하여 갖는 관심의 정도와 질을 나타내 보인다고 할 수 있다. 10) 특히 이청준 소설의 공간인식은 여러 면에서 주목할 만한 요소를 지닌다. 그의 소설의 전개는 공간에 대한 독특한 인식 아래 서사를 진행시켜 나가는 만큼 작품의 의미를 해명하는 데에도 유효한 단서를 제공해 주기 때문이다. 이를 테면 이청준의 「잔인한 도시」는 시공간의 교묘한 결합을 바탕으로 우리 시대의 삶의 구조, 더 나아가 삶의 본질에 대한 작가의 사유를 담아낸다.

또한 이청준의 소설들은 이항 대립적 시공간 구조를 바탕으로 하고 있다. 그의 소설에서 현실의 시공간은 고통의 세계이며 절망의 바다다. 또한 그의 작품들은 고통에서 벗어나기 위해서 고통을 껴안는 모습을 그려내고 있다.11)

---

9) 최병두, 『한국의 공간과 환경』, 한길사, 1991, 51쪽.
10) 이대규, 「<탁류>의 도시 공간 연구(-)」, 『현대소설 연구』제 10호, 1999, 6, 172쪽.
11) 「잔인한 도시」에서는 도시를 가로질러 고향 찾아가는 행위로 형상화된다. 작가의 여타 소설들에서는 '노래부르기'(「이어도」), '강엿빨기'(「살아있는 늪」), 사진 찍기(「시간의 문」)등으로 변형된다.이대규, 「이청준 소설의 시공간 연구」, 「현대

한편, 「이어도」에서 제주의 공간은 다소 신비적이고 베일에 싸인 공간으로 그려져 있다. 이런 점에 주목하여 한 연구자는 "「이어도」에서 환상을 만들어내는 방식은 이어도의 부재가 곧 이어도의 존재를 입증한다는 역설의 담론 구성이다.(--) 이러한 역설이 증오와 사랑, 구원과 죽음, 이어도와 제주도라는 대립항을 결합해 내면서 이어도는 담론적으로 구성된 환상의 섬이 된다"[12]고 분석한 바 있다. 이청준의 소설에서 '이어도'는 '죽음의 섬'이자 '구원의 섬'이 된다. '이어도'가 일상적인 삶과 사고의 바깥쪽인 상상의 세계에 존재하면서도 현세의 생활까지 간섭해 오고 있음을 통해 우리는 배를 타지 않으면 안 될 운명에 있는 제주도 사람들의 삶을 이해하고 그 고통스러움 속에 열려있는 정신적 탈출구와 맞닿아 있기 때문이다.

이런 맥락에서 '이어도'는 비현실적인 허구의 섬에 그치는 것이 아니라 절실한 삶의 개선에 대한 원망(願望)이 함축된 현실의 한 부분으로 편입된다. 뿐만 아니라 '이어도'라는 환상의 낙원을 설정하고 그곳으로 회귀하는 미래를 꿈꾸는 것은 현세적 삶의 고달픔을 이기고 넘어서기 위한 하나의 대응방식이므로, 그 고달픈 삶이 해소되거나 완화되지 않는 한 이어도는 구원의 섬으로 남아있게 된다. [13]

반면, 『신화를 삼킨 섬』에서 그려진 제주는 우리 현대 역사의 아픈 상처를 간직한 공간으로 보다 현실 가까이에 접근해 있다. 즉 제주는 "씻겨도 씻겨도 넘쳐나는 게 원귀들 천지"(18쪽)로 그려진다. 제주라는 고립된 지리적인 공간으로 인해 더 아픈 역사를 안고 살아가야 하는 제주민의 '한'이 고스란히 배어 있는 셈이다. 우리가 막연히 알고 있는 '낙

소설연구』 제4호, 1996,6, 191쪽.
12) 김혜영, 「근대소설에 나타난 환상의 존재방식 연구」, 『한국언어문학』제48집, 2002, 6, 313쪽.
13) 김종회, 『한국소설의 낙원의식 연구』, 문학아카데미, 1990, 121쪽

원'과는 너무도 거리가 먼 아픈 역사를 반세기가 지난 지금도 안고 살아야 하는 제주민들의 '한'과 '서러움'이 가득한 공간이 제주다.

이런 점에서 『신화를 삼킨 섬』은 '4·3사건'을 정면으로 다루고 있다 해도 과언이 아니다. 하지만 이 작품은 '4·3사건'이 근래 새롭게 조명되고 세인의 관심을 끌게 되자 시류에 영합한 소재적 차원에서 접근과는 거리가 멀다. 14) 이청준이 이 작품에서 지향하는 바는 그러한 표면에 가려진 이면, 또는 국가 폭력에 의해 희생된 평범한 사람들의 비애와 질곡의 삶에 초점이 모아져 있다. 이런 부분에 대한 관심은 「당신들의 천국」이나 「자유의 문」 등에서 간헐적으로 검토해본 문제이기도 하지만, 이 작품에서 이청준은 이 문제와 관련하여 특히 국가와 사회 조직 문제를 더욱 웅숭깊게 탐문한다.

다음과 같은 연구자의 지적은 이 작품 분석에도 유효한 시사점을 제공해 준다.

이청준은 60년대의 폭력적이고 억압적인 현실에 대한 지적인 접근을 통해 관념에 매몰되지 않고 현실세계의 모순을 형상화하였다. 특히 폭력적이고 억압적인 세계에 맞서 그 정체를 드러내고 그것을 부정함으로써 끊임없이 모색하는 이청준 문학의 동력은 자유의 정신이었다. 이같은 자유의 의지는 무조건적인 부정과 일탈로서의 그것이 아니라 자기의 정체성과 세계에 대한 끝없는 탐구의 정신으로부터 근원한다. 15)

---

14) '제주4·3사건 진상규명 및 희생자 명예회복에 관한 특별법'은 1999년 12월 국회를 통과하고 이듬해 1월에 공포되었다. 그리고 그 법에 따라 국무총리를 위원장으로 하는 '제주4·3사건 진상규명 및 희생자 명예회복 위원회'가 꾸려졌고, 그 위원회에서 조사 활동을 벌여 『제주4·3사건 진상조사 보고서』를 2003년 10월 15일 확정·채택하였다. 2003년 10월 31일 대통령이 사과도 했다. 이청준은 4·3 사건을 작품화하기 위해 진즉부터 제주를 취재하고 이와 관련된 자료를 꾸준히 섭렵했던 것으로 보인다. 이 작품은 2003년 5월에 열림원에서 상·하 2권으로 상재되었다. 앞으로 본문 인용은 여기에 의존하며 말미에 인용된 쪽수만 밝힌다.

15) 김윤식·정호웅, 『한국소설사』, 예하, 1995, 360쪽.

위에 인용된 대목에서도 감지할 수 있듯이 '자유의 정신'은 이청준의 작품세계를 관통하고 있는 요소라고 해도 과언이 아니다. 지금까지 이청준이 보여준 작품세계가 다양하고 방대해서 한 두 마디로 망라할 수 없다고는 하지만, '자유의 정신' 만큼은 그의 작품세계의 원형을 이루는 인자다. 또 이 같은 자유의 의지는 무조건적인 부정과 일탈로서의 그것이 아니라 자기의 정체성과 세계에 대한 끝없는 탐구의 정신과도 관련된다. 따라서 그의 소설은 개인의 자유가 국가권력의 이데올로기에 억압당하는 현실에 대한 고발이나 그 폐해를 집요하리만치 물고 늘어진다. '탐구의 정신'은 이런 '자유의 정신'을 받쳐주는 기둥인 것이다.

또한 '탐구의 정신'은 그의 작품을 지탱해 주는 방략적 측면과도 긴밀하게 결합되어 있다. 이청준의 작품들이 대체로 추리소설식 전개방식을 취하는 것도 이런 맥락에서 생각해 볼 수 있다. 물론 추리소설식 구성은 느슨한 사건의 전개를 보완하여 작품 구성의 극적 긴장감을 형성하는데 보탬이 된다. 뿐만 아니라 직설적 담론을 피하고 간접화된 담론방식을 취하는데 기여하게 된다. 하지만 보다 본질적으로는 독자와 함께 문제의 본질을 탐색하는 방식을 취함으로써 일방적인 주제의식의 전달에서 오는 부담을 덜어보려는 측면이 더 크다. 『신화를 삼킨 섬』에서 이종민이라는 민속학자로 하여금 제주 사람들이 '한'을 추적하고 위무하는 방식을 취한 것도 이런 점과 무관할 수 없다고 본다.

그런데 이 작품에서 우리는 4·3사건의 실체적 진실의 구명에 초점이 모아지기보다 그런 질곡의 삶을 견뎌온 민초들의 지혜와 추동하는 힘을 통해 더 먼 곳을 지향하고 있는 점에 주목해야 할 것이다. 또한 문학의 사회적 역할의 잣대로 이 작품을 접근한다면 소기의 성과를 거두기 어려울 것이다. 이청준은 우리 현대사를 암울케 한 역사적 사건에 대해 문학적 반응(?)이 더딘 편에 속한 작가다. 역사에 무관심해서가 아니다. 민감한 현대적 사건일수록 진실의 왜곡과 은폐의 여지를 안고 있어 자칫하면 또 다른 임의적 왜곡과 역사적 진실의 실종을 경계한 측면이 더 크다. 이는 역사적 진실에 대한 경외감과 실체적 진실 규명에 대한 사려 깊은 작가의식의 발로이기도 하다.

이런 점에서 현대사 혹은 단일한 현대 사건에 대해서 그 동안 문학적 반응을 자제해 왔던 작가가 '4·3사건'에 기울인 관심을 우리는 어떻게 받아들여야 할까. 4·3사건이 일어난 지 불과 몇 개월 뒤에 남도 하늘을 핏빛으로 붉게 물들게 한 '여순사건'16)의 경우만 해도 그렇다. '여순사건'을 작품의 직접 배경으로 한 이청준의 작품은 없다.

물론 두 사건의 성격이 조금은 다르다. 하지만 우리가 익히 알고 있듯이 해방공간의 두 사건은 현대사의 대표적인 비극적 사건으로 동종성을 지닌다. 다만, 이 작품에서 정요선 출생의 비밀을 통해서 '여순사건'의 발발에서 한국전쟁으로 이어지는 즈음에 일어난 남도의 사건과 4·3사건을 은연중 동궤에 놓고는 있다. 하지만 이것 역시 그 연결고리는 미약하고, 특정한 사건을 염두에 두기 보다는 해방정국에서 한국전쟁에 이르는 동안 우리나라 전역에서 빚어진 열망의 좌절과 그 비애에 초점이 모아져 있다. 작품 속으로 더 들어가 보자.

유정남의 아들 요선은 자신이 한센병 환자로 '인민의 나라' 건설에 뜻을 두다가 소록도 갱생원에서 죽어간 사람이 아버지라는 사실을 알게 된다. 아버지 유정남은 젊었을 때 '인민의 나라'를 건설하려는 꿈을 꾸었던 청년을 흠모했었다. 한센병 환자였던 청년은 소록도 갱생원에 들어가 무고하게 죽어갔다. 유정남의 아들 요선이 실은 이 청년의 자식이었다.

---

16) 최근에 들어서 '여순항쟁' 혹은 '여순 10·19'라는 표현을 더 많이 쓴다. 여기서는 이 글 발표 당시의 시점을 감안해서 문맥상 '여순사건'을 그대로 사용하는 경우가 많다.

이상향을 꿈꾸다 좌절한 사람의 이야기는 소설을 맺는 아기장수 설화와 맞닿아 있다. "바위가 닫혀 있어 무덤을 찾을 수 없었다. 무장이 다그치자 아비가 토로했다. 어디서 말울음 소리가 세 번 들리더니 바위의 문이 열렸습니다. 무장이 채찍으로 군마를 갈기자 말이 울고 바위가 두 쪽으로 갈라졌다. 몸을 숨겼던 아이는 무장의 칼에 죽었다"라는 대목을 말한다. 아이는 장수의 모습으로 바뀌어 있었지만, 세상에 나올 날을 하루 앞두고 죽어갔다. 희망을 잃었던 사람들은 언제부턴가 아기장수가 다시 태어나기를 기다리기 시작했다. 꿈이 없이는 세상을 살아갈 수 없기 때문이다. '제주 4·3사건'과 '여순사건'의 성격 규정을 놓고 연구자들 사이에 아직도 논란의 여지를 안고 있는 현재진행형이지만, 두 사건은 '평범한 보통사람들도 인간대접 받으며 살 수 있는 세상을 열망하다가 좌절한 사람들'의 얘기라는 점에서 관통한다.

이청준의 작가적 관심이 여기에 모아져 있다. 이런 점에서도 이 작품이 해방공간의 현대사에 머물고 있음을 범상하게 보아 넘길 일은 아니다. 1980년의 5·18광주항쟁을 비롯해 우리 현대사의 비극은 조금씩 형태는 달라도 그 근원의 유사함에 주목하고 있기 때문이다. 4·3사건이나 1980년대의 5·18광주 항쟁도 권력욕에 사로잡힌 사특한 일부 세력들이 국가권력을 빙자해서 휘두른 폭력과 탄압에 대한 저항에서 비롯된 비극이라는 점에서 동궤에 놓는다.

이청준의 소설에서 고발의 방식이 조금은 독특하다. 직접적이기보다는 은유적이고 관념적 차원에서 그러한 비극을 잉태한 근본원인을 추적하는데 비중을 둔다. 과거의 역사적 사건을 작품화하면서 이청준의 소설은 직설적으로 드러내는 방식에 일정한 거리를 두곤 했다. 이런 점에서 그 동안 이청준의 작품세계는 다소 관념적이고 우의적인, 혹은 알레고리적 방략에 의존해 왔다는 평가를 받는다.

이러한 점은 그의 작가의식(역사관)과 관련되어 있음도 배제할 수 없다. [17] 이 작품도 예외는 아니다. 이 작품에서 '신화'적 요소의 도입이나 무속인이 주요 인물로 등장하게 된 것도 이런 점과 무관할 수 없을 것이며, 동시에 이러한 점은 이 작품을 해명하는데 유효한 암시를 제공해 준다.

3. 원망(願望)을 꺾는 국가(사회)폭력의 원형

이 작품에서 '신화'가 차지하는 비중은 어느 정도이며. 작가는 왜 신화를 끌어들였을까. "나이 먹은 부부가 오랫동안 치성을 드린 끝에 옥동자를 낳았다. 아이가 어깻죽지에 날개를 달고 있었다. 나라에서는 비상한 징후를 지닌 아이들을 잡아 죽이곤 해, 부모는 근심하다가 아이를 죽이기로 했다. 그날 밤 꿈에서 신령이 나타나 바위에 아이를 묻으라고 일렀다. 신령의 말을 따랐는데 소문이 퍼졌다. 아이를 묻은 지 아흔 아홉째 날에 관가 군졸들이 아비를 앞세워 무덤에 갔다"(13-15쪽)

이청준이 제주도에 전해지는 '아기장수 설화'에서 찾아낸 것은 국가 이데올로기의 폭력이었다. 물론 이 작품에서 설화는 표면적으로 부각될 뿐이지 그 기저에는 제주의 민속, 무속 등 우리 사상의 근원체계와 맞닿아 있다. 처음과 결말부분을 통해 수미일관의 형태로 신화를 부각시키고 있다. 하지만 이 가운데 소설의 문을 열고 닫는 아기장수 설화

---

17) 이청준의 작품을 접한 연구자 및 비평가들은 그의 소설을 이른바 '지식인 소설' 혹은 '관념소설'의 계보에 자연스럽게 끼어 넣어 왔다. 사실 이청준의 작품들은 어디에 내놓아도 손색이 없을 만큼의 문학성을 담보하고 있으면서도 대중성의 확보와 괴리를 갖는 것은 이런 맥락에서 생각해 볼 수 있는 여지를 안고 있다. 이청준의 작품세계에 대한 보다 구체적인 사항은 권오룡 엮음, 『이청준 깊이 읽기』, 문학과지성사, 1999, 참조.

는 '변화에 대한 개인들의 열망과 이를 꺾는 국가(사회)폭력이라는 반복되는 역사의 원형'과 같은 것으로 이 소설의 근간을 이룬다. 27년 전 장편 「당신들의 천국」에서 짚었던, 썩어가는 권력의 문제와 이어지는 것이기도 하다. 18)

그럼 신화의 원리와 무속이 어떤 공통점을 갖는가. 이러한 요소를 도입한 의도를 해명하는 것도 이 작품의 실마리를 푸는 데에 유익한 점이 있다. 이런 점에서 신화에 대한 다음과 같은 접근은 우리에게 시사적이다.

신화에서는 현실에서 이루어지지 못한 인간의 열망과 꿈이 구현되어 있다. 언뜻 삶과 동떨어진 듯 황당무계해 보이는 그 이야기 속에서 삶의 진실을 엿볼 수 있는 것은, 신화가 인간적 조건에 대한 관심에서 출발하기 때문일 것이다. 그 조건은 대개 시간과 공간의 제약이기 마련인데, 이를 극복하고 인간 본연의 욕망과 이상을 가상으로나마 실현하고자 하는 의도가 신화적 시간과 공간의 양상을 빚어낸다. 19)

인용문에서도 암시하고 있듯이 신화는 신들의 이야기이지만, 그 속에 인간의 열망과 꿈이 구현되어 있다. 반면 무속은 신을 매개로 벌이는 여러 형태의 재연행위를 말한다. 특히 "굿은 음악·노래·춤·무대·장식 등의 감각적 경험 대상의 측면들로 이루어진 객관적 현상일 수

---

18) 「당신들의 천국」은, 권력과 지배자의 독단에 대한 시대적 알레고리를 담고 있어 당시 사회상을 충분히 반영하고 있을 뿐 아니라 이전의 그의 작품에서 보여주고 있던 개인적 문제에서 한 걸음 더 나아가 사회적 문제에 접근함으로써 이청준의 중기소설을 대표한다는 평가를 받고 있다. 이 작품에 대한 보다 주목할 만한 분석은 김윤식, 「당신들의 천국: 자율적 운명의 끈」, 『황홀경의 사상』, 홍성사, 1984; 나병철, 「당신들의 천국과 권력의 미시물리학」, 『현역중진작가연구』 1, 국학자료원, 1997 참조.
19) 장일구, 「과도의 공간, 그 신화적 원형과 서사적 변주」, 한국문학이론과 비평학회 학술발표대회 요지집 1994. 6. 18, 29쪽.

도 있지만 무당과 약사들간의 관계, 기주와 무당간의 관계, 굿하는 집 안이나 마을 사람들간의 심리적 또는 사회적 관계, 무당과 관중과의 관계 등 다양한 관계가 복합된 인간관계일 수도 있다. 또 굿에 초청되는 신들과 무당, 기주(祈主)[20] 및 가족 내지는 마을 사람들과의 관계라고 하는 종교현상일 수도 있으며, 그밖에도 예술·민속·신화·연극·교육 등의 현상으로 다양하게 해석될 수 있는 하나의 복합적 현상[21]"이다. 요컨대 굿이란 신, 무당, 인간 각 자가 자신의 위치와 공간에 처하는 평상의 상태로 되돌아가기 위해 사람이 무당을 통해 신을 조종 내지 이용하고 나서 본래의 위치로 돌려보내는 종교적 의례 절차이다. [22]

김열규는 한국 신화의 보편적인 특성으로 첫째 '내림굿' 내지 '맞이굿'의 절차를 그 줄거리로 삼고 있는 점을 들고 있다. 둘째는 이들 신화가 성무식(成巫式) 과정에서 요구되고 있는 이른바, 타계여행 내지 우주여행의 절차를 역시 줄거리로 삼는다는 점이다. [23] 따라서 신화시대의 문화영웅들은 모두 제정의 우두머리로서 그들의 역할은 제사장, 혹은 사제, 즉 우리 문화 속에서는 무당의 역할을 수행했던 것이다.

이런 점에서 무속의 굿의 성격을 다음과 같이 접근한 점도 주목할 만하다.

특히 굿의 과정을 통해 살아있는 사람들은 죽은 자에 대한 죄의식을 해소하고 죽은 자와 화해가 이루어졌다고 믿음을 가질 수 있다. 망자가 한을 풀었으니 더 이상 현실에 대한 집착 때문에 산 사람을 괴롭히지 않

---

20) 기주란 굿을 하는 집의 주인을 뜻한다. 흔히 무속에서는 그 집의 여자 주인을 기주라 부르고 남자 주인을 대주(大主)라고 부른다.
21) 김인회, 『한국무속사상연구』, 집문당, 1993, 203쪽.
22) 앞의 책, 209쪽.
23) 김열규는, 신화가 제의의 구술상관물이라는 제의학파의 논의를 중심으로 한국신화 역시 제의의 상관물이라는 논증을 펴고 있다. 김열규, 「한국신화와 무속」, 김열규 외, 『한국의 무속문화』, 박이정, 1998, 63-64쪽 참조.

으리라는 믿음은 망자가 죽었음으로 해서 갖게 되었던 그에 대한 죄의식이나 양심의 가책 같은 심리적 갈등으로부터의 해방을 의미한다. [24)

이처럼 신화와 무속은 신을 매개로 이루어진다는 점에서 공통성을 갖는다. 신은 사실적으로 존재하는 대상이 아니다. 신화 또한 알다시피 현실과 가장 유리된 상상 속의 공간에서 이루어지는 사건이 줄기를 이룬다. 역사는 이와는 정반대로 우리 현실의 한 복판에 위치해 있다. 따라서 역사는 인간에 의해 이루어지고 인간이 그 정점에 놓인다.

이렇게 놓고 볼 때 신화, 역사와 인간을 이어주는 것이 무(巫)라 할 수 있다. 작가의 서문에도 나와 있듯이 "무(巫)는 하늘과 땅과 사람 3자간에 서로 조화를 얻어 지켜 나가려는 것"을 소망하고 지향한다. 망자의 원혼을 위무하고 달래서 산 자들의 죄의식을 털어내기 위한 통과의례로 작중의 주요 인물들로 무당을 등장시킨 것이다. 역사와 신화의 관계도 그렇다. 표면적으로는 유리되어 있다. 하지만 조금만 그 근원을 캐보면 이 둘은 아주 가까운 동전의 양면과 같은 관계와 속성을 지닌다. 따라서 신화 속에나 있을 법한 사건이 이곳 제주도에 몰아쳤던 현실을 역사적 현실로 되찾기 위한 몸부림과 긴장이 이 작품에 흐른다.

이 작품의 인물설정에서도 어느 정도 짐작할 수 있는 일이다. 굳이 주인공이라 할 만한 인물은 정요선이고, 제주도 토박이 무당인 추심방과 변심방, 제주도 출신의 제일교포 2세인 고종민, 제주도 도청에서 일하고 있는 이 과장 같은 인물이 그 주변을 에워싼다. 추심방의 아들 추만우, 변심방의 딸 변금옥은 정요선과 함께 슬쩍 애정의 삼각관계 비슷한 것을 그려 보이기도 한다.

그런데 우리는 여기서 이 땅의 운명을 성찰하는 중도적 시선의 인물로 나오는 고종민의 행적을 주목할 필요를 느낀다. 4·3사건의 희생자

24) 김인회, 앞의 책, 262쪽.

였다가 가까스로 목숨을 구해 일본으로 건너가 아예 귀화한 아버지(고한봉)를 둔 일본 국적의 고종민은 제주도 민속을 연구하는 민속학자다. 그의 시선은 마치 「당신들의 천국」의 이상욱 과장의 시선처럼 의심하고 탐문하면서 문제를 추리해간다. 한국이라는 국가의 역사와 이데올로기, 제주도민의 애환과 운명, 씻김굿 등 다양한 국면을 그는 조사하고 추리하며 제주도의 역사성과 신화성, 현실성을 새삼 환기시켜준다. 그의 경험과 추리를 통해 드러난 생각 역시 추심방의 그것과 크게 다르지 않다. "너무도 끔찍하고 무서운 역사의 땅"이라는 시각이다. 제주도는 역사성과 신화성, 그리고 현실이 맞물려 있는 독특한 공간임을 다시 확인한 셈이다.

소설의 등장인물이 왕래하는 시기는 1980년 5·18 광주 민중항쟁이 일어나기 직전 석 달간의 시공간이다. 그 등장인물들이 바라보고 있는 시기는 33년 전인 1948년 제주 4·3사건이다. 4·3항쟁이 발발한 48년도가 아닌, 80년대의 초반의 시대상황에서 사건을 바라보고 풀어내는 점이 이 소설의 특징이다. 해방 이후 남한 땅에서 한국전쟁을 제외하고 원혼이 가장 많이 발생했을 두 큰 일이 이 소설의 소재로서 양축을 형성하고 있는 셈이다. 이는 사건발생 후 반세기가 지났지만 아직까지도 명확한 진상규명이 이뤄지지 않은데다 당시 희생자 중 일부는 생존해 있는 등 4·3은 여전히 진행형 사건이라는 작가의 역사인식과도 무관하지 않은 것이다.

소설은 육지무당인 유정남이 아들 정요선과 신딸 순임이를 데리고 제주도로 들어오면서 시작된다. 1979년 12·12정변으로 정권을 장악한 신군부 세력은 이듬해 들어 정권의 새로운 명분을 만들 요량으로 '역사씻기기' 사업에 돌입한다는 상황이 설정돼 있다. 새로운 정권이 들어서면 의례 '역사씻기기' 혹은 '역사 바로 세우기' 등을 통해 정권의 정당성을 홍보하는데 열을 올리곤 한다. 하지만 보통 사람들의 삶과는 거리가 먼 한차례 '굿'에 머문다는 비판적 생각이 이 작품의 기저에 깔려 있다.

　　하기야 따지고 보면 애초 이 군부정권이 벌이고 있는 '역사 씻기기' 사업이라는 것이 웃기는 연극이었다. 그리고 그 희극 판에 매달려 웃지도 못하고 반년 가까이나 이 우스운 섬 일을 기웃거리고 다니는 자신이 문제였다.
　　---군부 세력의 엄중한 계엄 통치와 그에 맞선 재야 민주세력의 거국적인 저항 운동, 나라의 안전과 보위를 명분으로 내세운 군부의 갖가지 억압조치와 무자비한 검거 고문 선풍, 그에 대항하는 민간 정치세력과 젊은 학생들의 집요한 집회 시위가 연일 최루 가스와 투석전, 성명서와 새 포고령, 끝없이 재생산되는 유언비어의 홍수 속에 전국을 깜깜 암흑으로 뒤덮어갔다. 정국의 향방과 나라의 명운이 내일을 점칠 수 없을 만큼 불안하게 요동쳤다.
　　그런 정국의 불안을 잠재우고 위태로운 권력을 지키려는 방책의 하나로 일부 계엄 지원 배후 세력기관이 궁리해낸 것이 다름 아닌 이 '역사 씻기기' 사업이었다. (고딕표시-인용자, 60면)

작중인물 고종민의 생각에 의지해서 당시 정권의 부도덕성과 음험함을 신랄하게 비판하고 있는 대목이다. 비록 간접화의 서술방식에 의존했지만, 이청준의 소설에서 좀처럼 보기 드문 직설적 담론의 형태를 띤다. 하지만 대다수 많은 사람들에게 당시 이러한 '역사씻기기'의 작업이 무비판적으로 받아들였던 점도 엄연한 현실이다.

이렇게 이 작품의 기저에는 허울과 명분으로 포장한 '역사씻기기'에 의지한 해법에 대한 회의론이 스며있다. 당연히 이는 그러한 명분에 휩싸여 부화뇌동하고 쉽게 잊어버리고 마는 '망각'에 대한 경종이 맞물려 있다.

이청준은 이 작품에서 4·3사건을 보는 시각이 현기영을 비롯해 여타 작가들의 접근방식과 다소 다른 맥락에서 작가의 촉수를 작동시킨다. 현기영을 비롯해 일부 작가들이 4·3사건의 실체적 진실을 알리고 이것을 문학의 화두로 삼아왔다면[25], 이청준의 소설은 그러한 비극을 잉태한 동인, 그리고 열망의 좌절에 초점이 모아져 있기 때문이다. 따라서 여기서는 단순히 명분 축적을 위한 '역사씻기의'의 허위성을 비판하면서 망자를 진정으로 위무할 수 있는 굿을 통해 원한을 씻고 진정한 화해를 이루려는 갈망에 더 비중을 둔다. 미신으로 치부할 수도 있는 무속을 동원하는 것도 이런 맥락과 상통한다. 근래 들어 무속은 외래종교의 유입으로 인해 지금은 그 세력이 약화되었다고는 하지만 우리 고유의 토속적 민간신앙이다. 제주민을 비롯해 이 땅의 백성들은 무교로부터 자유로울 수 없는 인자를 지닌 셈이다.

망자라는 존재는 신들의 세계에서나 인간의 삶의 세계에서나 정상적인 질서를 흔들어 놓는 요소가 된다. 그러니 망령으로 하여금 각 구조의 질서 속에서의 자기 위치를 찾도록 하여야 한다. 망령이 처할 수 있는 위치는 결국 신들의 세계뿐이다. 그러나 망령은 신들의 세계, 죽은 자의 세계질서에 어떻게 적응할 것인지를 모르는 상태이다. 삶의 세계에서의 질서 밖에는 경험하지 못했기 때문이다. 따라서 망령은 죽음의 세계를 방황

---

25) 현기영은 「순이 삼촌」을 비롯해 4·3사건을 자신의 문학적 화두로 삼고 창작에 심혈을 기울여온 대표적인 작가다. 현기영의 문학적 성과에 대해서는 다음과 같은 평자의 시각이 온당하다. "4·3사건이 단순히 제주도에 국한된 것이 아니고 해방 이후 우리나라 분단현실에서 빚어진 냉전적 대결과 이로 인한 온갖 참화의 원형이라는 점에서 단순히 지역적인 것이 아니라는 점을 감안한다면 오히려 이러한 작가의 작업에 경의를 표해야 할 것이다"(김재용, 「폭력과 권력, 그리고 민중」, 『제주 4·3연구』, 역사비평사, 1999, 282쪽). 현기영 외에도 현길언, 오성찬을 비롯해 적지 않은 제주 문인들이 4·3사건을 소재로 창작에 심혈을 기울인 결과 일정 정도 문학적 성과를 일궈냈다. 이러한 성과에 대한 보다 구체적인 사항은 김동윤, 『4·3의 진실과 문학』, 각,(2003, 3)을 참조.

하다가 자기에게 익숙한 살아있는 사람들의 삶의 세계를 찾아와서 주변을 맴돌거나 삶의 질서에 개입하려 할 것이다. 그것은 곧 삶의 정상적인 질서가 무너지는 원인이 된다. 망자 자신에게나 살아있는 가족들에게나 이것은 바람직한 일이 아니다. 26)

우리는 이러한 대목을 통해서도 『신화를 삼킨 섬』에서 무당들을 등장시켜 서사적 골격을 유지하려 한 이유를 조금은 짐작할 수 있게 된다. 소설은 젊은 박수 정요선과, 일본에 귀화한 4·3 피해자의 아들로 민속학을 공부하기 위해 제주도에 온 고종민의 시선을 통해 4·3이라는 역사적 진실과 국가의 폭력에 의해 희생되는 개인의 비극적 운명을 교차시킨다. 평범한 학생인 고종민이 진실에 다가가는 방식이 의식적 탐문이라면, 무당인 정요선의 방식은 무의식적 탐문이다. 따라서 여기서는 여느 4·3사건 관련 문학작품과는 달리 국가 폭력에 대한 직설적 고발이 아니라 역사적 사실과 무속신화를 타래처럼 엮어가면서 개인을 억압하는 권력의 허구성을 비판한다.

이러한 접근은 이청준 소설의 원형에 가까운 접근이기도 하다. 이청준 소설은 당대의 한국 소설 가운데 광기나 정신 분열 현상 및 의식의 심층적인 증후군에 대해서 가장 각별한 문학적 관심을 보이고 있는데, 그의 소설에 나타나는 인물들의 자아구조는 대체로 정신의학의 증후학적인 성격을 띠고 있다. 27) 그의 대표작인 「당신들의 천국」에서는 나환자 수용소에서 병을 매개로 한 환자와 의사들의 심리적 관계가 드러나고 있으며, 「소문의 벽」에서는 전깃불 공포증과 진술 공포증의 정신병 환자인 작가 박준이 등장하고 있으며, 「황홀한 실종」에서의 주인공 윤일섭 역시 정신질환을 앓고 있는 환자이고, 「조만득」에서의 주인

---

26) 김인회, 앞의 책, 262쪽.
27) 이재선, 『현대한국소설사』, 민음사, 1991, 230쪽.

공 '조만득' 또한 과대망상성 전신분열증에 걸린 환자이다. 이들 주인공들 모두 60년대 한국 사회의 병리적 현상이 낳은 희생양이자 피해자들인 셈이다. [28]

이런 점에서『신화를 삼킨 섬』역시 이청준의 다른 작품에서 강조한 국가권력에 의해 개인의 희생이 따르는 메카니즘에 대한 고발로부터 자유로운 게 아니다. 다만, 고발의 방식이나 상처의 위무방식, 혹은 해원의 방식이 다른 작품과 다소 다를 뿐이다. 그렇다고 실체적 진실에 대한 구명의지에서 나온 고발의 방식이 수면으로만 침잠되어 있는 건 아니다. 다음과 같은 예문들을 통해서 그러한 징후들을 드러내 준다.

(1)

가. 희생자: 김성진(당시 70세. 북제주군 조천면 교래리: 이하 같음)김생진(65) 김성지(63) 김성지의 처(60) 김인생의 모(70) 부영숙(여, 38) 부여숙의 자(3) 양남선의 자(5, 3) 김영자(여, 15) 고옥심(여. 14) 김순생(10) 김문용(9) 등 22명

나. 희생시기 및 장소:1948년 11월 13일. 상기 주소지 마을.

다. 상황 및 사건 성격: 마을 주민들이 무장대에게 식량과 은신처를 제공한다는 혐의를 둔 토벌군의 중산간 마을 첫 초토화 작전 양상. 인명 희생과 함께 중산간 마을 첫 초토화 작전 양상. 인명 희생과 함께 중산간 마을 1백여 전 가옥 소실.

라. 증언자료:양복천 노파(70. 희생자 김문용의 모)--새벽 잠결에 갑자기 총소리가 요란하여 밖으로 뛰쳐나가 보니 온 마을 집들이 이미 무서운 불길에 휩싸이고 있었다. 토벌대 사람들이 그렇게 마을을 불질러 놓고 도망쳐 나오는 사람들을 향해 총을 쏘아댔다. -(중략)- 딸아이를 업은 채 쓰러진 나를 보고 아홉 살 난 아들이 비명을 지르며 내게로 달려들었고, 토벌대는 그 아이를 향해 다시 총을 쏘았다. -----토벌대가 가버

---

28) 최현주,「민중적 생명력과 역사의식의 형상화」,『한국언어문학』제50집, 2003, 5, 479쪽.

리자 나는 우선 총을 맞은 아들이 불에 타지 않도록 마당으로 끌어낸 뒤 등에 업혔던 두 살짜리 딸아이를 내려 살폈다. 아이가 울지 않아 그 때까지만 해도 그 딸아이까지 총에 맞았으리라고는 생각하지 못했는 데, 아이를 내려 살펴보니 내 옆구리를 뚫은 총알이 포대기 속을 파고들 어 그 아이 왼쪽 무릎을 부숴 놓고 있었다(제중일보 자료실).(53-54쪽)

2) 그런데 이 과장에게서 얻어온 섬의 역사와 현황 자료를 뒤지다가 '4·
3사건의 전말과 섬의 과제'라는 항목에서 한 가지 놀랍고 기이한 사실
을 발견했다. 소위 백조일손지묘(百祖一孫之墓)의 사연 중에 끼여 있는
한 망자의 이름 때문이었다.
백조일손지묘란 그 명문(銘文)만큼 기막힌 사연을 지닌 합동묘지였다.
제주도가 4·3의 큰 환란을 겪고 난 직후인 1950년 6·25사변이 터지
자 섬에선 다시 사상 성향을 의심받은 많은 4·3사건 전력자들이 예비
검속 명목으로 끌려갔다. 그리고 그런 사람들 중 다수가 또 집단희생
을 당했는데, 그런 사례의 하나가 1950년 8월 20일 섬 서쪽 모슬포 섯
알 오름 부근의 옛 탄약고 터 참사였다. 일이 있고 나서 당국자들은 수
습을 못하다가 나중에 유족들이 현장을 찾았을 땐 누가 누군지 서로
백골만 엉켜 있었다. 유족들은 할 수 없이 1백 32가구의 유골들을 대충
나눠 수습하여 공동 무덤을 조성하고 '백 할아버지의 한 자손(모든 유
골을 자기 조상으로 함께 모시는)'이란 뜻의 '백조일손지묘'로 함께 제
사하기 시작했다.(134쪽)

3) 그래서 **이 섬의 비극은 바로 이 나라의 비극이요, 그 비극의 역사는 이 나라 전체의
비극사가 된다는 말인가?**
종민은 그 음습한 이 나라 역사의 무게가 새삼 등덜미를 짓눌러 오는
듯한 느낌에 잠시 상념을 접고 길가로 차를 세웠다.(고딕표시-인용자,
2권, 19쪽)

인용된 대목들을 통해 우리는 이 작품 역시 4·3사건의 실체적 진실
의 규명에 한 측면을 겨누고 있음을 알 수 있다. 억울하게 누명을 쓰고

무고하게 죽은 양민들의 희생에 분노하고, 그러한 사태를 이르게 한 역사적 실체와 그 동인에 대해서도 중요하게 부각시킨다. 어떠한 명분으로도 노인들을 비롯해 무고한 양민들의 희생이 합리화될 수 없기 때문이다. 29)

동시에 이렇게 엄청난 희생을 초래한 제주민의 원망(願望)의 실체를 밝히는 것 역시 소홀히 할 수 없는 일이다. 또 이들의 원혼을 달래고 신원(伸寃)의 방식을 제시하는 것이야말로 문학이 담당해야 할 몫이다. 『신화를 삼킨 섬』은 이 점에도 주목한다.

그런데 4·3사건으로 피울음이 배어 있던 '한'이 채 마르기도 전에 불어 닥친 한국전쟁은 제주에 또 다른 '광풍'을 맞는다. 죽고 죽이는 살육이 제주에서도 반복된다. 그럼 이렇게 역사의 고비마다 무수한 희생자를 내는 동안 이 땅의 지도자를 비롯해 지식인들은 무엇을 했던가. 여기에 대한 회한은 문정국의 입을 통해 작가는 이른바 '망명론'을 부각시킨다.

문정국은 이어 그 위태로운 망명론의 핵심으로 들어갔다.
-혹독한 유신정권의 비극적 종말로 하여 우리는 지난 일 년간 '서울의

---

29) 필자는 2003년 4월 제주작가회의 주관으로 '작가와 함께 하는 4·3문학기행'에 참가해서 단일 사건으로 유례가 없을 정도로 많은 사상자를 낳은 북촌리 일대를 둘러볼 기회를 가졌다. 북촌리 일대는 4·3의 상징성이 고스란히 배어 있는 화소(話素)라는 생각이 들만큼 그 때의 상흔을 짐작케 하는 역사현장이 곳곳에 산재해 있는 곳이다. 당팟, 북촌국민학교, 북촌 포구, 북촌 도대불, 4·3 성터 등등. 더욱이 북촌국민학교 교정 및 그 주변에 공포에 떨고 있는 양민들을 모아놓고 당시 지휘관들이 즉석회의를 한 결과, 한 장교의 '대부분의 사병들이 적을 사살해 본 경험이 없으니 적을 사살하는 경험을 쌓을 겸 몇 명 단위로 총살시키자'는 제안이 채택되어 그런 비극이 벌어졌다니 말로만 듣던 '백살일비(百殺一匪)'를 실감케 했다. 단일 사건으로 유례가 없을 정도로 민간인의 희생자가 약 400여명에 이르렀으니 그 무모함과 광포함에 입이 다물어지지 않았다. 보다 구체적인 것은 졸고, 「4·3문학 기행 참가기」,『제주작가』제10호, 266-280쪽 참조.

봄'이라는 부픈 꿈속에 젖어 살아 왔다. 그러나 정녕 지금 이 나라에 봄이 오고 있는가. 결코 그렇지는 않아 보인다. 아련한 봄의 꿈은 바야흐로 신 군부 세력의 노골적인 권력 음모와 억압 앞에 서서히 멀어져가고 미구엔 비정스런 겨울 폭풍이 몰아칠 작금의 정국 형세다. ----그래서 기자는 이 나라 문학인과 지식인들에게 묻고 싶다. 당신들은 지금 이 나라를 버리고 '망명'(그 망명은 차라리 조국 앞의 문학적 혹은 실제상의 자결의 뜻이기 도 하거니와)을 떠날 생각은 없는가. **작품 속의 이명준처럼 실제로 그의 망명과 같은 온몸을 내던지는 저항을 보여줄 수가 없는가. 지금 이 가파르고 엄혹한 현실 앞에 우리는 왜 망명과 같은 전면적 거부와 저항을 보여주는 작가나 지식인을 한 사람도 가 질 수 없는가. 그 같은 자신과 권력의 공동 부정의 길 이외에 어떤 다른 저항의 몸짓도 그 권력과의 상대적 공생관계를 이루는 자기 생존전략밖에 결과한 꼴이 돼오지 않지 않았는가. 그에 비해 그 망명의 길은 오히려 망명정부가 민족의 생존과 삶의 꿈을 담보 하듯 당신들의 문학이나 독자들이 이 현실을 견디며 싸워 이겨내게 하는 전략과 힘이 될 수도 있지 않겠는가. 지금 당신들의 지적 자존심과 문학의 존엄성은 어디 있는가.**

(고딕표시 인용자, 2권, 67쪽)

기자의 입을 빌린 위의 진술은, 이 땅의 지식인과 문학에 던지는 작 가로서의 회한의 메시지다. 동시에 작가 자신에게 던지는 자성의 목소 리이기도 하다. 보다 직설적으로 얘기하면 모두가 열망하는 세상을 이 루기 위해 민중이 고통 받고 절망할 때 침묵으로 일관했던 지식인들에 대한 직무유기를 질타하는 셈이다. 이 땅의 지식인들은 역사의 굽이마 다 기득권 세력과 영합해서 그럴 듯한 명분으로 민중들을 기만하면서 비극적 현실을 외면해 온 전력에 대한 힐책의 메시지인 것이다. 하지만 이는 전적으로 타인을 향한 비판이 아니다. 이 땅의 지식인들과 문학이 이런 사건을 통해 스스로 돌아보고 성찰해야 함은 물론 자기반성을 요 구하는 집단적 몸부림과도 맞물려 있기 때문이다.

4. 해법을 찾아서

김종민은 4·3사건으로 인한 제주도민들의 피해의식의 양상을 1) 빨갱이(레드 콤플렉스), 2) 가위눌림(공포·자괴감) 3) 폭도(공범의식), 4) 청년이 센 마을일수록 희생이 컸다(허무주의) 5) 육지 것들(멸시·배타성, 6) 밀세다리(불신풍조) 등으로 분석한 바 있다.[30] 이런 점에서 4·3사건은 제주민들에게 기억하고 싶지 않은 과거이지만, 동시에 오늘을 얽어매는 원죄다. 기억하지 않으려고 노력할수록 오히려 각인되는 역설이 자리한다. 현기영의 다음과 같은 절규도 이런 점을 염두에 둔 발언이다.

> 4·3의 수만 원혼들은 반세기가 지난 지금에도 위로 받지 못하고 있다. 진혼되지 않았기에 저승에 안착할 수 없는 그들은 결코 썩은 흙으로 돌아갈 수 없는 주검들로 남아 있다. 대저 슬픔이란 눈물로 한숨으로 표현할 수도 있고 말과 글로도 표현할 수 있다. 그러나 4·3의 슬픔은 눈물로도 필설로도 다할 수 없다. (-중략-)억울한 죽음만이 수호신이 될 자격이 있다. 그리하여 4·3의 우리 조상들은 가장 억울한 넋이기에, 그것도 수만의 세력으로 뭉쳐있기에 가장 영험 있는 수호신이 된다.[31]

현기영은 제주 출신의 작가로서 4·3사건을 보는 자체가 여느 작가와 남다른 측면이 있다. 그의 작품세계는 이 사건을 문학적 화두로 삼고 창작에 심혈을 기울여 왔다 해도 과언이 아니다. 반면 이청준은 이 사건을 조금 다른 시각으로 보려 한다.

앞에서도 진술한 바와 같이 실체적 진실의 규명 못지않게 이 사건으로 인해 억울한 죽임을 당한 망자들의 원혼을 위무하는데 초점이 모아

---

30) 김종민, 「4·3에 관한 기억들」, 『제주작가』제2호, 실천문학사. 1999, 42-57쪽.
31) 현기영, 「4·3을 발견하면서 재발견한 몇 개의 화두들」, 『제주작가』제4호, 71쪽.

져 있다. 따라서 이 작품에서는 정부와 관주도로 이루어지는 '역사씻기기'와 같은 허구성을 비판하면서 '망자들의 원혼'을 진심으로 위무하기 위해서는 밑으로부터의 유대와 공감의 필요성을 강조한다. 앞서 본 중도적 시선을 지닌 고종민에 의한 탐문이 의식적 방법이라면, 일련의 샤먼들에 의한 무의식적 탐문의 방식이 또 하나 있다.

이때 흥미로운 것은 육지부에서 건너온 정요선과 섬의 변심방의 딸인 연금옥과의 애정서사다. 뱀 당신를 둔 연금옥은 제주도와 제주 샤먼의 운명에 환멸을 느낀 나머지 어째든 육지로 탈출하고 싶어한다. 하지만 결국 연금옥은 섬 안의 추심방네서 내림 신굿을 받는 것으로 이야기가 전개되고, 정요선은 연민을 가진 채 섬을 떠난다. 이 애정 서사 역시 '자생적 운명의 형식을 두드러지게 하는 서사구조를 형성'하는 대목이다. 결국 제주도의 독특한 역사성· 신화성· 현실성을 수용하면서 자생적 운명의 행로를 받아들이는데서 출발할 수 밖에 없음을 암시해 준다.

이런 점에서 이 작품은 어설픈 방식에 의한 거짓 화해에 의존하기보다 망자와 산자들이 소통할 수 있는 해원의 방식에 더 무게 중심을 둔 것이다. 내일의 희망을 위해 쉼 없이 오늘을 희생해야 했던 "제3의 도민층"에게 오른쪽인 한얼회도, 왼쪽인 청죽회도 운명을 함께 할 수 없는 "가짜 구세주"일 뿐인 것이다. 씻김에서조차 한얼회니 청죽회니 좌우 입장의 편가르기로 또 다른 원혼을 만들지 말고, 그래서 유골 탈취 사건 같은 비참한 연쇄고리를 더 이상 만들지 말고, 제발 희생된 넋들이라도 그저 편안해지기만을 바라고 있는 것이다. 제중일보 편집국장 송일32)의 입을 빌려 작가의 생각이 다음과 같이 암시되고 있다.

---

32) 1945년 제주에서 태어나 제주신문, 제민일보, 한라일보 편집국장을 지낸 실존인물 송상일을 모델로 한 것이다. (『제주작가』 10호에 '송상일 대담'의 92쪽 참조). 그의 저서 『국가와 황홀』(문학과 지성사, 2001)은 이 작품에서 『국가와 시의 충동』으로 변용되어 이 작품에서도 간간이 인용되고 있다. 이외에도 이 작품에서는 실존인물이나 그 밖의 단체를 소설적인 가공을 거쳐 등장시키곤 한다.

"한 국가나 역사의 이념은, 실은 그 권력과 이념의 상술은 내일에의 꿈을 내세워 오늘의 땀과 희생을 요구하고, 그 꿈과 희생의 노래 목록 속에 오늘의 자신의 성취를 이뤄가지만, 오늘의 자리가 없는 인민의 꿈은 언제까지나 그 성취가 내일로 내일로 다시 연기되어가는 불가항력 같은 마술을 느끼지 못할 사람은 없지요"(2권, 78쪽)

인용된 대목에서도 감지할 수 있듯이 "내일만이 강조될 때 오늘의 실존은 소외될 수밖에 없다"는 메시지를 통해 제주민, 아니 이 땅의 백성들을 국가(사회)가 더 이상 그럴 듯한 명분과 포장으로 기만하는 일이 반복되지 말기를 기원한다. 억울하게 죽어간 망자들의 씻김을 통해 그렇게 되기를 바라고 있는 것이다. 인간에 대한 모멸과 역사에 대한 환멸로 절망해버린 지식인들의 발언도 같은 맥락이다.

하지만 역사와 현실은 그렇게 바람대로 되어가지 않는다. 망자들의 씻김의 과정을 통해 적나라하게 드러났듯이, 또다시 민중들을 옥죄고, 지식인들을 내세워 기만하는 일이 반복될 수 밖에 없는 현실임을 예고해 준다. 절망과 좌절 위에 피는 꽃이 희망임을 부인할 수 없다고 보는 것일까. 다음과 같은 비평가의 지적도 이청준의 이러한 현실인식의 단면을 정확하게 진단한 발언으로 이 작품에 적용해도 무리는 아닐 듯 싶다.

이청준의 세계는 현실적 정신주의, 비극적 현실주의라 부르고 싶다. 이청준의 세계는 정신주의의 세계이되 추상성을 목표하는 것이 아니라 현실을 움직이는 힘의 원리를 탐색하려 한다는 점에서 현실적이며, 이청준의 세계는 현실의 밖으로 나가보려는 노력에도 불구하고 다시 현실로 귀환하지 않을 수 없는 사람들의 세계라는 점에서 비극적 현실주의이다. 33)

---

33) 김현, 「떠남과 되돌아옴」, 『김현문학전집』7, 문학과 지성사, 1992, 148-149쪽.

5. 맺음말

이청준의 『신화를 삼킨 섬』은 '제주 4·3사건'을 통해 제주인의 한(恨)과 원망(願望)의 좌절과정을 그린 소설로서 우리 현대사를 작품의 직접 배경으로 삼은 점에서 주목할 만하다. 특히 원망(願望)의 좌절과 그 해원(解冤)의 방식을 독특한 관점으로 접근한 작품이라는 점에서 문제성을 지닌다.

우리 문학사에서 현대사의 비극적 사건을 작품의 소재로 삼은 경우들이 많이 있어 왔다. 대하소설 혹은 역사소설의 형식을 빌은 이런 유형의 작품들은 문학 독자들에게 문학을 통해 역사의 자양분을 풍요롭게 섭취하는데 기여했을 뿐 아니라 문학의 지평을 넓혀 주기도 했다.

그런데 역사적으로 민감하거나, 혹은 논란의 소지를 안고 있는 현대 사건에 대해 비교적 거리를 두었던 이청준의 작가적 행보로 볼 때 이 작품은 다소 의외라는 생각이 들게 하는 작품이다. 하지만 보다 본격적으로 접근해 보면 이 작품 역시 기저에는 국가(사회)의 폭력으로 인해 개개인의 열망이 좌절되는 비애를 형상화하고 있다는 점에서 다른 작품들과도 텍스트상호성(intextuality)을 맺는다.

이 작품을 분석해 보면 몇 가지 주목할 만한 요소를 발견할 수 있다. 무엇보다도 이 작품의 무대가 주로 '제주'라는 공간성에 한정되고 있음에도 불구하고, 실제로 작품세계는 '제주'에 한정되지 않고 있는 점이다. 제주의 '비극'이 곧 우리 대한민국의 비극으로 귀결되고 있으며, 열망의 좌절과 아픔에 대한 치유방식을 모색하려 한다는 점과 상통되는 대목이다.

이런 점에서 이 작품은 단순히 4·3사건을 문학적으로 형상화한 작품에 머물지 않고 대다수 보통 사람들이 열망하는 사회의 건설이 좌절됨으로써 겪었던 비애와 상처를 위무하는데 초점이 모아져 있다. 따라서 이 작품은 4·3사건의 역사적 진실의 구명에는 다소 거리를 두고 있다. 대다수 사람들이 원하는 방식과는 다른 차원에서 4·3사건을 조명하고 있는 셈이다.

이러한 점들이 이 작품에 약점으로 작용하는 면도 있다. 문학은 역사와는 다른 차원에서 역사적 진실을 복원하고 증언하는 방식에 대한 고민도 숙명적으로 떠안고 있기 때문이다. 이러한 점은 작가의 문학관과 맞닿아 있는 만큼 산술적 비율로 적용할 수 없을 것이며, 궁극적으로는 독자의 몫으로 남게 된다.

『신화를 삼킨 섬』에서 드러난 원망(願望)의 좌절과 해원의 방식이 4·3사건의 문학화에 이정표를 세우게 될지 여부는 더 많은 연구자와 독자들의 판단이 요구된다고 하겠다. 하지만 분명한 것은 이 작품이 해방 공간의 비극적 사건을 통해 우리 현대사의 암울한 이면을 잘 묘파해 가고 있을 뿐 아니라 그 아픈 상처를 위무하고 치유하는데 탁월한 방식을 제시해 준 가작임에는 틀림없다.

·이 글의 참고문헌은 각주로 대신함

관용과 따뜻함의 미학,
그리고 노년소설의 정수(精髓)

1. 들어가며: 생오지의 공간성과 생명력의 원형(原型)

　문순태의 열한 번째 소설집『생오지 눈사람』이 나왔다. 문학을 공부하는 입장에서 소설에 대한 작가의 열정과 그 염결성에 고개가 절로 숙여진다. 필자는 세상과 사회의 변화를 늘 예의주시하면서 새롭게 수용하려는 그 열정에 감복하는 경우도 있다. 좋은 소설을 쓰기 위해서는 작가 역시 사고의 건강성과 균형감각, 그리고 열린 시각을 유지해야 가능하다는 생각이 든다. 이번 소설집은 작가의 그러한 인품과 삶의 지혜가 고스란히 배어 있다.

　소설집 <생오지 눈사람>에는 비교적 근래에 쓴 소설 10여 편의 가작(佳作)이 수록되어 있다. 이 글이 비평의 범주에 들지는 않지만, 어느 평자가 '주례사 비평'이라는 말을 한다면 달게 감당하고 싶다. 이 소설집은 어부가 출항을 앞두고 한 땀 한 땀 그물을 짜듯이 공이 들여 엮은 작품들로 짜여져 있다는 확신이 들기 때문이다.

이번 소설집의 첫머리를 장식한 작품으로 <생오지 눈사람>[1]이 자리한 것도 예사롭지 않다. 생오지를 공간적 배경으로 한 작가의 웅숭깊은 뜻을 짐작케 한다. 생오지의 공간성에 대한 작가의 무한한 애정은 열 번째 소설집 『생오지 뜸부기』를 내면서 밝힌 작가의 머리말에도 함축되어 있다.

현실은 핍진 상태이지만 아직 이 공간에는 원초적 생명력이 넘치고 있다. 넓은 하늘 밖에 보이지 않는 이 골짜기에 들어와 살면서, 나는 삶의 공간에 대해 많은 생각을 하게 되었다. 삶의 무대는 무한하나, 존재의 뿌리를 내린 공간은 유한하다는 것을 알게 되었다. 특히 나는 요즘 자연의 소리 공간에 깊은 관심을 갖기 시작했다. 우리는 산업사회를 거치면서 눈에 보이는 풍경, 즉 '랜드스케이프'에만 신경을 썼지, 소리 풍경(사운드스케이프)에는 무관심해왔다. 생명 가진 것들이 가장 건강하게 살 수 있는 공간은 자연의 소리가 70% 이상 보존되어 있는 곳이라야 한다.

소설집 『생오지 뜸부기』를 낸지도 6년여 시간이 지난 지금도 작가의 이러한 고백과 관점은 여전히 유효하다. 소설집 『생오지 뜸부기』에는 '자연의 소리가 움씰하게 살아 있는 건강한 생명의 공간을 소설로 형상화한' 작품들로 엮어져 있다면, 열한 번째 소설집 『생오지 눈무덤』역시 그러한 연장선상에 있다. 다만, 이번 소설집에는 '과거와의 만남과 화해를 통하여 "삶의 근원"으로 가는 길'에 직면해 있는 점이 좀 더두드러져 있다. 물론 이러한 과정에서 생오지가 갖는 공간성은 여전히 '문화적 기억 공간'으로서 확장성을 갖는다. 이를테면 '기억 혹은 복원으로서의 글쓰기'에 해당하는 경우도 있고 혹은 '기억의 재구성과 역사의 서사화'와 관련되는 경우들로 변주(變奏)되어 있기에 결과적으로

---

1) 필자가 해설을 쓰기 위해 창작집을 접했을 당시 표제작 및 제목은 『생오지 눈무덤』이었다. 출간하면서 『생오지 눈사람』으로 변경됐다.

'삶의 근원'과 '본질'을 종합하고 있는 셈이다.

여기서 '삶의 근원'은 철학적이거나 관념적인 사유의 대상이기 보다는 우리네 삶이 어디에 가치를 두고 살아야 하며, 정작 중요하게 생각해야 할 것이 무엇인지, 그리고 인간은 단독자(單獨者)이기도 하지만 서로 부대끼며 더불어 사는 존재라는 점을 부각시키고 있다. 아울러 이번 소설집에는 이러한 생각을 독자와 소통하고픈 작가의 바람과 삶의 지혜가 짙게 묻어 있다. 현실은 날로 강퍅하고 힘든 점도 있지만 '그럼에도 불구하고' 우리 인간은 여전히 서로가 위로하고 포용하는 공동체 사회를 지향해야 한다는 점에 방점을 찍고 있다. 이번에 수록된 소설에서 유독 노인이 화자(혹은 초점화자)나 주요 인물로 등장하는 빈도수가 높은 것도 이와 무관하지 않다.

문순태의 소설에서 이른바 노년소설의 범주에 드는 작품들을 창작하고 관심을 기울인 것은 소설집 『된장』(2002)의 「그리운 조팝꽃」으로 거슬러 올라가고, 정년을 맞으며 낸 소설집 『울타리』(2006)에 수록된 소설들을 통해서도 이미 예고되어 있었다. 작가 스스로 비교적 노년기에 접어든 시기에 쓴 『울타리』에 실린 「늙으신 어머니의 향기」, 「느티나무와 어머니」, 「은행나무 아래서」, 「대나무 꽃피다」 등은 노년소설로서의 성격과 특징을 두루 갖추고 있는 수작(秀作)들이다. 소설집 『울타리』에 실린 절반이 노년소설의 유형에 해당하는 셈이다. 자연히 주요 인물이 노인들이고 이야기의 소재 역시 노년의 삶과 밀접하게 관련되어 있다. 여성 노인을 초점화하여 노년의 삶과 소재에 서사의 초점을 기울이고 있는 공통점을 지닌다. 2)

---

2) 문순태의 노년소설에서 여성 노인이 자주 등장하고, 여성 노인의 삶이 핍진하게 그려진 경우가 많다. 한국인의 정서상 어머니의 삶 속에서 온갖 수난과 역경 및 가난이 올올이 드러난 경우를 감안한 설정이겠지만, 작가 스스로 어머니의 삶에 대한 각별한 사모의 정과 어머니의 인생관을 작품으로 구현한 측면과도 연관된다. 2010년 10월경 구순의 노모님을 여읜 뒤 가진 필자와의 인터뷰를 통해서 이

이번 작품집에 수록된 소설들 또한 노년소설의 범주에 드는 작품들이 많은 편이다. 한편으로는 소설집『울타리』의 속편이면서 또 다른 측면에서는『생오지 뜸부기』의 속편의 성격을 지녔다. 작품을 구체적으로 들여다보는 과정에서도 드러날 터이지만, 이번 소설집에 수록된 소설이 일이관지하게 관통하는 한 줄기는 인간에 대한 따뜻한 시선, 자신을 포함한 모든 타자에 대한 신뢰와 관대이다. 그것을 통한 화해의 세계가 주조음(主調音)을 형성할 때 우리 사회는 좀 더 인간다운 삶이 가능할 것이라고 이 소설집을 통해서 전망한다.

이번 소설집에서는 인간들의 욕망에 의해서 강제된 경계를 다양한 화해의 방법으로 허물기를 시도한다. 문순태의 소설의 이러한 지향점은 그의 소설에 일관되게 흐르고 있는 지점이기도 하지만 이번 소설집은 타인에 대한 신뢰와 포용, 그리고 관대가 전보다 더 깊고 심오해졌다는 점을 놓치면 안 된다. 이런 점에서 작가의 이러한 변화를 마치 예견하듯이 서술한 어느 평자의 언급은 여전히 유효하다.

생오지 계열 소설 속에 나타나는 생태성이 초기 소설의 방울재나 노루목 등의 공간에서 엿보이는 생태적 성격과 다르다는 점을 파악하는 것에서 찾아진다. 다시 말하면, 90년대 후반을 기점으로 하여 문순태의 소설은 생오지와 같은 생태공간을 중심으로 용서와 화해를 생명과 인간의 층위에서 고민하고 그것을 단지 역사적인 문제로서가 아니라 자연과 인간의 관계망 속에서 다시 성찰하기 시작한다 3)

위의 언급은, 문순태 소설의 중심 주제인 '용서와 화해'의 문제를 소

러한 생각을 밝힌 바 있다. 보다 구체적인 것은 전흥남,「문순태 선생의 서재를 찾아-'생오지'에서 문학의 향기를 맡고, 나눔의 정신을 배우다」,『소설시대』18호, (한국작가교수회, 평민사, 2010, 11), 65-75쪽 참조.
3) 한순미,「용서를 넘어선 포용-문순태 소설의 공간 변모 양상에 대한 문학치료학적 접근-」,『문학치료연구』제30집, 한국문학치료학회, 2014, 1. 172쪽.

설의 공간 변모 양상에 주목하여 읽고 그 과정을 문학치료학적 관점으로 접근하고자 한 것인데, 그의 소설을 통해 역사적 트라우마의 치유 가능성까지 모색한 점에서 시사하는 바가 크다. 진정한 화해의 방식을 인간과 자연의 긴밀한 짜임관계를 통해 보여주고 있는 점을 주목한 것이기도 하다.

이런 점에서 문순태의 소설에서 생오지 공간은 작가와 독자가 주요한 소통 매개로서 어떤 기억에 대한 동질성을 확인하고 그 기억을 보존, 재생산하는 공간으로서 역할에 한정할 수 없는 측면을 지닌다. 근래 쓰인 '생오지 계열 소설'의 경우는 더욱 그러하다. <생오지 눈사람>을 언급하기 전에 다소 서론이 길어진 이유도 여기에 있다.

<생오지 눈사람>은 9개월 전 자살사이트에서 우연히 알게 된 동년배 가출 소년· 소녀가 등장한다. 동수는 고등학교 2학년을 중퇴하고 치킨 배달을 하고 있었고, 고등학교 3학년인 혜진은 주유소에서 알바 중이었다. 한 달 동안 카카오톡으로 대화를 나누다가 용기를 내어 만난 그들은, 동시에 감탄사를 뱉으며 거듭 놀란다. 온전하지 않은 가정에, 그들의 일터가 한동네에 있다는 것에 놀라고, 나이가 같은 것에 다시 놀라고, 두 사람 모두 어둡고 눅눅한 반지하방에 살고 있는 것에 또 놀란다. 혜진은 알콜 중독자 아버지와 같이 살고 있었고, 동수는 치매를 앓는 외할머니와 살고 있는 등 처지도 비슷했다. 내일을 기약할 꿈조차 빛이 바랜 두 사람이었다. 혜진이가 같은 처지의 자신들을 가리켜 "우리는 똑같은 흙수저네."라고 쿡쿡 웃으며 말하자, 동수가 "우리는 흙수저도 아닌 똥수저야."라고 했고 그들은 서로를 가리키며 한바탕 배꼽을 잡고 웃는다.

이렇게 열악한 환경이 비슷한 두 젊은이가 자살을 하기 위해 한적한 생오지까지 흘러 들어오게 되지만 뱃속의 아이를 생각하게 되고, 또 홀

로 남은 가족들 걱정 때문에 자살을 실행하지 못하고 만다. 자살을 미룬 두 젊은이가 생오지에서 만난 사람들(노인들)과 부대끼며 삶의 의욕을 찾고 새로운 삶을 설계한다는 내용이 이 소설의 중심서사이다. 소설에서 두 젊은이가 극단적인 선택을 하려고 했으나 생오지에서 터를 잡고 생오지 노인들과 정을 주고 받으면서 새 삶을 일궈가는 과정은 따사로우면서 눈물겹다.

생오지에서는 사람을 소중하게 생각하고 서로를 배려하는 따뜻한 정으로 이어져 있기에 희망이 움튼다. 과거에 비해 많이 나아졌다고는 하지만 아직도 농촌의 현실은 노인층이 많은 편이다. 나이가 든 노년들이 외롭게 홀로 사는 경우들이 더 많기 마련이다. 그런데 동수와 혜진이 마을에 정착하면서 마을도 조금씩 활력을 찾게 된다. 동수와 혜진은 자신들을 반기고 사람 대접해 주는 마을 사람들을 보면서 자신들 역시 소중한 인격체로서의 삶을 깨닫고 활력을 찾게 된 것이다. 소설의 마지막 장면은 서기(瑞氣)로움이 가득하다.

혜진이가 집 밖에까지 나와 옴씰하게 눈을 맞고 기다리고 있다가 동수를 맞았다. 혜진은 머리에 눈을 듬뿍 인 채 언제나처럼 두 팔로 아랫배를 느슨하게 감싸 안고 있었다. 동수가 보기에 생오지에 온 후로 눈에 띄게 배가 불러온 것 같았다.

"추운데 왜 나왔어?"

"누워있는데 애기가 밖에 나가자고 발길질을 해서....빨리 세상 구경을 하고 싶은가봐."

혜진이 어색하게 웃으며 동수 옆으로 바짝 다가섰다.

'배롱나무 밑에다 눈 무덤을 만들었어.'

--(중략-)-

"벚꽃보다 더 아름다워?"

"보고 싶어?"

"응."

"배롱꽃이 필려면 아직 여섯 달은 더 기다려야하는데?"

"여섯 달이면 여름이네? 그 때쯤이면 우리 아기 백일도 지나서인데...
그래도 배롱꽃을 보고 싶어."

혜진이가 오랜만에 배롱꽃잎처럼 살포시 웃으며 말하자, 동수가 왼팔로 혜진의 어깨를 힘주어 감싸며 집 안으로 들어섰다. 눈발이 더욱 굵어지면서 바람이 건듯 불었다. 지붕마다 눈이 쌓인 생오지가 거대한 눈 무덤으로 보였다. 눈 무덤 속에서 생오지 노인들이 큰 소리로 울부짖듯 동수의 이름을 외쳐 불러대는 소리가 여기 저기서 들려오는 것 같아 한동안 마을 안쪽을 두리번거렸다.(고딕표시-인용자)

소설의 결말부분이다. 생오지는 때로는 눈이 많이 와서 교통마저 두절되는 외딴 곳으로 알려져 있지만 더 이상 오지가 아니다. 사람들로 붐비는 도시는 아니지만 따뜻한 정이 흐르고 생명력이 가득한 공간으로 재생되고 있다. 생오지는 작가의 고향이기에 남다른 애착을 보인 공간으로서 작품 속의 생오지는 새롭게 거듭 태어나는 생명력의 공간성을 지닌다. 욕망과 경쟁과 변화를 추구하는 세상과 좀 거리를 둔, 자연과 인간이 잘 어우러진 공간으로서 원시성을 지닌다. 생오지는 삶이 끝나는 죽음의 공간이 아니라 새로운 생명들이 태어남과 죽어감을 반복하는 순환의 공간으로 형상화된다.

이 작품 외에도 <자두와 지우개>, <은행잎 지다> 등도 생오지 혹은 생오지 근처가 갖는 공간성과 서정성이 조화를 이룬 수작(秀作)으로 주목할 만하다. <자두와 지우개>는 노년소설의 얼개와 구성을 잘 구비하고 있는 작품으로서 손색이 없다. 노년의 연령선이 조금씩 다르지만 적어도 60대 중반을 넘긴 경우로 봐도 대체로 무리는 없을 것이다. <자두와 지우개>는 초등학교 시절 동창생과의 추억과 애틋함이 옴씰하게 배어있는 작품이다. 단정적으로 말해 두면, 노년의 사랑과 우정을 이렇게 순수하고 아름답게 묘사하고, 또 작중인물 역시 우아함과 격조를 띤 경우를 만나기가 쉽지 않을 것 같다.

이야기는 칠순에 가까운 노인('나')이 아내와 사별하고 홀로 고향에 내려와 사는데 자신의 삶의 흔적들이 묻어있는 물건들을 모아놓은 '오동나무 상자'를 찾는 것으로 시작된다. 화자가 찾는 상자 속에는 어머니가 생전에 내 삶의 추억거리들을 모두 모아놓은 것들이 들어있다. 어머니는 사과상자보다는 약간 크고 뒤주보다는 작은 오동나무 상자에 깔끔하게 옻칠까지 하고는 그 안에 추억거리들을 넣어 붕어 모양의 열쇠를 채우고 방에 신주단지처럼 모셨다. 어머니는 학창시절 화자가 쓰던 물건들을 버리지 않고 하나하나 소중히 보관할 때마다 "훗날, 네가 어렸을 적에 쓰던 물건들이 쓰레기가 되지 않도록 해야 쓴다. 훗날 사람들이 네가 쓰던 물건들을 보고 많은 것을 배우고 뒷이야기를 허도록 해야 쓴다." 라고 주문을 외우듯 되풀이했다. 결혼한 지 6년 만에 남편을 잃고 아들 하나 믿고 의지하며 살아온 어머니의 모든 꿈은 '내'가 위대한 사람이 되는 것이었다.

어머니의 기대와 달리 '나'는 평범한 삶을 살다가 이제는 아내와 사별하고 고향으로 돌아와 외롭게 살고 있는 노인이다. 그런데 초등학교 여자 동창 자두가 생오지에서 살고 있다는 사실을 알면서 나는 생기가 돈다. 자두에게 선물로 받았던 고무지우개를 떠올리게 하고, '오동나무'를 찾은 것도 자두가 초등학교때 화자에게 주었기 때문이다. 화자는 어머니와 함께 k시로 이사를 간 3년후 쯤에 자두도 가족들과 함께 고향을 떠났다는 소식을 접한 후 40여년 동안 까맣게 잊고 있었다. 그런데 아내와 사별하고 고향으로 온 지 얼마 안 되어 산책을 갔다가 초로의 여인이 된 자두가 폐가가 된 집에 정착하고 있다는 사실을 알게 된 것이다. 화자는 일주일에 한 번씩 교회에서 오는 미니버스를 타고 자두와 자연스럽게 만나게 된다. 자두를 묘사한 소설의 한 대목을 보자.

자두가 온다. 고샅을 나와 마을 앞 큰길로 들어서는 모습이 마치 **매화꽃 잎만한 배추흰나비** 한 마리가 햇빛 속에서 날개를 팔랑거리는 것 같다. 느티나무 가까이 올수록 나비의 모습이 점점 커지더니, 자두가 어느새 단발머리 어린 소녀로 변했다. 자두가 시골 학교로 처음 전학 왔을 때 모습 그대로다. 발가락 쪽에 힘을 주고 땅껍질을 벗기듯 가볍게 튕겨 오르며 폴짝폴짝 걷는 모습이 영락없이 소녀시절 자두 모습이다. --(중략)--나 역시 첫눈에 총 맞은 기분이 되었고 망설임 없이 마음속에 점을 찍고 화장실 벽에 '자두는 영보 애인이다.'라고 낙서부터 했다. ---(중략)--

어느새 자두의 모습이 교복차림의 중학생으로 바뀌는가 싶더니, **갈레머리로 변한 얼굴에 여드름이 돋고 가슴이 봉긋해진 처녀가 되었다.** —(중략)— 내가 서 있는 느티나무 가까이 다가오고 있는 자두는 금세 **황토색 염색을 한 개량한복 차림에 반백의 할머니로 변했다.** 내가 한 눈에 볼 수 있는 길 위에서 그녀의 반세기에 가까운 시간이 빠르게 흘렀다. 그 시간의 축적 위에 자두의 인생이 파노라마처럼 스쳐지나갔다. 인생이란 시간의 흐름과 함께 변화하는 것이 아닌가 싶다.

아담한 키에 환갑 넘은 나이답지 않게 허리를 곧게 펴고 사뿐사뿐 걸어오고 있는 자두는 한사코 내 시선을 피해 주위를 두리번거린다. 햇빛에 그슬려 얼굴이 거무죽죽해 보였으나 큰 눈이며 적당한 콧대로 인해 눈에 띠게 자태가 곱다. (고딕표시-인용자)

환갑을 넘긴 자두의 생애를 한편의 파노라마처럼 생생하게 묘사하고 있다. 문순태 소설의 묘사는 사물과 정경이 한 눈에 보이듯 생생하게 조합해서 그리고 있다는 점에서 인상적이다. 아니 타의 추종을 불허할 정도의 경지다. 노인의 심리상태와 설렘이 풍경과 잘 어우러져 한 폭의 수채화를 연상케 한다.

일반적으로 노년에 이르면 설렘이 줄어든다고 한다. 설렘이 줄어드는 건 노년기에 접어들고 있음을 가늠해 주는 한 요소이기도 하다. 대체로 노년기에 이르면 매사 심드렁하고 의욕도 줄어들기 마련이다. 자연스러운 현상이다. 하지만 이것을 당연하게만 생각하는 삶도 왠지 허전해 보인다. 노년기에 빼놓을 수 없는 것이 추억이다. 그래서 노년세대는 추억을 먹고 산다고 한다. 가슴 설레이는 추억을 간직하고 사는 노년의 삶에 있어 나이는 숫자에 불과하다. 생물학적으로는 노년이지만 마음은 청춘인 셈이다. 초로의 노인들이 추억을 매개로 우정과 애틋함을 주고 받는 장면은 가슴 찡하고 참신하다.

그날 교회에서 예배를 마친 신도들은 새터에서 혼자 살다가 세상을 뜬 여든 아홉 살 할머니의 장례식에 참예했다. --(중략)-- **나는 버스 안에서 내게 닥쳐올 죽음에 대해서 생각했다.** 사실 나는 아내가 세상을 뜬 후부터 죽음의 그림자가 줄곧 내 주위를 맴돌고 있다고 느끼기 시작했다. --(중략)-- **나이가 들수록 가까운 사람에게 상처를 남기지 않도록 하는 것이 현명할 것 같다. 그러나 죽을 때 외롭지 않기 위해서는 그렇게 할 수도 없는 일이 아닌가.**

그날 밤 나는 용기를 내어 자두한테 전화를 걸었다.

"전화해서 미안헌데... 정말 내 소원 한번 들어줘. 같이 밥 먹으면서 옛날이야기나 좀 허드라고. 내일 저녁 어뗘? 6시에 비석거리에 나와 있으면 내가 차 갖고 나갈게."

나는 책을 읽듯 빠른 속도로 말을 하고 가슴 조이며 반응을 기다렸다. 다행이 자두는 전화를 끊지 않았다. 텔레비전 연속극을 보고 있었는지 낮은 톤의 배경음악이 전류를 타고 촉촉하게 흘러나왔다. 여자 울음소리도 뒤섞여 나왔다.

"내 말 듣고 있어? 다른 뜻은 없어. 죽기 전에 둘이 얼굴 마주보며 밥 한번 먹고... 커피도 한잔 마시면서..."

자두가 전화를 끊지 않았다는 것을 알게 되자 나도 모르게 더듬거렸다.

"내일은 안 되고..."

"그래? 그럼 언제?"

다급하게 묻고 있는 내 목소리가 쩌렁쩌렁 울릴 정도로 컸다.

"금요일 저녁에.... 우리 집으로 와."

"자두 집으로?" (고직표시-인용자)

자두가 마을에 산다는 소식에 설레임도 잠시 헛소문에 두 사람은 마음고생을 좀 하기도 한다. 그래서 얼마의 시간이 지난 뒤 '내'가 용기를 내는 장면이다. 고딕체로 표시된 부분에 유의해서 보면 이야기의 연결 과정이 물 흐르듯 자연스럽다. 노년에 이르니 사람에 대한 배려의 소중함을 깨닫게 하는 장면이기도 하다. 또 노년에 이르면 죽음에 대해 마주할 경우가 많다. 곁에 있던 친구들이 하나 둘 떠나는 모습을 보면서 밀려오는 허전함과 쓸쓸함에 먹먹할 때가 많다. 그렇다고 마냥 회피할 수만도 없다. 자연스럽게 죽음을 받아들일 수 있어야 한다.

그런데 노년에 이르면 주변의 죽음에 슬픔과 외로움을 겪기도 하지만 추억을 매개로 활력을 찾는다. 위의 인용문을 통해서도 드러나듯이, 문순태 소설의 서사는 이러한 연결이 자연스럽고 작위적이지 않은 특장을 지닌다. 세상풍파를 다 겪어왔건만 초등학교 여자 동창과의 순정을 이어가는 장면은 곱고도 정겹다. 소설의 결말에 이르면 초등학교 시절 주고 받았던 목걸이와 고무지우개를 매개로 서로의 순정을 확인하면서 두 사람의 사랑과 우정은 꽃을 피운다.

<은행잎 지다>는 조금 독특한 내용을 담고 있다. 이 작품은 49세쯤 되는 여성이 화자로 등장한다. 이 여성은 삶이 순탄치 못했으며 여러 직업을 전전하다 지금은 말기 암환자를 돌보는 요양보호사다. 이 작품은 여성 화자와 그녀가 고라니라고 부르는 시한부 청년과의 우의(友誼)를 그린 소설이다. 청년은 췌장암 말기 환자로 3개월 전 대학병원 호스피스 병동에서 그녀를 처음 만났다. 그는 훤칠한 키에 눈에 띌 정도로 잘 생긴 꽃미남이었다. 그 무렵 이 여성은 1년여 동안 79세의 폐암말기 환자 간병에 심신이 메말라 있었다.

그런데 이상하게도 고라니를 본 순간 그의 옆을 지켜주고 싶어졌다. 화가 지망생인 고라니는 호스피스 병동에서 누워 죽음을 기다리기 싫다고 무릉골로 내려오게 된다. 무등골에는 그의 외할아버지가 20년 전

정년퇴직을 하고 내려와 살던 황토집이 있기 때문이다. 고라니는 췌장암 말기로 3개월 시한부 진단을 받았다. 하지만 그는 암선고를 받고 백일째 되는 날에 이곳에 친구들을 불러 이른바 '백일잔치'를 하겠다고 한다. 청년이 이렇게 삶의 활력을 찾기 시작한 것은 요양보호사로 있는 여성의 헌신과 사랑이 크다. 말기 암환자의 고통을 곁에서 지켜보면서 청년의 아픔을 자신의 아픔으로 승화하는 다음 장면은 참신하다.

얼마나 잤을까. 맨홀에 빠진 고라니의 살려달라는 비명을 듣고 소스라치며 잠에서 깨어보니 주위가 깜깜했다. 내가 잠든 사이에 고라니가 불을 끈 모양이었다. --(중략)-- 고라니의 손이 점점 배꼽 아래쪽으로 미끄러지듯 서서히 더듬어 내려가더니 잠시 치골 불두덩 위에 멈췄다. 고라니의 숨이 점점 거칠어졌고 꼴깍 꼴깍 마른 침 삼키는 소리가 들렸다. 그가 조심스럽게 내 불거웃을 쓰다듬었다. 손가락 끝이 바르르 떨렸다. --(중략)-- 내 몸은 여자로 태어난 후 처음으로 오르가즘의 꼭짓점에서 포말처럼 산산이 부서졌다. 나는 그 순간 수치심도, 죄책감도, 부도덕하다는 생각도 없었다. 다만 나는 여자로서가 아닌, 어머니의 입장이 되어 따뜻한 모성애로 고라니를 받아들여 품어 안은 것이었다. 돌아올 수 없는, 먼 길 떠나는 고라니를 위해 마지막 위로가 되었으면 싶을 뿐이었다. 겨울을 기다리는 황량한 들판처럼 허허로운 고라니의 순결한 마음에 꽃잎 같은 점 하나를 찍었다는 생각을 했다. --중략
"고마워요..... 미안해요..... 고마워요..... 정말 미안해요."
한참 후에 그는 고맙다는 말과 미안하다는 말을 여러 차례 되풀이했다.
"꼭 엄마 같아요. 전 엄마의 사랑을 받지 못했거든요."
"그래 엄마라고 생각해. 나도 아들처럼 생각할게."

위의 장면은 추하거나 불결하지 않는 느낌을 준다. 화자를 통해서도 "어느덧 두 사람의 울음이 방안에 흥건했다. 울고 나자 수치심도, 부도덕함도, 무렴함도, 안타까움도 함께 씻겨 내려간 듯 오히려 기분이 개

운해졌다."고 서술하고 있듯이, 독자 역시 비슷한 감정을 가질 것이다. 이렇게 자신의 고통을 함께 나눈 정을 생각하면서 청년은 백일잔치를 위해 마지막 생명에 불을 댕겨 고통을 참아가며 혼신을 다해 그림을 그리기 시작한다. 드디어 청년은 백일째 되는 날 가족들과 친구들을 집으로 초대해서 그림 전시회를 무사히 마치고 결국 여성 화자는 지상에서의 청년의 마지막을 지켜본다는 내용으로 꾸려져 있다.

이렇게 문순태의 소설은 좌절과 시련속에서도 서로 의지하며 새로운 생명력을 싹 틔우기도 하고, 추억을 매개로 나이는 숫자에 불과한 초로의 우정과 사랑을 그리기도 하고, 또 젊은이의 시한부 삶을 정리해 가는 과정을 통해 삶의 다양한 모습을 축조해 내고 있다. 이러한 인물들이 만들어 가는 따뜻한 세계와 생오지의 공간성은 유기적인 연결성을 갖는다. 그의 소설 속에 나오는 인물들의 시선과 포용력은 생오지가 갖는 공간성과 합일될 때 가능한 지점이기도 하다. 다음에 살펴볼 노년소설에 이르면 이러한 세계를 지향하는 그의 작가의식이 더욱 더 다양하고 인상깊게 드러나 있다.

2. 관용과 따뜻함의 미학, 노년소설의 정수(精髓)

이번 창작집에는 노인들이 자주 등장하고 있는 점에 대해서는 앞에서도 서술한 바 있다. 노년의 기준이 각기 다르다고는 하지만, 대체로 60세 이상 혹은 65세의 전후를 기준으로 하여 그 이상의 연령대를 지칭할 때, 우리나라 노인의 경우 유년시절에 한국전쟁을 겪거나 더 거슬러 올라가면 일제 강점기를 겪으면서 정신적으로 많은 시련을 겪은 세대다. 그들은 격동기의 현대사와 변화를 온몸으로 겪은 세대이기도 하다. 작가 역시 자연인으로서 노년기를 맞는다. 따라서 노년기에 접어든 작가들이 자신의 경험과 삶을 올올이 창작품으로 형상화 했을 경우 그것이 갖는 문학적 의미와 자산을 소홀히 할 수 없는 측면을 지닌다. 4)

노년소설의 주요 소재가 죽음의 문제를 비롯해 우리 삶의 본질을 환기시켜 주는 화두를 자연스럽게 등장시키는 점도 소홀히 할 수 없는 요소다. 나아가 노년기에 접어든 작가들의 노년소설을 통해 우리는 인간의 삶과 사회현상 그리고 세상을 꿰뚫어 보는 작가의 안목과 연륜이 묻어있음을 발견할 수 있을 뿐 아니라 수작(秀作)이 적지 않은 문학현상에 대해 우리는 주목할 필요를 느낀다. 5) 노인들이 우리 사회의 발전에 기여해 온 측면, 사회적 소외, 경제적 빈곤, 건강악화, 노인학대 등과 관련해서 현대소설에서는 어떻게 묘사하고 대상화해 놓고 있는지를 따져볼 필요가 있기 때문이다. 6)

하지만 작금의 우리의 현실은 강퍅하게 변하고 있다. 노인들은 뒷전으로 밀리기 일쑤다. 문순태의 소설에 등장하는 노인들이 대체로 삭막한 사회로 변해가는 세태를 따뜻하게 포용하고 관대하는 건강성을 유지한 것도 이러한 세태의 역설적 반영일 것이다. 문순태의 소설 <시소타기>에 등장하는 여성 노인도 그러한 경우에 해당한다.

---

4) 노년기에 이른 작가들에게 노년소설 창작의 당위성을 강조하려는 의미는 아니다. 작품의 소재는 영역의 제한을 받아서는 안 되기 때문이다. 작가의 역량과 특장을 얼마나 잘 발휘할 수 있느냐가 관건이어야 한다. 다만, 노년기에 이른 작가들 스스로 노년의 삶과 관련해서 혹은 노년의 작중인물 성격화 과정이 보다 더 핍진성을 갖는다는 점에서 순기능적인 측면을 강조하고 싶을 뿐이다.

5) 노년기에 접어든 작가들이 노년의 삶과 일상을 주요 소재로 해서 노년소설을 창작한 경우 비교적 젊은 작가들이 노년소설에 부합하는 작품을 쓴 경우보다 상대적으로 서사의 핍진성과 호소력을 갖는다. 이것은 작품의 수준이나 완성도와도 자연스럽게 연결되기도 한다.

6) 문학적 관심을 떠나 사회적인 당위성을 지닌다. 사람이 늙지 않을 수 없으며 늙지 않는 사람도 없다. 노후의 편안한 삶은 각 개인의 능력에 달린 문제로 볼 수도 있겠으나, 최소한 노인들이 사회로부터 버림받고 푸대접받는 사회 풍토는 지양해야 마땅하다. 노인으로부터는 삶의 경륜을 배우고, 젊은이는 도전과 패기를 일깨워 줌으로써 조화를 이룰 때 그 사회는 건강하고 미래도 밝을 것이기 때문이다.

1층 33평에서 휑렁하게 혼자 사는 조소래 할머니는 단독주택에 살다가 5년 전 이곳 아파트로 이사왔다. 조소래 할머니가 화단이 있는 1층을 고집한 것도 모란 재배 전문가였던 남편이 단독주택에 심어두었던 다섯 그루를 옮겨 심고 싶었기 때문이다. 그런데, 이 아파트에 말썽꾸러기 재벌이라는 소년(동네 노인들은 도둑고양이라고 부른다)이 살고 있다. 어느 날 조소래 할머니는 홀로 놀이터에서 놀고 있는 소년과 시소를 타게 된다. 시소를 함께 타는 동안 모처럼 웃는 소년의 모습을 보면서 자신의 마음도 뿌듯하다. 그런데 그 근처를 지나던 아파트 경비원을 보자 불안해 하는 소년을 본다. 조소래 할머니는 마치 자신의 손자인양 손목을 잡고 자신의 아파트로 소년을 데려온다. 할머니는 화단 쪽 창문을 활짝 열고 모란꽃을 내려다보면서 소년에게 말을 건넨다.

"모란꽃은 씨를 뿌리고 나서 구 년이 지나야 꽃을 피운단다. 구 년 만에 여덟 개의 꽃잎이 피는데 이것을 팔중이라고 한단다. 그리고 해가 거듭할수록 꽃잎이 많아져 천중, 만중이 된단다. 만중이 되면 꽃잎이 너무 무거워 꽃이 제대로 고개를 쳐들 수조차 없게 되지. 꽃이 피어 만중이 되기까지는 꼬박 십사 년이 걸린단다. 제대로 꽃을 완성시키는데 십사 년이 걸리는데 하물며 사람이야 사람구실 하기까지는 오죽 세월이 오래 걸리겠냐. 재벌이 너도 서두르지 말고 열심히 살면 언젠가는 네 이름대로 재벌이 될 수 있을 게야."

조소래 할머니는 평소 남편이 집에 오는 손님들에게 해주곤 했던 이야기를 꼬맹이한테 말해주었다. 꼬맹이는 아무런 반응도 없이 잠자코 듣기만 했다.

"얼른 저녁밥 지어줄 테니께 앉아서 입맛 다시고 있거라."

조소래 할머니는 칸막이 목기에 호도며 잣, 땅콩을 담아 탁자 위에 놓았다. 그 때 탁자 위에서 전화벨이 다급하게 울렸다.

"백삼 호 모란꽃 할머니 맞죠? 별 일 없지요? 여기 경비실인데요. 혹시 쫌 전에 놀이터에서 같이 있던 아이가 백구 동 도둑고양이 아니었남요?"

경비원의 목소리가 어찌나 찌렁찌렁 울리던지 꼬맹이 귀에까지도 들렸다. 조소래 할머니가 호도를 먹고 있는 꼬맹이를 보았다. 순간 꼬맹이의 눈알이 바삐 움직였다.

"아녀요. 우리 손자 놈인디요"

"아, 그래요. 도둑고양이 보면 경비실로 연락 주세요."

할머니는 신경질적으로 송수화기를 놓고는 텔레비전을 켠 다음 리모콘을 꼬맹이 손에 쥐어주었다. (고딕표시-인용자)

소년은 양어머니의 홀대 속에서 마음대로 집에 못 들어가는 경우가 다반사이고 배고픈 날도 많다. 동네에서는 말썽을 피우기 일쑤다. 양어머니의 방치에도 불구하고 소년은 보육원에는 들어가기 싫어한다. 인용한 장면에서는 그러한 소년을 자신의 손주처럼 연민의 정으로 안아주는 할머니의 따뜻함이 묻어나온다. 모란꽃은 할머니의 남편으로 등치되기도 하지만 어린 소년의 이미지와도 겹쳐진다. 모란이 꽃을 피우기 위해 기다림이 요구되듯이 말썽꾸러기 소년에게도 주위에서 따뜻한 배려를 받으면 장차 꽃을 피울 날에 대한 기대를 하게 한다.

<아버지의 홍매화>는 초로의 남성이 화자로 등장한다. '나'(화자)는 매화축제에서 홍매화를 본 뒤부터 머릿속에서 아버지의 매화나무가 어른거린다. 아버지는 서른 넷에 아랫마을에 사는 여자 오빠에게 발동기를 사주고 머리를 얹어 열 아홉살 홍매를 기생집에서 데려왔다. 화자가 초등학교 입학하던 해에 그 집에 홍매화를 심어 지금은 60년이 넘어 제법 교묘한 자태를 갖추고 있을 것으로 짐작된다.

그런데 누나가 그 집에 살면서 홍매화를 다른 사람에게 팔아버렸다는 사실을 알고 상심이 크다. 누대로 살던 집까지 판 아버지가 홍매와 함께 살던 집터를 그대로 남겨둔 것은 홍매에 대한 애착이 컸을 것으로 헤아린다. 하지만 한국전쟁으로 집안이 기울자 홍매는 아버지 곁을 떠나고 아버지는 홍매를 찾아 사나흘 아니면 열흘이나 보름만에 거지꼴

로 돌아와서 몸살을 앓곤 했다. 화자는 어머니를 불행하게 만들고 가정을 파탄나게 한 홍매지만 아버지의 지극한 사랑에 대해 한편으로 이해하게 된다. 누나가 판 홍매화를 찾고 주인에게 사정을 얘기해서 아버지의 묘소에 심은 뜻도 아버지의 지극한 사랑을 조금은 헤아려지기 때문이다. 돌이켜 보면 나이가 들면서 하찮게 생각했던 것들도 소중하다는 것을 절감했던 것이다. 비록 화자에게 다정다감하지 않았던 아버지이지만 세월이 흘러 자신도 노년에 이르고 보니 아버지의 정이 새삼 그립고, 아버지의 속 깊은 마음과 아픔도 헤아려지게 된 것이다. 아버지를 생각하는 그리운 마음을 화자를 통해 다음과 같이 표현하고 있다.

지난날의 기억들이 다 그리웠다. 어려서, 홍매 때문에 아버지한테 구박을 받고 속을 끓여 눈물 마를 날이 없는 어머니를 볼 때마다, 두 주먹을 불끈 쥐곤 했던 분노와 원망과 미움마저도 아련한 그리움으로 살아났다. 어머니를 불행하게 만들었고 가정의 평화를 깨뜨려 친지들로부터 지탄받았던 아버지와 홍매의 사랑마저도 슬픈 전설이 되어 그리움의 붉은 꽃으로 피어난 듯싶었다. 비록 축복이 아닌 비난 속에 피어난 사랑이라 할지라도 이 세상 모든 사랑은 오랜 시간이 지나면 전설이 되어 기억 속에 그리움으로 살아남게 되는 것인지도 몰랐다.

소설 속의 지문처럼 나이가 들면 지난 시절에 대한 회환과 그리움이 있기 마련이다. 아버지에 대한 허물과 원망하는 마음도 세월의 흐름 속에 막연한 그리움으로 대체된다. 이처럼 위의 작품은 아버지가 생전에 심은 홍매화를 매개로 아버지의 신산한 삶을 반추하면서 부정(父情)을 생각하는 화자의 정서가 잘 드러나 있다. 어느덧 노년기에 접어든 화자의 심경이 홍매화(혹은 홍매)와 조합을 이루며 서사가 진행된다.

하지만 작금의 현실은 소설의 장면처럼 노년기에 접어든다고 해서 모든 것이 그립고 소중한 것들로 아로새겨져 있지 않다. 외로움과 쓸쓸함이 일상으로 다가오는 경우들도 적지 않다. 어쩌면 그러한 일상의 반복이 더 많을 것이다. 때론 전화를 기다리면서도 받기 싫은 경우도 부지기수다.

여기서 전화는 사람들과의 부대낌을 은유화한 장치이다. 전화가 오지 않는 날은 사람들과 단절되는 것 같아 불안하고 외롭다. 그러나 정작 사람들과의 만남을 회피하고 싶은 경우도 많다. 오랜만에 받아보는 전화에서 친구의 부음 소식을 들으면 외롭고 쓸쓸한 마음의 여운이 더 길다. 이런 저런 핑계를 대며 연락을 못했던 것에 대한 미안함과 회한이 밀려오기도 한다. 이러한 노년의 정서를 잘 표현한 작품이 <휴대폰이 울릴 때>이다. 이런 점에서 <휴대폰이 울릴 때>는 노년의 쓸쓸함과 허허로움이 짙게 배어 있는 소설이다.

이런 맥락에서 <돌담 쌓기>도 노년소설의 범주에 드는 가작(佳作)이다. 사립학교 교사로 재직하다 3년 전 정년을 한 남성의 시각에서 아버지가 초점화의 대상이다. 홀로 사는 85세의 아버지를 모시기 위해 아내와 함께 시골에 내려와 살고 있는 남성 화자의 시각에서 서사가 진행되고 있다. 화자의 아버지는 30여 년 동안 시내버스 기사를 해서 4남매를 대학까지 보냈을 만큼 억척스런 삶을 일구어 왔다. 그런데 아버지는 어머니를 여의고 난 전후로 '돌담쌓기'를 지속한다.

그런데 아버지가 쌓는 돌담이 좀 이상하다. "대문이 있었던 집 앞은 막을 생각을 하지 않고 양쪽 옆에만 돌로 쌓겠다는 것"이고 "돌담으로 집을 둘러쳐 막지 않고 집 앞과 뒤는 그대로 둔 채 양쪽만 막겠다니"고 하니 화자는 그런 돌담을 무엇 때문에 쌓겠다고 하는 것인지 이해할 수가 없어 무심한 편이다. 담이 아니라 바람의 통로를 만들고 있는 것 같기도 했다. 더욱이 아버지가 쌓는 담은 높이가 허리춤에도 미치지 못해 담 같지가 않다.

그런데 아버지는 돌을 쌓기 시작하면서부터 다른 사람으로 변해가는 것 같다. 그 전까지 아버지의 인생관은 건강하고 즐겁게 사는 것이었다. 하지만 지금은 비록 고통스럽더라도 뜻있게 살아야한다는 게 아버지의 생각인 것 같다. 화자도 그런 아버지의 '돌담쌓기'를 조금씩 이해한다는 내용이 이 소설의 중심 서사이다.

그럼 아버지의 '돌담쌓기'에 담겨있는 의미는 무엇인가? 화자의 입을 통해 "아버지가 새로 쌓은 돌담은 경계를 막는 벽이 아니라 지나가는 마을 사람들이며 파란 보리밭. 바람과 물소리와 이야기하기 위해 문을 열고 길을 튼 것이라는 생각"이 든다. 화자의 자식들이 모처럼 내려온다는 소식에 아내는 아들이 좋아하는 수수부꾸미 만들어 줄 생각에 들뜨고, 자신은 손주에게 주려고 땅에 떨어진 자두 꼬투리를 매다는 모습을 보고 "인생이란 평생 마음을 쌓는 것인지도 모르겠다"고 혼자말처럼 나지막하게 중얼거리는 아버지의 말을 곰곰이 되씹어 보게 된다. 학수고대하던 아들은 회사에 급한 일이 생겼다며 못 내려온다는 소식을 전해온다. 상심한 화자는 아버지의 돌담쌓는 심정도 헤아려지고 아버지의 '돌담쌓기'를 거들게 된다.

이런 과정을 겪으면서 "인생이란 그냥 특별한 변화 없이 똑같은 모습으로 잔잔히 흐르는 물이거나 바람, 시내버스나 자전거의 한결같은 움직임이 아닐까 싶다"는 화자의 생각을 통해 이 소설의 주제를 암시해준다. 이처럼 이 소설은 초로의 시각에서 팔순을 넘긴 아버지의 '돌담쌓기'를 통해 인생의 의미를 곱씹어 보는 내용이다. 전체적으로 잔잔하면서도 웅숭깊다.

앞에서도 일별(一瞥)한 바와 같이, 문순태의 소설은 노년소설의 성격을 두루 구비하고 있다. 무엇보다도 작품 속의 노인들은 대체로 건강성과 검질긴 생명력을 갖고 있다. 격동의 현대사를 거쳐 오는 동안 여러 형태의 트라우마(trauma)를 안고 있건만, 서로의 상처를 들춰내 덧내는 것이 아니라 용서와 화해의 인간성을 복원하려는 건강성을 지닌다. 그렇다고 문순태의 작품 속에 나타난 노인상은 노년의 삶을 과장하거나 미화하려고만 하지 않는다. 그것은 작금의 현실과는 거리가 멀기 때문이다.

그의 노년소설은 노년의 삶을 소재로 하면서 때로는 진솔하게 노년의 삶이 안고 있는 여러 형태의 소외와 밀려남, 무력감을 드러내기도 하지만, 다양한 노년상의 설정을 통해 노년의 삶이 안고 있는 다양성과 다층성을 제대로 아우르고 있다. 이것은 노년소설의 한 유형으로서 중요한 의미를 지니거니와 노년소설의 가능성을 가늠해 보는 데에도 유익한 점을 지닌다. 7) 과거 노년소설의 모습과는 일정한 차별성을 보이고 있기 때문이다. 문순태는 근래 들어 노년소설을 활발하게 창작해 왔을 뿐 아니라 노년소설의 지향점을 제대로 짚고 있다는 점에서도 그의 노년소설은 문제성을 지닌다. 이번 소설집을 통해서도 그러한 면모들이 입증되고 있다.

3. 굴곡진 역사의 상흔과 치유

<안개섬을 찾아서>, <시계탑 아래서>는 이번 소설집에 수록된 작품들 중에서 결이 조금 다르다. 두 작품의 경우도 노인이 주요 인물로 등장하거나 화자로 나온다. 따라서 노년의 관점에서 삶을 바라보고 삶에 담긴 의미들이 잘 드러내고 있다.

---

7) 문순태 외에도 노년소설의 창작에 지속적인 관심을 기울이면서 수작(秀作)을 발표한 경우를 든다면, 박완서, 최일남, 한승원, 김원일, 김문수, 홍상화, 오정희 등을 들 수 있겠다. 보다 구체적인 것은 전흥남, 『한국현대노년소설연구』, 집문당, 2011 참조.

그런데, 위에 열거한 두 작품은 굴곡진 현대사의 상흔과 트라우마와 관련된 작품들이라는 점에서 다른 작품들과 차별성을 지닌다. 문순태의 대하소설 『타오르는 강』의 경우는 일제강점기 부두 노동자의 삶과 수난을 배경으로 하고 있으며, 작가 문순태는 한국전쟁, 5·18 등 굵직한 현대사를 배경으로 한 작품들을 적지 않게 써 왔다. 문순태의 이러한 소설들이 일관되게 지향하는 특징 중의 하나도 현대사의 질곡 속에서 수난당하는 개인의 삶과 상처에 대한 치유와 화해에 대한 탐색이다.

　　그런데 그의 소설의 특장은 민감한 역사적인 소재를 소설로 형상화해도 "문학에 덧씌어진 환상에 현혹되지도 않지만, 급진적인 이념이나 이론의 틀에 갇히지도 않는다."[8] 동시에 문순태의 소설에 소외된 계층의 서민층이 주요 인물도 등장하는 것도 계급주의적(혹은 계급투쟁적)인 관점에 입각해 있다기보다는 그들에 대한 관심과 애정의 일단을 드러낸 것이고, 나아가 역사를 밀고 나가는 주체 세력으로 한 사회의 지배세력이 아니라 장삼이사의 서민층을 설정한 것도 그의 역사관과 보다 더 밀접한 관련을 지닌다. 아래에서 언급하게 될 작품들은 이러한 맥락에 놓인다.

　　<안개섬을 찾아서>는 실종된 형님을 찾아나서는 초로의 화자가 등장한다. 지도에도 없는 남쪽바다 끄트머리 작은 노루섬에 실종된 형님을 발견했다는 소식을 듣고 형님을 찾아나서는 얘기로 시작된다. 형님과 나는 노루섬과 관련해서 떠올리고 싶지 않은 아픈 기억이 있다. 아버지는 그곳에서 행방불명이 되었고 형과 나는 도망치듯 섬을 빠져나왔었다. 노루섬을 생각하면 배고픔과 두려움, 외로움과 슬픔이 한꺼번에 몰려온다. 더욱이 그 섬에서 2년을 살았고 바다에 나간 아버지가 살

---

　　8) 황광수, 『소설과 진실』, 해냄, 2000, 머리말. 위의 표현은 황광수가 조정래의 소설 세계를 살피고 한 말이지만, 문순태의 소설 세계에도 그대로 적용된다고 볼 수 있겠다.

아 돌아오지 못했으며, 살기가 막막해지자 우리 형제가 아버지의 친구였던 집 주인의 돈을 훔쳐 도망쳐 나온 이야기는 누구에게도 할 수 없었다. 훔쳐온 돈 덕분에 서울에 정착할 수 있는 터전을 마련했고, 두 형제는 대학까지 나와 교직에 종사하다 지금은 정년을 한 상태이다.

노루섬에서의 그나마 좋은 기억이라면 형님이 처음 본 새라며 슴새를 무척 좋아했던 기억뿐이다. 나는 실종되기 전 어렴풋이 형님이 했던 말을 되새겨 본다. 형님은 정신없이 뛰어오느라고 소중한 것을 어디엔가 두고 온 것처럼 허전하다고 했다. 지금 불행하지는 않지만, 외롭고 슬프고 늘 허기졌던 지난날을 생각하면 모든 것에 감사하게 생각하면서도 찬바람이 가슴을 뚫는 것처럼 헛헛하다고 했다. 그러면서 형님은 지금 할 수만 있다면 68세부터 시작해서 유년시절까지 인생의 필름을 되돌려가면서 거꾸로 살아보고 싶다고 했다. 그래서 두고 온 것, 미처 보지 못했던 것, 느끼지 못했던 것, 잘 못했던 것, 소홀히 했던 것, 남에게 상처 주었던 것들을 하나하나 되짚어보고, 잘못한 것은 되돌리고 용서받고 싶다고 했다. 노루섬은 나와 형님에게 아픈 기억으로 자리한다. 아버지는 낯선 땅에서 철저하게 은둔하기 위해 노루섬을 택하였다. 일종의 현실도피라고 할 수 있겠다.

그 사연은 이렇다. 지금부터 55년 전, 1955년에 한밤중에 총부리를 겨누며 지서장 집으로 가자는 욱대김에 아버지는 길 안내를 하게 되고, 그날 밤 지서장 식구 다섯이 살해되고, 아버지는 빨치산과 내통했다는 이유로 2년 동안 감옥살이를 하고 나온다. 결국 아버지는 사회주의자라는 빨간 딱지가 붙어 고향에서 더 이상 살 수 없게 되고 외딴 노루섬으로 들어선 것이다. 이 소설에서 형님이 유독 좋아했던 '슴새'의 등장은 상징적이다.

바다와 하늘에서 강한 슴새는 땅 위에서는 약하고 불안해보였다. 땅 위에서는 다리

를 곧추 펴지도 못하고 15도 정도 어슷하게 굽혀서 기듯이 걷는 모습이 우스꽝스러웠다. 형님은 내게 슴새에 대해 자세히 이야기해주었다. 바다에서 사는 슴새는 한여름 번식기에 딱 한 번, 그것도 해가 진 다음에야 상륙을 한다고 했다. ─중략─ 슴새는 1년에 알을 딱 하나만 낳는데, 그 단 하나의 알은 슴새에게 삶의 전부라고 했다. 슴새는 땅굴을 파고 낙엽을 끌어다 둥지를 만들고 알을 낳으며, 비가 와서 둥지가 물에 잠겨도 절대 떠나지 않고 알을 품고 있다고 했다. 나는 형님의 이야기를 들으며 집을 나간 엄마를 생각했다. 슴새는 또 암놈과 수놈이 열흘간씩 번갈아가면서 알을 품으며 알을 품지 않을 때는 상대의 먹잇감을 구한다고 했다. 슴새는 철저한 일부일처제로 금슬이 좋다는 말을 했을 때도 엄마 아빠를 생각했다. 나는 노루섬에 있는 동안 슴새를 통해 많은 것들을 배웠다. (고딕표시-인용자)

형님에게 '슴새'는 어떤 의미를 지닐까. 이 소설의 행간에 두 형제가 슴새를 좋아한 이유가 "하늘에서는 가장 멀리 나는 새일지라도 땅에서는 걷는 것조차도 서투른 것이 재미있었다. 어른이 되어서 깨닫게 된 일이지만 슴새가 땅 위에서도 하늘에서도 다 완벽했더라면 형과 나는 슴새를 그렇게 좋아하지 않았을지도 모른다. 한쪽이 완전하면 다른 한쪽은 불완전 한 것, 그리고 불완전과 완전이 서로 보완하고 조화를 이루는 것이 더 아름답고 생각했다"고 한 대목을 추단(推斷)해 볼 때, 슴새는 지난날 자신의 삶을 돌아보는 매개물이자 '낙원'의 상징이다. 또한 슴새는 앞으로 우리가 꿈 꾸어야 할 세상과 사회도 경쟁과 완벽을 지향하기보다는 서로가 부족한 부분을 채워가며 사는 세상에 대한 염원이 투영된 것이기도 하다.

동생과 아들이 자신을 찾아왔지만 형님이 끝내 나타나지 않는 것은 과거 자신이 살았던 세계로의 회귀를 거부하는 의지를 표현한 것이다. 형님의 이런 속뜻을 조금이나마 알아챈 동생은 조카의 완강한 반대에도 불구하고 결국 형님을 찾는 발길을 돌리고 만다. 따라서 소설의 결말에 이르면 조카와 나는 노루섬으로 형님을 찾아가지만 그가 안개섬으로 간 것 같다는 마을 사람들의 얘기를 전해 듣는다. 형님은 동생과 아들이 자신을 찾고자 노루섬으로 왔다는 것을 알고 일부러 피한 것이다. 결국 안개섬으로 찾아가지만 형님은 끝내 나타나지 않고 '나'는 형님을 이런 속뜻을 누구보다도 잘 알고 있기에, 또 자신도 그러한 세계를 동경하는 입장에서 발길을 돌린다.

<안개섬을 찾아서>가 한국전쟁을 전후로 한 이데올로기를 작품의 원경(遠景)으로 했다면, <시계탑 아래서>는 5·18을 배경으로 한 점에서 보다 직접적으로 역사 기억을 다루고 있는 작품이다.

이 작품의 주인공 역시 35년 전 청년시절 5·18을 겪었으며 시민항쟁 마지막 날까지 철가방 현식이와 함께 도청에 있었던 노인이 화자로 나온다. 노인은 그때 다리를 다쳤고 감옥에도 갔다 왔다. 고문을 당할 때 주먹뺨을 맞은 후유증으로 모든 소리가 지나치게 크게 들릴 정도로 청각과민증을 앓고 있다. 그런데 골짜기 숲속에 비닐 하우스를 만들고 야생화를 기르는 동안 청각과민증을 앓아도 되지 않을 정도로 호전된 상태다.

그런데 항쟁의 상징 시계탑이 35년 만에 제자리에 돌아온다는 기사를 보고 항쟁과 관련한 기억들이 떠오른다. 꼭대기가 파란 하늘에 젖어있는 시계탑 그림과, 막내 이모를 닮은 여자와 Y·J·KIM이라는 시인과, 현식이 홍얼거리던 김추자의 '거짓말'이라는 노래가 뇌리에서 부스럭거린다. Y·J·KIM이 누구인지 알아보기까지 한다.

이렇게 이 소설은 5·18상징인 시계탑이 제자리에 돌아온다는 기사를 접하면서 35년 전 항쟁의 기억을 떠올리면서 시계탑 제막식에 성장한 아들과 함께 역사의 현장을 공유하는 내용을 담고 있다. 아버지와 아들이 나누는 대화의 한 대목을 통해서 5·18의 역사성과 그 계승의 가치에 대한 핵심이 자리하고 있다.

"아버지, 저는 저 시계탑의 시간과 사람들 시간이 다르다는 것을 알았어요."

나는 아들의 말을 잘 이해할 수가 없어 잠자코 있었다.

"시계탑의 시계바늘은 시간을 가리키고 있는 것이 아니라 역사를 가리키고 있다는 생각이 들어요."

나는 그 때서야 아들이 무슨 말을 하고 있는지 대충 어림할 수가 있었다.

"하긴 누가 시간을 알려고 시계탑을 보겠느냐?"

그렇게 말하는 순간 공중전화부수 옆에 쪼그리고 앉아 있는 낯익은 청년의 모습이 경중경중 다가오고 ,현식이 새벽이 올 때까지 계속 흥얼거리던 '거짓말' 노래가 아련하게 들려오면서, 막내 이모를 닮은 여자가 부유하듯 시계탑 주변을 맴돌았다.

필자는 다른 지면에 문순태의 5 · 18 관련 소설에 나타난 '기억'의 방식을 통해 '5월 광주'를 어떻게 서사화하고 있으며, 또 이것이 갖는 문학적 의미를 고찰한 바 있다. 9) 이외에도 문순태의 소설 속에는 여러 형태의 트라우마들이 등장하는데. 그 중에서도 '광주항쟁'과 관련된 작품들로는 <일어서는 땅>, <최루증>, <녹슨 철길>그리고 장편『그들의 새벽』등을 들 수 있다. 10)

문순태는 5·18 당시 기자의 신분으로 현장을 생생하게 목격하고 기록했다. 그는 지식인이자 작가로서 역사적 부채감을 안고 4-5편의 5 · 18 관련 소설을 쓰기도 했다. 그런데, 공교롭게도 그가 5 · 18 관련 소설

---

9) 졸고, 「5 ·18광주민주화운동과 '기억'의 방식」, 『현대소설연구』제58호, 한국현대소설학회, 2015, 4.
10) 심영의는, 문순태의 5 · 18관련 소설들을 분석하면서 '광주'라는 서사공간을 죽음과 삶이 혼재하는 장소, 트라우마와 죄의식의 생성 공간, 윤리적 분노와 저항의 공간으로 의미화한 점을 주목했다. 보다 구체적인 것은 심영의, 『5 · 18기억과 그리고 소설』, 한국문화사, 2009, 182-196쪽 참조

을 대략 7-8년여 마다 1편씩 썼던 점도 우연으로 돌릴 수만은 없을 것 같다. '실체적 진실'을 확보하는 것 못지않게 '서사적 진실'의 확보를 통한 '기억의 투쟁'과도 무관할 수 없다고 보기 때문이다.

장편소설 『그들의 새벽』의 경우도 '집단 기억'의 방식을 통해 5·18의 지속적인 관심과 미래 세대 계승의 한 방식을 보여준 점을 주목해야 할 것이다. 「시계탑 아래서」는 이러한 연장선상에서 5·18의 현재성과 역사성, 그 계승적 가치를 시계탑을 매개로 형상화한 작품이다. 이 소설을 통해서도 알 수 있듯이, 문순태의 5·18 관련 소설은 편향된 이념의 스펙트럼이나 도식적인 계급투쟁에 함몰되지 않으면서 균형 감각을 견지하고 있다는 점에서도 시사해 주는 바가 크다. 동시에 한 개인의 삶과 수난을 통해 5·18의 역사성과 현재적 가치, 그리고 미래성을 설득력 있게 제시하고 있다는 점도 주목할 만하다.

4. 맺으며 : 과제를 떠올리며

앞에서 살펴본 바와 같이 문순태의 소설들은 따뜻함과 관용이 배어 있다. 한마디로 사람냄새가 난다. 소설 속에 등장하는 노년기에 이른 작중인물들의 면면을 보면 인간에 대한 신뢰와 사랑이 깔려 있다. 인간은 서로 의지하며 더불어 사는 존재로 그려져 있다.

그렇다고 그의 소설은 현실을 외면하지는 않는다. 노년기에 이르면 밀려오는 외로움과 죽음에 대해서도 더 이상 회피하지 않는다. 정면으로 응시하면서 인간의 유한함을 통해 지금보다 더 서로 사랑하고 관대해 질 것을 넌지시 주문한다. 그래서 문순태의 소설을 읽으면 삶의 지혜가 묻어나고 가슴이 따뜻해진다. 동시에 우리에게는 다음과 같은 과제도 주어진다.

첫째, 문순태의 소설은 분단시대, 5·18을 비롯한 역사적인 측면, 생명과 환경의 문제 등 여러 가지 다양한 주제를 갖고 있는 바, 그것의 변모과정을 고찰하는 작업이 수반되어야 할 것이다. 특히 문순태의 소설에 나타난 자연의 생태 묘사와 인물의 성격화, 나아가 자연과 인간의 어우러짐을 고찰하는 작업은 그의 소설의 줄기에 해당한다. 이는 그의 소설에 등장하는 인물의 성격과 자연의 융합을 통한 작품의 미학성과도 자연스럽게 연결되고 있다.

둘째, 노년기에 쓴 '생오지 계열' 소설이 갖고 있는 생태성과 그것의 변모양상을 고찰하는 작업도 소홀히 할 수 없을 것 같다. 문순태 소설의 풍경묘사와 서사성은 잘 빚어진 항아리와 같이 그 정합성이 뛰어나다. 이러한 서술이 갖는 특장과 미학성을 구명하는 문제도 우리에게 주어진 핵심 과제로 보인다.

셋째, 노년기에 쓴 노년소설이 갖는 문제성과 그 지향점을 제대로 짚고 넘어갈 필요를 느낀다. 문순태의 노년소설은 노년이 화자로서 등장해서 노년의 삶이 갖는 여러 모습을 다층적으로 제시함과 더불어 포용과 관대의 시선을 통해 노년소설의 지향점을 제시하고 있다.

넷째, 작가들을 흔히 '언어의 채굴사'라고 칭하는 만큼 사라져 가는 우리말의 복원은 작가의 관심사항이다. 특히 문순태는 소설 창작과정에서 '우리말 어휘사전'을 족히 만들 정도로 우리 고유의 말을 발굴하고 복원하는데 정성을 많이 기울였다. 이러한 점을 염두에 둔 우리 말의 발굴과 복원 양상에 대해 조명하는 작업이 요구된다.

이외에도 문순태 소설의 자장(磁場)은 광활하고도 깊다. 앞에서 열거한 과제들은 문순태의 소설을 노년소설의 범주에 놓고 볼 때 연구자들이 생각해 보아야 할 것을 거칠게 나열한 것에 불과하다. 그의 소설을 전체적으로 제대로 조망하기 위해서는 주제별로, 문체별로, 시기별로 다양한 연구방법이 수반되어야 한다.

인간성이 날로 메마르고 삭막해지는 작금의 현실에서도 그의 소설을 읽으면 따뜻한 시선과 포용의 정신이 중요하다는 점을 절실하게 깨닫는다. 나아가 관용과 포용의 정신을 부각시키는 과정에서 자칫 공허해 질 수도 있건만 소설 속의 인물에 동화되어 전해지는 그 울림은 결코 공허해지지 않는 묘한 흡인력과 공감을 유도한다. 이런 점은 독자들로 하여금 문순태 소설의 매력에 빠지게 한다. 이는 소설을 향한 작가의 구도자적 자세와 치열성에서 품어져 나온다는 점을 아무리 강조해도 지나치지 않다.

● (이 글은 문순태의 소설집 『생오지 눈사람』(도서출판, 오래, 2016)에 수록된 졸고, 「관용과 따뜻함의 미학, 그리고 노년소설의 정수(精髓)」를 일부 수정했음. 『생오지 눈사람』은 노인의 삶을 주제로 70대에 쓴 단편소설 10편을 묶었음. 문화체육관광부와 한국출판문화산업진흥원 주관의 '2016 올해의 우수 교양도서'에 선정되어 각급 도서관에 배포하기도 함).

김승옥의 수필집
『뜬 세상에 살기에』 소고(小考)

1. 입론(立論)

수필은 흔히 자기고백의 성격이 강한 글이라는 말을 종종 한다. 수필의 범주도 다양한 만큼 수필의 성격을 한 마디로 집약하기에는 다소 무리가 따른다. 그럼에도 불구하고 수필의 속성 중 '자기 고백적'인 측면을 빼놓을 수 없을 것 같다. 여기서 '자기고백적'인 의미 또한 글쓴이의 개인사적인 측면을 포함해서 소소한 일상의 체험과 관계성을 더 자연스럽게 드러내는 점을 함축한다. 이를테면 수필에서 서술자는 '나'인 경우가 대부분이고, 또 글쓴이의 내면을 은연중 드러내는 속성이 자연스럽기도 하다.

독자들도 수필의 장르적 속성상 글쓴이의 내면세계가 어느 정도 드러날 것으로 기대한다. 수필의 이런 속성에 대해 일부 비평가는 수필의 범주를 너무 협애화(狹隘化)함으로써 장르에 대한 선입견을 강화한다는 비판을 한다. 심지어 수필의 이런 장르적 특성으로 인해 일상의 소소한 자기체험을 노출하는 글, 이른바 '신변잡기'를 표현하는 정도에 머물러 종국적으로 수필의 발전에 장애가 된다는 의견을 피력하기도 한다.

이러한 주장에 대해 필자는 일견 일리는 있지만 동의하지 않는 편이다. 수필의 속성상 일상의 체험이나 자신의 생각을 직설적으로 드러내는 점이 독자들에게는 친근감을 강화하거나 혹은 글의 매력으로 작용하는 점을 간과할 수 없기 때문이다. 장기적으로 볼 때도 수필의 성장에 보탬이 된다고 보는 입장이다,

글은 장르에 따라 속성도 다른 만큼 장단점이 있기 마련이다. 동시에 작가와 독자의 성향에 따라 좋아하는 장르가 있기 마련일 터, 관심과 애정의 정도가 다를 뿐 장르간의 선명성 논쟁은 자칫 배타성을 전제로 한 경우가 많아 문학판의 성장에 그 다지 도움이 안 된다. 장르 간에도 존중과 배려(?)가 필요한 이유이다.

서론에서 수필의 속성과 관련된 원론적인 논의를 다소 장황하게 피력한 것은, 김승옥 작가의의 수필집 뜬 세상에 살기에』를 읽고 난 소감을 피력하고 싶어서다. 소설가들 중에는 수필은 '잡문'이라고 생각하면서 청탁이 오면 다소 마뜩잖게 생각하며 꺼리는 경향이 있다. 소설가들이 수필을 '잡문'의 글로 치부하고 즐겨 쓰지는 않았던 이유로 수필의 장르적 속성상 자칫 신변잡기에 머물 수 있다는 선입견도 한 몫 했을 것으로 짐작된다. 개인차도 있겠지만 그래서 소설가들의 수필을 접하기가 쉽지 않은 편이다. 박완서를 비롯해 문순태의 경우는 소설 창작을 하면서도 틈틈이 수필집을 내서 독자들의 열띤 호응을 받기도 했다.[1]

---

[1] 박완서는 소설가로서도 명작을 남겼지만 수필을 통해 많은 독자들에게 감동과 울림을 주었다. 2021년 1. 22은 고(故) 박완서 작가의 10주기가 되는 날이다. 이를 기념해서 문학동네에서 2021년 11월 1977년 첫 산문집 수록작부터 1990년까지 총망라하여 총9권 465편의 산문이 수록된『박완서 산문집 세트』이 발간되기도 했다. 문순태는 비교적 최근작『밥 한 사발 눈물 한 대접』(2018, 고요아침)을 비롯해서『그리움은 뒤에서 온다』(오래, 2011),『생오지 가는 길』(눈빛, 2009),『꿈』(이룸, 2006) 등을 출간했다. 이외에도 소설가이면서 주옥같은 수필을 쓴 작가들이 더 있지만 여기서는 사례로 두 작가만 언급했다.

김승옥 작가도 수필을 즐겨 쓰지는 않았던 것 같다. 필자가 여기서 다루고 있는 김승옥의 『뜬 세상에 살기에』는 그의 첫 수필집이자 마지막 수필집이 될 수도 있다.[2] 1977년 12월 그는 첫 수필집을 내면서 '후기'에 정작 본인은 어느 지면에 발표했는지 기억조차 없는데, 동인 최하림[3](1939-2010)의 정성으로 책을 낼 수 있었다고 밝히는 소회를 통해서도 수필에 대한 작가의 생각을 추론해 볼 수 있다.

그러나 수필집을 출판한다는 건 나로서는 무척 망설여지는 일이었다. 자신의 솔직한 육성(肉聲)을 담아야 하는 수필을 쓰기란 소설가로서는 어쩐지 낭비인 듯하여 평소에 나는 가령 잡지사 같은 데서 수필을 써달라는 하명(下命)을 받고도 대체로 거절하곤 해왔다. **여기 모아놓은 수필들도 거의 하명하신 분과의 거절할 수 없는 인간관계 때문에 마지못해 털어놓곤 한 글들로서 무엇보다 우선 그 분량이 과연 책 한 권으로 묶을 수 있을까 하는 의문 때문에 출판을 망설였던 것이다. 망설였던 또 하나의 큰 이유는 기왕 수필집을 낼 바에는 좀 더 하고 싶은 말을 충분히 써보고 싶다는 욕망 때문이었다.** 여기 모은 글들에 거짓이 있다는 게 아니라 남들의 강요에 의해 질질 끌려 써낸 글이 아닌 스스로 쓰고 싶어 쓴 글들을 첨가하여 나의 진실을 좀 더 완벽하게 하고 싶다는 욕망 말이다.(고딕표시-인용자)

---

2) 김승옥의 첫 수필집 『뜬 세상에 살기에』는 1977년 지식산업사에서 처음 출간했다. 이 초판본은 한자가 대체로 많고(혹은 병기하거나) 세로쓰기 편집형태이다. 위즈덤 하우스에서 2017년 재판을 찍으면서 가로쓰기 형태로 체재를 바꾸고 대부분 한글 위주로 교정하고 글의 순서도 재배열했다. '40년만에 쓰는 서문'과 '추천의 글'도 첨부했다. 초판본과 대조해 보니 서문을 포함해서 문장도 맥락에 맞게 일부 수정한 부분도 있다. 본고에서 인용한 글은 글쓴이가 별도로 언급하지 않는 한 재판본에 의거했음을 밝힌다. 인용할 경우 말미에 인용한 쪽수만 밝힌다.
3) '문청'시절 김승옥 작가와 『산문시대』 동인으로 활동한 바 있으며, 두 사람의 우의도 각별했던 것으로 전해진다. 전남 목포 출신으로 1964년 조선일보 신춘문예에 시 <빈약(貧弱)한 올 훼의 회상>이 당선되어 문단에 등단한 이래 첫 시집 『우리들을 위하여』 비롯해서 『작은 마을에서』, 『속이 보이는 심연』, 『겨울 깊은 물소리』, 『굴참나무 숲에서 아이들이 온다』 등의 시집을 남겼다. 최하림의 시세계에 대한 보다 구체적인 것은 이문재, 「칼의 시대 물의 시간」, 『문학동네』, 17권 2호(2010년, 여름호) 참조

'솔직한 육성을 담아야 한다'는 수필의 청탁을 받고 거절하고 싶은데 인간관계 때문에 마지못해 썼다는 글쓴이의 고백이 담겨 있다. 수필도 문학의 엄연한 한 장르로서 사실성을 꼭 담보해야 하는 것은 아닐터인데 당시 작가로서는 부담이 컸던 점을 내비추고 있다.

40여년이 지난 2017년 재판을 찍으면서 '40년 만에 쓰는 서문'에서도 김승옥 작가는 남 다른 감회를 서술하고 있다. "1960년 4월 19일의 기억, 한국일보 신춘문예 당선 결과를 확인한 순간의 기쁨과 두려움, 문학동인지 <산문시대>를 만들면서 동인들과 문학청년으로 산 시간들, **서울과 순천을 오가던 길에서 스친 풍경과 사람, 생각들이 하나씩 떠오르면서 내 것인 듯 내 것이 아닌 듯 내 안에서 살아 숨쉬기 시작했다.**"고 [4](고딕표시-인용자)

이러한 저간의 상황들을 감안하면 독자들은 김승옥 작가의 수필을 접하지 못할 수도 있었으니 한편으로 다행스럽다. 이제 김승옥 작가의 수필을 본격적으로 감상하면서 수필에 담겨진 그의 개인사와 내면세계의 멋을 느껴볼 차례다.

2. 김승옥 수필의 맛과 멋의 세계

1) 작품(혹은 작가)에 대하여

작가와 비평가 사이를 흔히 악어와 악어새에 비유하곤 한다. 서로 공생하는 관계인 셈이다. 하지만 이것은 어디까지나 원론적인 차원이고

---

[4] 김승옥 작가는 가족들이 서울에 살고 있지만 지금도 김승옥 문학관에 한 달에 보름 정도를 머무는 경우가 많다. 작가는 문학관을 찾는 애독자들에게 사인도 해주면서 필담으로 소통하는 시간을 갖고 있다(건강상 짧막한 대화 위주여서 주로 필담으로 의견을 교환하는 경우가 많다). 김승옥 작가는 틈틈이 글도 쓰고 그림도 그리면서(주로 스케치 또는 캐리커처) 여생을 고향 순천에서 보내고 있는 셈이다.

실제로는 묘하게 신경전(?)을 벌이는 경우가 많다. 실제로 문학비평의 영역 및 문단사 일부는 이런 논쟁과 맞닿아 있는 경우도 적지 않은 현실이 이를 방증해 준다. 비평가와 작가가 자신의 창작품을 놓고 논쟁을 벌이다가 자칫 감정적으로 대립하는 경우도 종종 있었다. 다만 이것이 꼭 부정적으로만 작동하지는 않는다는 점을 주목할 필요가 있다. 작가와 비평가 사이에 작품을 해석하고 논평하는 과정에서 생산적인 논쟁으로 이어진다면 문학의 발전에 기여할 수 있기 때문이다.

창작의 경우도 서사가 일정 부분 뒷받침되어야 하는 만큼 논리의 영역과 맞닿아 있다. 서사의 구축은 기본적으로 논리적이어야 한다. 작품의 개연성도 이러한 범주와 연결된다. 다만 창작 과정에서 논리는 자연스럽게 스며있는 경우가 많고, 묘사과정에서 감성의 영역을 자극해서 분위기를 조성하기도 한다. 실제로 창작의 경우 감성의 영역과 더 밀접하게 연동되는 것도 이런 맥락에서다. 반면 비평(혹은 평론)은 전반적으로 이론과 논리의 범주에 속하는 경우가 더 많고 친밀한 속성을 지닌다. 비평가의 언술 자체가 건조하고 객관적이다.

이처럼 작가와 비평가의 언어는 사물을 접근하는 방식에서 차이가 난다. 작품에 대한 비평가의 비평이 수긍이 가는 면도 있지만, 작가들이 선뜻 동의하기 어려운 경우도 비평의 이러한 장르적 속성과도 밀접하게 관련되어 있다. 물론 작품에 대한 비평가의 비평은 작가의 동의 여부와는 별개 차원이다. 비평 역시 또 하나의 창작의 영역일 수 있다. 비평가는 작가의 고충과 열정을 이해하면서도 작품에 대한 엄정한 평가를 통해 작가들이 더 좋은 작품을 창작하는 동기를 부여할 때 의미가 배가된다.

그럼 김승옥 작가의 경우는 작품 혹은 독자(혹은 비평가)에 대해 어떠한 스탠스를 취하고 있는가. 그는 앙드레 말로의 "한 편의 작품에는 작자의 몫이 있고, 독자의 몫이 있고, 신의 몫이 있다"는 말에 대찬성임을 전제한 뒤, "한 편의 소설은 구상 집필 발표의 과정을 거쳐 독자가 읽어주고 그 독자가 그 소설에 대해 자기 나름의 의미를 띠게 될 때 드디어 완성된다"고 언급한다.

이러한 생각의 일단이 표출된 경우로 수필 <자작해설>을 들 수 있다. 이 글에서 자신의 작품에 대한 해설은 "독자가 자기 나름의 의미를 부여하는 데 훼방을 놓거나 혹은 '사족'일 수 있다"고 보았다. 따라서 김승옥 작가 스스로 자신의 작품에 해설을 극도로 자제하고 작품의 소개 및 안내에 머물고 있다. 지금 시점에서 보아도 작가의 이런 비평관은 합리적이고 온당하다고 본다.

다만 넓게 보아 독자의 범주에 든 비평가(평론가)에 대해서는 김승옥 작가는 좀 다른 자세를 요구한다. 이러한 생각의 일단을 피력한 경우로 < 작가와 비평가의 현실적 원근론>의 한 대목을 인용해 둔다.

세상에 어느 작가치고 현실의식 없이 작가가 된 사람이 어디 있을까. 그런 의식 없이 원고지 위에 글이 쓰일 것인가. **화법이 다르고 표현이 다르고 소재가 다르고 다루는 현실이 부분적일 수는 있어도 현실의식 없는 작품이란 있을 수 없지 않은가.** 그 분들이 비난하는 표정으로 말하는 기교의 언어니 하는 것은 어째서 그분들의 궁극적인 주장의 적이 된다는 말인가. 왜들 이렇게 핏대들일까.(고딕표시-인용자, 38쪽)

인용문을 통해서 글쓴이의 생각을 추단(推斷)해 볼 때, 비평가에 대한 불신이 어느 정도 깔려있는 것 같다. 먼저 '현실의식이 없다'는 일부 비평가에 대한 비판이 설득력이 미약하다고 보는 것이다. 1960-70년대 이른바 참여문학의 기조가 대세를 이루며 '현실의식'을 기치로 내세우며 문학작품을 재단(裁斷)하는 경우가 종종 있었던 비평계의 현실과도 맞닿아 있는 지점이다. 비판이 아닌 '비난하는 표정'으로 작품을 평가하는 일부 비평가의 비평 태도에 대한 거부감의 발로이기도 하다. 김승옥 작가는 '현실'의 범주는 폭이 넓고도 다양한 만큼 협의적으로 재단하기에는 무리가 따른다는 점을 적시한 것이다.

한편으로는 작가가 매너리즘에 빠질 수 있음을 경계하는 대목도 눈에 띈다.

> **작가에게 가장 치명적인 타격은 외부에서 오는 것으로는 무관심이고 내부에서 오는 것으로는 바로 이 자기 모방이다.** 자기 모방의 위기를 느끼고 그 위기를 벗어나려고 할 때 비교적 심장이 약한 작가는 붓을 쉬게 되고 그 위기를 벗어나지 못할 때는 비슷한 작품만 양산해냄으로써 '재미없는 작가'라는 달갑지 않은 칭호를 얻게 되는 것이다. 내 생각으로는 우리나라의 훌륭한 작가들이 붓을 쉬거나 재탕같은 작품을 쓰는 이유들 중에는 이런 점도 한구석에 끼어 있으리라는 것이다.(고딕표시-인용자, 47-48쪽)

타작(惰作)은 작가의 안이함에서 비롯될 수 있음을 강조한 대목이다. '자기모방'은 매너리즘의 다른 표현이다. 치열성의 결핍은 독자의 관심을 받지 못하는 작품을 생산함으로써 종국적으로는 주목받지 못하는 작가(혹은 '재미없는 작가')로 이어지는 작가의 숙명을 경고한 셈이다.

<나의 혼인기>에서는 보다 직접적으로 작가의 자세 및 숙명에 대해 주문한다. 동시에 김승옥 소설의 지향점이 어디에 있는지 추론해 볼여지를 준다.

> 그는 편견에 사로잡혀서는 안 되고, 지나치게 관습을 존중해서는 안 되고, 상식을 의심 없이 받아들여서는 안 되고, 어떠한 사태 어떠한 사람도 절대적으로 보고 대해서도 안 되고, 세상에 존재하는 모든 관계를 어떤 한 점에서만 이해해서도 안 되고 –---말하자면 '안 되고'의 투성이다.

'안 되고'라는 말에 얽매여 사는 작가가 어떻게 자유로울 수 있느냐는 물음도 나오겠지만 생각해 보시기 바란다. **그 '안 되고'들을 지키기 위해 얼마나 큰 자유가 필요한가를, 그의 머리와 가슴은 항상 열려 있어야 하며 동시에 마치 벌꿀처럼 끈적끈적하게, 즉 굳어 있지 않아야 한다.** (196쪽) -중략-

작가는 어쩌면 불행과 고난에 가장 가까이 있어야 하는 사람인지도 모른다. 적어도 불행과 고난 속에서 단순히 반사적으로만 괴로워해서는 안 되는 사람들이다. --중략─한편 작가는 인생의 진짜 모습을 붙잡아보려고 아무 데나 뛰어드는 것을 사양하지 말아야 하는 사람이기도 하다. **하느님의 가슴속에서부터 창녀의 자궁속까지 들어가 봐야 뭔가 얘기할 자신이 생기는 사람이다.** (고딕표시-인용자,197쪽)

인용문을 놓고 볼 때 작가의 체험이 작품의 창작에 중요한 점을 부각시킨다. 물론 여기서 체험은 일차원적인 직접 경험에 국한되지 않을 터이지만, 창작과정에서 상상력이 중요한 영역임에도 작가가 경험한 세계와 상상력에 기초한 추론이 창작에 차이를 초래할 수 있음을 피력한다. 요컨대, 관습이나 상식이 존중받아야 할 측면도 있지만 타성에 얽매여 오히려 상상력의 발동에 장애가 될 수 있음을 경계해야 한다고 본 것이다.

2) 고향(어린 시절)에 대한 향수

김승옥 작가의 수필 중 어린 시절의 추억과 향수와 관련된 글도 눈의 띈다. 당연히 그의 고향 순천에 대한 관련된 얘기들이 주종을 이룬다.

'오리정5) 아이들'은 '오리정 바람' 속에서, '장대6) 아이들'은 '장대 바

---

5) 지금의 위치는 순천 문화의 거리에서 순천대 및 유심천에 이르는 공간, 요컨대 옛날 순천 북문에서 오리(2km)쯤에 이르는 공간으로 추정된다.
6) 순천의 시내와 동천을 가로지르는 '장대다리(혹은 순천교)' 주변을 말한다. '장대'

람' 속에서 연을 날리거나 흙먼지를 뒤집어쓰며 '북데기 싸움'을 하며 겨
울을 난다. --중략---

또 이윽고 동천방죽, 죽두봉산, 수원지, '순고順高' '농전農專' '여고女
高'의 교정 벚꽃의 꿈 바로 그것의 빛깔인 듯 아련히 번져가고 '梅山매산
등7)' 숲이 해맑은 연둣빛으로 살랑대고, 한 뼘쯤 자란 보리밭의 기나긴
이랑들이 술 취한 아버지처럼 후끈후끈 단내를 뿜어내고 그 하늘 구름 속
에서 종달새들이 장난질 치면, 그래 그렇다. 순천은 바야흐로 다시 봄인
것이다. 그리고 다시, 순천의 인생은 봄철의 밥상에 오르는 '정어리 찌개'
처럼 비린내 나지만 참 맛있는 것이다. (163-65쪽)

인용문에는 순천의 익숙한 지명들이 속속 등장하고 있다. 순천은 김
승옥 작가의 어린 시절 추억이 깃들어 있다. 고향 순천을 생각하면서
쓴 글은 여러 편이다. 대체로 어린 시절(청소년)의 정겨운 추억과 향수
가 배어 있다. 8) 간혹 시대의 아픔이 살짝 드러나기도 한다. 어린 시절
의 추억이 아름답게만 회상되지 않는 이유이다. 김승옥 작가의 아픈 가
족사와도 연계되고 있어서 더욱 그러할 것이다. 9)

김승옥의 수필 중 고향에 대한 이야기는 <고향의 봄>, <내 고향
의 추석>, <어린 시절의 두 가지 이야기> 등은 순천에 대한 추억이

는 순천의 옛 지명이자 지금도 정감있게 널리 회자되고 있는 용어 중 하나이다.
'장대공원'은 '여순 10·19 평화공원'이 자리해 있어 역사적인 공간으로 거듭나
고 있다.
7) 순천의 옛 도심으로 지금의 순천매산여고 매산중학교 주변과 그 위쪽을 말한다.
8) 2022년 9월 어느 날 김승옥 작가와의 만남 중 동석한 지인이 어느 시기가 가장 행
복했는지를 물은 적이 있다. 필담으로 접한 그의 답변은 순천고 다니던 시절이 가
장 행복했다고 술회한 바 있다.
9) 김승옥은 부친의 사망에 대해서 이렇게 술회하고 있다. "1948년 내가 여덟 살 초
등학교 1학년 때 여순사건이 터졌다. 여수에 주둔하던 국군 14연대가 적화되어
토착적인 남로당과 함께 여수 순천 등지를 점령하고 적화 활동을 시작하자 진압
군이 포위하고 토벌했던 사건이다. 이 사건으로 우익이다 좌익이다 해서 수많은
사람들이 총살되었다. 삼십대 초반이던 내 아버지도 그 사건 속에서 돌아가셨다
." (김승옥, 『내가 만난 하나님』, 작가, 2007, 16쪽)

서정적으로 환기되고 있다. 어린 시절의 추억을 회상하는 수필 중에는 '여순 10·19'와 관련된 가족사의 아픔이 드러난 경우도 있다. 10) 이와 관련된 <어린 시절의 두 가지 이야기>의 일부를 인용해 둔다.

> **마당 위로 총알이 날카로운 소리를 내며 날아가고 여기저기서 총살이 행해지는 판** 국에 아버지의 운명의 얼굴을 볼 수 없는 운명으로 태어난 그 아이를 우리 식구들은 유 **난히 예뻐했습니다.** 특히 저는 그 애를 위해서라면 무슨 짓이라도 하겠다는 생각이 들 만큼 그 애를 사랑했습니다. 제가 그 애를 거의 독차지해 업고 다녔습니다. 그 애의 오줌똥도 제가 결레로 닦아내곤 했습니다. 그 애는 걸음마도 하게 되었고 말도 하게 되었습니다.
>
> 그 애가 젖을 떼던 날을 잊지 못하겠습니다. 그 무렵 우리 집안의 사정 이 형편 없어서 어머니의 가슴에서 젖이 잘 나오지 않았습니다. (고딕표 시-인용자, 191쪽)

순천은 김승옥 작가와 남 다른 인연이 깃든 곳으로 애증이 교차한다 는 표현이 더 적절한 것 같다. 작가의 집안은 '여순 10·19'로 인해 적지 않은 시련과 아픔을 감내해야 했다. 물론 김승옥 작가의 경우로만 국한 되는 얘기는 아니다. 특히 해방공간에서 전남 순천과 여수 및 전남 동 부지역은 '여순 10·19'를 전면에서 맞아야 했던 만큼 희생자도 제일 많은 지역이다. 11)

---

10) 허석(제9대 순천시장, 한국설화연구소 소장)작가와의 대담에서도 '여순 10·19' 와 가족사와 관련성을 언급한 바 있다. "제가 초등학교 1학년 때인 1948년 '여순 사건'이 터졌어요. 당시 30대 초반이셨던 제 아버지도 그 사건에 휘말려 돌아가 셨습니다. 마지막으로 뵀을 때 불쑥 들어오셔서 용돈을 주고 떠나셨습니다. 액수 가 꽤 커서 아직도 기억이 생생합니다. 그것이 마지막이었어요" 라고 술회하고 있다.(김승옥 작가의 생애 및 문학과 관련된 담화는 김승옥문학연구회가 발간한 『무진으로 떠나는 문학여행』(2022)에 수록되어 있다)

11) '여순 10·19'에 대한 보다 구체적인 것 및 지역민들의 피해상황과 관련해서는 주 철회, 『동포의 학살을 거부한다』(흐름, 2017)를 비롯해서 『주철회의 여순항쟁 답사기 1』(여수 편) 흐름, 2021; 『주철회의 여순항쟁 답사기2』(순천 편), 흐름,

인용한 대목을 통해서 드러나듯이, 어린 나이에 질병으로 여동생을 잃은 슬픔을 회상하는 대목은 절절한 아픔과 통한이 서리어 있다. 동시에 그 시절 곤고(困苦)했던 상황은 이런 집안 사정과도 맞닿아 있는 셈이다. 가난은 김승옥의 문학 작품 속에서도 작중인물의 삶을 통해서도 간접적으로 편재되어 있으나 이렇게 직설적으로 표현된 경우는 많지 않다. "아버지의 운명의 얼굴을 볼 수 없는 운명으로 태어난" 언술 속에서 가장을 일찍 여읜 집안의 사정도 미루어 짐작해 볼 수 있다. 김승옥 작가는 가장이 없는 집안 3형제의 맏이로서 가장의 역할까지 감당해야 했다. 당시 그의 어깨에 얹혀진 삶의 무게를 짐작하고도 남는다.

3) 〈산문시대〉 이야기, 그리고 행복에 대하여

≪산문시대≫는 김승옥의 동인 활동에 관련된 얘기로 문단사적인 측면에서 여러 가지로 시사하는 바가 크다. 대학시절 동인지 ≪산문시대≫의 활동과 관련해서 동인지의 창립 및 맴버 구성 그리고 동인지 발간과 관련된 얘기들을 비교적 소상하게 서술하고 있다. 당시 대학학보사의 요청에 의해 쓴 글로 지금의 시점에서도 문단사적 측면에서 소중한 내용을 담고 있다.

수필 ≪산문시대≫ 이야기는 당시 ≪산문시대≫ 동인으로 활동했던 구성원들이 우리 문학사에 끼친 공로가 지대한 점과도 맞닿아 있지만 당시 '대학생 문단'을 통해 1960대 문단의 정서를 가늠하는 데 중요한 자료가 된다. 동인회 맴버들의 성향과 기질도 어느 정도 드러나고 있을 뿐 아니라 그들 문학세계의 토양과 자양분을 추론케 하는 점도 시사적이다.

수필을 통해서 〈산문시대〉의 결성 및 경과 그리고 회원들의 기질

2022를 참고하면 보탬이 된다.

과 문학적 성향 등을 두루 알 수 있는데, 당시 대학신문의 청탁에 망설이다 쓰게 된 동기를 다음과 같이 기술하고 있다.

첫째, 과거 서울대학교의 학생 사회의 변화를 보면 크게 몇 가지로 구분할 수가 있다. 그때의 학생사회 분위기나 특징이 표현될 수 있다.
둘째, 여러 가지 이유로 대학생들의 교외 그룹 활동이 제한되는 현시점에서, 하나의 그룹 활동이었다고 할 수 있는 <산문시대>의 경험은 학생들에게 다소나마 참고가 될 수 있다.(78-79쪽)

인용문에는 동인회 <산문시대>의 활동과 관련해서 의미있는 진술을 하고 있다. 비록 <산문시대>가 지속되지는 못했지만 당시 '문청'들에게 주는 파급력과 동인지 문학사에 끼친 영향을 되짚어 볼 있는 대목이다. 대학생 김승옥이 소설과의 운명적 만남을 회고하는 부분도 끼어 있어 흥미롭다. 김승옥 작가의 인생에서 문학과의 운명적인 만남을 직접적으로 암시한 대목은 <생명연습>이 한국일보에 당선되었을 때 소감을 쓰게 된 경위에서 보다 구체적으로 명시되고 있다.

중략 ---한국일보 순천지사에서 사람이 달려와 본사에서 당선을 써 보내란다는 것이었다. 몹시 기뻤다. 그리고 몹시 불안했다. **자꾸 피하고만 싶던 문학이란 놈에게 덜미를 잡힌 것이다. 어쩐지 운명을 만난 느낌이었고 그러기에 뿌리치고 싶으면서도, 막막하던 내 미래가 그 안개를 활짝 열고 비교적 뚜렷이 보이는 길을 제시해주는 것에는 어떤 안도감을 느꼈다.** 불확실한 미래를 점쳐보는 것처럼 고통스러운 것도 없다. 대학교 2학년 학생처럼 고통스러운 존재도 드물다.(고딕표시-인용자, 110-111쪽)

인용문은 김승옥 작가의 개인적 심정과 작가로서의 미래에 대한 운명이 은연중 소환되고 있다.[12] 우리는 가끔 자신의 삶과 운명에 대해 생각해 보기도 한다. 운명은 필연을 가장해서 우연처럼 오는 것일까. 아니면 결과를 합리화시키기 위해 사후적인 설명에 불과한 것인지 그저 궁금할 뿐이다. 지금도 그러하지만 당시로서도 신춘문예에 당선되는 영예를 누리기 힘들다. 수천대의 경쟁률을 뚫고 1등으로 당선되는 신춘문예의 선발방식이 주목되기도 하고, 동시에 스포트라이트를 한 몸에 받으며 작가로 등단하는 영광을 누린다. 가정이지만 김승옥 작가는 신춘문예에 당선되지 않았다면 다른 길을 갔을지도 모른다. 한편으로 다행이다. 김승옥의 감성과 문체가 빛을 발하는 것은 작가로서의 삶이 최고조에 이르렀기에.

인용문을 통해 우리는 1960년대 초반의 한국사회의 사회상도 소환되고 있다. 당시 20대 젊은 청년들의 느끼는 미래사회에 대한 막연한 불안이 미만(彌滿)해 있음을 추론해 볼 수 있기 때문이다. 당시 명문대 학생들조차도 1960대 사회가 갖는 불안의 징후가 스며있음을 헤아려 볼 수 있다.

물론 당시나 지금이나 한 개인이 갖는 미래사회에 대한 막연한 불안을 획일화 할 수는 없다. 개인 차도 있거니와 각기 처해진 상황에 대한 인식의 차를 도외시할 수 없기 때문이다. 그럼에도 불구하고 그의 글에는 '시대고' 및 '가난'을 포함해서 당시 김승옥이 부딪혔던 미래에 대한 불안과 작가로서 등단이 주는 안정감에 대한 진솔함이 짙게 배어 있다.

---

12) 김승옥 작가는 허석 작가와의 대담(筆談)에서도 본격적으로 문학에 관심을 갖게 된 동기와 관련된 질문에 "등단은 한국일보 신춘문예를 통해서이지만 문학에 빠진 것은 '산문시대'라는 모임을 통해서입니다. 어느 날 김광규, 이청준, 박태순이라는 친구들이 찾아와 동인회를 만들자고 하더군요. 하지만 모임을 하면서도 저는 시인이나 소설가가 되겠다는 생각은 없었습니다. 문학을 좋아하고 글쓰기도 좋아했지만 그것은 어디까지나 취미였지 장차 문학을 하기 위해서가 아니었습니다. 그렇다고 다른 목표가 있는 것도 아니었지만요. 그런데, 지금 생각하면 그때의 모임이 제가 문학을 시작하게 된 첫걸음이었던 것 같아요"라고 답변한다.

한편, 김승옥 작가 개인 일상의 삶에 대한 기록들도 눈에 띈다. 제목에 명시된 <신혼일기>처럼 결혼생활에 얽힌 여러 생각들, 그리고 <아장아장 아기가 달려왔다>처럼 자녀를 두고 가정을 꾸리면서 느낀 소소한 행복이 자연스럽게 드러나고 있다. 사람들을 관찰하면서 인간에 대한 자신의 생각을 솔직하게 드러낸 경우도 있다.

> **위로나 격려의 말의 뭐 모성애처럼 그렇게 어마어마한 사랑이 없더라도 조그마한 사랑만 있어도 얼마든지 할 수 있다. 전연 사랑이 없어도 조그마한 친절만으로도 할 수 있는 게 위로와 격려다. ─중략─**
> 음성이 너무 낮은 자는 악한이나 신부님처럼 속이 음흉하고 계산이 심해서 신용할 수 없다고들 하지만, 그래도 자비를 구할 수 있는 것은 그 사람들한테서이지 자기도취에 사로잡혀 높은 음성으로 깡깡대는 사람들한테서는 아니다. 높은 음성이 시원하게 들리기는 할지라도 이쪽을 고독하게 만들고 결국 이쪽을 골탕 먹이는 것은 항상 그런 음성이 아니다, 나는 말이 없는 사람과 마찬가지로 음성 높은 사람에게서 한 번도 지속적인 친절, 창조적인 사랑을 발견해 본 적이 없다. 그들은 변덕스럽다. (고딕표시 -인용자, 244-46쪽)

인용된 대목을 통해서도 드러나듯이, 김승옥 작가는 '조그마한 친절' '조그마한 사랑'에 감동하고 그 배려에서 행복함을 느낄 수 있어야 한다는 점을 피력하고 있다. 이것이 우리네 삶의 멋이고 삶의 지혜와도 연결될 수 있다는 점이 그의 수필 곳곳에 산재(散在)되어 있다.

그런데 김승옥의 수필은 개인의 일상이나 행불행에 관련된 글에서도 일관되게 문학과 연결시켜 논의를 전개하고 있다는 점이다. 이외에도 그가 받은 이상문학상, 동인문학상 등 대한민국에서 작가에게 주는 최고의 상을 받으면서[13] 밝힌 수상 소감들도 주목할 만하다. 그 중에서

---

13) 김승옥 작가는 문학상 외에도 1968년도 제7회 대종상영화제 각본상을 비롯해서

도 특히 이상 문학상 수상소감은 문학의 잠재력과 작가의 자세를 견지한 점에서 새겨두고 싶은 대목이다.

> 인간이란 상상이다. 상상은 고통을 만든다. 고통을 함께 하는 인간끼리는 행복하다. 새로운 발견이 없는 한 당분간 저는 이 세 가지 재료로 얽은 도그마에 의해 작품을 써낼 것 같습니다.(137쪽)

인용문 자체를 놓고 볼 때는 작가에게 상상력의 중요성을 강조한 대목으로 일견 평범해 보인다. 그런데 상상력은 고통이 수반될 수 있음도 염두에 두고 있다. 사람을 행복할 수 있게 하는 상상력은 고통이 따르기 마련인 만큼 문학은 인간의 행복을 위해서 복무해야 함과 동시에 상상력과 고통으로 짜여진 창작물을 강조한 셈이다.

3. 결어

필자는 김승옥의 수필을 읽으면서 큰 틀에서 몇 가지로 거칠게 유형화했다. 이를테면 작품(혹은 작가)에 대한 견해, 고향 혹은 어린 시절 추억 얘기, 『산문시대』 동인시절, 삶의 행불행(혹은 위로)에 대한 생각 등으로 범주화했다. 그리고 수필의 원문을 가능하면 많이 인용해 둠으로써 김승옥 작가의 수필의 맛과 멋을 감지할 수 있기를 기대하고 싶었다. 이렇게 유형화할 수 없는 얘기들도 적지 않다. 더 많이 소개하지 못한 아쉬움이 크다.

김승옥 작가의 수필집을 읽고 난 소감을 몇 마디로 언급하기는 적절치 않다. 그럼에도 불구하고 요약하면 일단 흥미롭고 재밌었다. 또한

2012 제57회 대한민국 예술원상(문학부문) 및 은관문화훈장 등을 받기도 했다.

앞의 서두에서 수필에 대한 원론적인 논의를 피력한 것도 오늘날의 시점에서 보아도 김승옥의 산문은 수필 장르의 본류와 속성을 잘 묘파(描破)하고 있었기 때문이다.

수필을 읽는 동안 한국문단사 측면에서도 소중한 기록들이 담겨 있을 뿐 아니라 작품에 대한 안내 및 가족사와 관련된 얘기들도 진솔하게 담겨 있어 여러 면에서 주목할 만 했다. 동시에 김승옥 작가의 소설 작품을 심층적으로 이해하는 매개로서 혹은 작가 김승옥의 내면세계를 더듬어 보는데 적지 않은 시사점을 제공해 준다. 이와 관련된 논의들이 좀 더 지속되었으면 싶다. (2022)

3부

남도에서의 '삶의 자리'와 단상(斷想)

가을 산행

조계산

　우리나라 사계절은 각기 고유의 특성이 있지만 가을이 주는 정서와 느낌은 조금 독특하다. 인근 지리산의 정령치와 조계산이 붉은 단풍으로 곱게 물들었다는 얘기를 들으면 어딘가로 떠나고 싶은 '충동의 계절'임을 실감한다. 사람들 마음을 부산하게 하면서 왠지 모를 약간의 스산함과 쓸쓸함의 정서도 사람들의 마음을 재촉하게 한다. 수확을 기대하는 부산한 농부의 마음처럼.

　깊어가는 가을이 왠지 아쉽다는 생각을 하던 차 부부 동반해서 주말에 조계산을 다녀오기로 했다. 조계산 하면 우선 선암사가 떠오른다. 선암사는 순천 시민들이 즐겨찾는 명소 중의 하나로서 고즈넉한 분위기를 빼놓을 수 없다.

　다소 들뜬 기분으로 선암사로 가는 도중에 주변의 풍경을 감상하며 가는 재미도 제법 쏠쏠하다. 선암사에 가까워지자 도로변 길목에 심어져 있는 관상용 감나무들이 마치 도열해 있는 병사들이 꽃을 들고 서 있는 것처럼 우리의 일행을 반겨준다.

　감나무가 이렇게 '꽃처럼 예쁘고 보기 좋을 수 있냐'며 각자 집을 지으면 정원에 심어도 좋겠다는 말을 나누었다. 시에서 식재한 것으로 보이는데 평소와는 또 다른 풍경으로 멋스럽게 다가온다. 가끔 가는 여정도 누구와 함께 하고 어느 계절, 어떤 기분으로 가느냐에 따라 밖의 풍경도 다르게 다가오는 건 아닐까.

조계산 주차장에서 선암사로 가는 입구도 사람들로 다소 붐비지만 모두 마스크를 쓰고 홀가분한 모습들이다. 인근에 있어도 자주 오는 건 아니지만, 선암사로 가는 길목은 늘 익숙하고 정겹다. 가을의 한 길목이고 가뭄이 심해서 그런지 계곡의 물소리는 고요하다. 아니 물이 거의 없는 상태이다. 한 여름에도 이 길에 들어서면 시원함과 청량함으로 더위를 잊게 했는데, 삼삼오오 무리지어 가족 및 지인들끼리 담소를 나누며 오가는 모습 속에서 힐링의 코스라는 생각이 든다.

선암사에 들어서기 전 산책길 코스도 좋지만 선암사에 들어서면 경내는 아기자기하면서 고풍스럽다. 조계산 건너편 산자락에 있는 송광사는 비교적 웅장한 편인데, 선암사는 고풍스러운 한옥마을에 들어선 느낌을 준다. 스님들을 교육하는 장소 근처의 와송(臥松)을 비롯해서 600여년의 세월을 감당해 온 선암매 그리고 '뒷간'은 문인들의 글 소제감으로도 널리 회자되고 있다. 근처 녹차 밭의 풍경을 보면서 거닐다 보면 푸름이 주는 생명력과 청정한 마음도 동시에 얻는다.

오늘은 일정상 선암사 뒤편 등산 코스로 바로 접어들었다. 등산로 초입을 조금 지나면 편백나무 숲과 정자들이 우리의 일행을 반긴다. 가을이 깊어지는 시점에 들어서니 또 다른 분위기다. 봄, 여름에는 온갖 꽃들로 아담한 정원에 들어선 느낌을 주기도 한다. 본격적인 산행에 앞서 편백나무 숲 근처 오두막 같은 정자에 앉아 잠시 휴식을 취하면 가을이 한 눈에 들어온 느낌을 받는다.

오늘의 코스는 등반이라고 하기는 좀 쑥스럽고 가을 기분을 느끼는 정도의 산행이다. 등반하면 조계산 정상에 우뚝 솟아있는 장군봉 정도

는 다녀와야 할 터인데, 우리 일행은 조계산 큰굴목재 지나 보리밥 집에 가서 점심을 먹고 오는 일정이다. 봉화산 둘레 길보다 약간 힘든 코스라고 해야 하나.

7-8여 년 전에도 부부동반해서 함께 왔던 기억도 새롭다. 그 때는 한여름이 조금 지났건만 꽤 더웠던 기억이 난다. 평소 가깝게 지내는 지인 부부와 동반하니 우리 부부만 온 것보다 기분도 더 좋고 옛날의 추억도 되새겨진다.

사실 나는 젊은 시절엔 등산을 별로 좋아하지 않는 편이었다. 그런데 근래 들어 주말이면 시내 근처 봉화산을 주로 오르락 내리락 하다가 텃밭을 둘러보는 경우가 많다. 단조롭고 무덤덤한 일상이지만 주말의 습관처럼 되어 버렸다. 한 주의 얘기를 부부간에 서로 주고 받으며 둘레 길을 걷다보면, 때론 의견이 엇갈려 티격태격하기도 하지만 그런대로 기분전환이 되기도 한다. 건강도 챙기면서 일석이조의 효과를 보는 셈이다. 또 나이가 들다 보니 산행이 비교적 편안하고 기분전환이 된다는 점을 실감하기도 한다.

편백나무 숲을 지나서는 보통의 둘레길보다 조금 험난한 코스를 1시간 정도 가야 큰굴목재에 이른다. 초보 산행은 그리 녹록치 않은 코스이다. 그나마 주말에 둘레길을 다니면서 틈틈이 운동을 한 덕분에 그런대로 힘들지는 않았다. 중간 중간에 쉬어가며 담소를 나누다 보니 산행의 즐거움이 더해진다. 다소 힘들어도 정겨운 대화 속에서 일상의 피곤함도 씻겨가는 것 같다. 쉬는 동안 다른 일행의 도움을 받아 추억의 장면도 몇 컷 남겼다. 기억은 그리 오래 가지 않으니 다소 번거롭다 해도 사진에 추억을 담는다.

산을 오르다 보면 우리네 인생과도 많이 닮았다는 생각을 종종 하게 된다. 젊은 시절 나름 치열하게 살았던 것 같다. 내년이면 이순(耳順)에 이르니 지금의 평안과 행복감도 저절로 얻어진 것은 아닐 텐데--

산을 오르다 보면 내리막 길을 만나기 마련이다. 높은 산도 오르막이 있으면 내리막이 있다. 산 정상에 이를수록 가파르고 위험하기는 하다. 우리네 삶도 전성기만 있는 경우는 거의 없을 것 같다. 흔히 '잘 나가던 사람'(?)도 내리막 길이 있기 마련이다. 꽃길만 있는 인생도 없지만 가시밭 길만 있는 삶도 거의 없다고 해야 하지 않을까.

큰굴목재 근처에 이르니 비교적 조금 가파른 목재계단이 나온다. 이 길만 감당하면 되겠지 하는 마음에서 힘들어도 조금 서두른다. 큰굴목재에 이르니 앞서 갔던 일행이 반기며 옆의 의자를 권한다. 큰굴목재는 조계산에 오르는 사람들이 많이 쉬어가는 장소이다. 여기서 삼삼오오 모여 휴식을 취하거나 정담을 나누다 다른 일행이 오면 적당히 자리를 양보하면서 자연스럽게 교대하기도 한다. 이곳이 장군봉으로 가는 길과 20여분 하산하면 도착하는 보리밥 집의 분깃점인 셈이다.

큰굴목재에서 조금만 내려가면 드디어 선암사 보리밥 집에 이른다. 보리밥 집에 도착해서 먹는 점심은 일품이다. 산을 오르느라 힘도 들었지만 동동주를 곁들인 식사는 지친 몸을 푹 적시게 한다. 나는 평소에도 막걸리를 즐겨 먹는 편인데 등산을 한 후에 먹으니 꿀맛이다.

조계산을 오르는 사람들이 대부분 여기에서 점심을 먹으면서 몸과 마음을 충전한다. 점심을 먹고 뒤편 송광사로 넘어가는 사람들도 있고 아니면 다시 되돌아와 큰굴목재에서 장군봉으로 가기도 하고 혹은 바로 하산하기도 한다.

보리밥 집에서 햇볕이 드는 탁자에 옹기종기 앉아서 함께 먹는 파전과 묵을 곁들인 동동주는 입맛을 돋운다. 붉은 빛이 도는 비트를 넣어 만든 파전은 먹음직스럽고, 가마솥에 끓인 누룽지의 맛도 일품이다. 한여름은 덜하겠지만 산속의 가을이 주는 맑은 공기는 약간의 싸늘함도 주는데 속이 따뜻하니 배속도 평안하다. 함께 하는 사람들의 표정도 밝고 활기차다. 옆의 평상에서 먹는 다른 일행에게 기념사진 한 컷 부탁하면 쾌히 응해준다. 정담도 함께 넘쳐흐른다.

좋은 에너지로 충만했기에 하산 길은 상대적으로 훨씬 수월한 편이다. 보리밥 집에서 큰굴목재에 이르는 다소 가파른 계단도 전혀 힘들지 않다. 힘든지 모르겠다. 그러나 하산하면서 미끄러지는 돌이나 헛발을 내딛지 않도록 조심해야 한다. 하산 길에 자칫 긴장을 놓아 사고로 이어지기 때문이다.

인생의 여정도 하산이 있기 마련이다. 하산의 길에 접어들면 내려놓을 줄 아는 지혜가 필요하다는 얘기를 많이 한다. 그렇지 않은 경우도 적지 않은 현실이기에 더 강조하는 지도 모르겠지만.

산행의 하산 길이 힘은 덜 들어도 긴장의 끈을 놓지 말아야 하듯이, 우리네 삶도 하산 길에 접어들면 욕심과 욕망 그리고 탐욕을 늘 경계하면서 균형감을 갖고 주변을 배려하는 자세가 우선일 때 여생도 평탄하기 마련이다. 지혜롭게 살피고 베푸는 마음에서 삶의 평정심과 행복감이 스며들기 때문이리라.**

텃밭 예찬(1)

집에서 차로 10여분 거리에 조그마한 텃밭이 하나 있다. 시골에서 자란 정서도 있어 7년여 전에 샀던 밭이다. 그동안 거의 방치하다시피 해서 풀만 무성한 묵정밭이었는데 작년부터 농작물을 심어 조금씩 가꾸고 있다. 주말에 짬을 내어 1-2시간 둘러보는데 이맘때 텃밭 가꾸는 재미가 제법 쏠쏠하다.

주말에 인근의 산행을 마치면 우리 부부는 50여평 정도 펜스를 쳐놓은 텃밭에 들르곤 한다. 계절별로 부추, 상추, 고추, 치커리, 오이, 감자 등을 심어 수확물을 이웃과 나누어 먹으면 마음도 뿌듯하다. 농약을 하지 않은 친환경 야채류들이어서 건강에도 좋을 것 같고, 무엇보다도 내가 땀 흘려 수확한 농작물이니 애착이 간다. 이웃도 그 심정을 헤아려주는 것 같아 기분이 배가(倍加) 된다.

텃밭을 가꾸기로 한 것도 심신의 안정과 건강에 조금이나마 보탬이 될 것 같은 막연함에서 시작했다. 도회의 일상에서 얻은 스트레스를 자연과 함께 하는 시간이나 농작물을 가꾸고 수확하는 과정에서 풀 수 있을 것 같았기 때문이다. 대신 텃밭에 매이게 하는 일은 되도록 피했다. 이른바 '게으른 도시 농부'를 자처한 셈이다. 남은 땅에 욕심을 내서 농

작물을 자꾸 심다보면 시간 소요도 많고, 신경을 쓰다 보면 본말이 전도될 수도 있으니까. 그러다 보면 그야말로 주말에 노동(?)하는 시간도 늘어 또 하나의 스트레스 요인이 될 수 있는 점이 우려되었던 것이다. 텃밭 가꾸는 의미도 반감될 것이 뻔했다.

그런데 아내와 산행을 한 뒤 남은 시간을 이용하여 1-2시간 둘러보는 것으로는 조그마한 텃밭도 제대로 가꿀 수가 없었다. 풀이 무성한 계절에는 한 주만 건너뛰면 밭이 온통 풀밭으로 변하기 일쑤였다. 하지만 가능하면 마음을 급하게 먹지 않으려 했다.

텃밭을 가꾸는 지인 중에는 주말이면 온통 텃밭에서 시간을 보내다시피 하고 있었다. 경작하는 평수가 넓기도 했지만 지인은 텃밭 가꾸기가 즐겁고 취향도 맞는 것 같았다. 하지만 나는 경우가 좀 달랐다. 무엇보다도 나는 텃밭을 가꾸면서 스트레스를 받는 경우를 피하고 싶었다. 하지만 스트레스를 받는 일이 종종 발생한다.

하루는 펜스 안에 고구마와 땅콩을 조금 심어 놓았는데 멧돼지가 와서 밭을 다 헤쳐 놓았다. 고구마와 땅콩 농사를 망쳐 버린 셈이다. 경작한 면적이 많지는 않았지만 허탈했다. 아내는 어이가 없다는 표정으로 그 날은 그냥 집으로 돌아가자고 재촉했다.

"오늘은 밭에서 일할 마음이 안 생기네, 돌아갑시다. 어이가 없네!"

"세상 살다 보면 이것은 아무 것도 아니지 않은가? 고구마와 땅콩은 사 먹세"

혀만 차며 어이가 없는 표정을 짓는 아내를 뒤로 하고 나는 우선 밭고랑부터 다시 정비했다. 멧돼지가 밭고랑을 어지럽게 헤집어 놓았기 때문이다. 땀을 흘려 고랑을 얼추 정리해 놓는 사이 아내도 조금은 마음을 진정시키고 고추밭을 둘러보고 있었다. 나도 풀을 매면서 주변을 정리해 놓으니 마음도 조금 가라앉았다.

해 질 녘에 집에 돌아오는 발걸음도 제법 가벼웠다. 내 몸은 온통 땀으로 젖었으나 집으로 돌아와서 샤워를 하고 저녁상을 마주 대하니 기분도 한결 나아졌다. 막걸리도 한 잔 하면서 한 주를 마무리 했다. 노동(?)을 하고 먹는 막걸리 맛은 일품이다.

"농산물은 사 먹는 것이 제일 싸다" 는 말을 흔히 한다. 내가 조그만한 텃밭을 가꾸니 더욱 실감이 난다. 도시의 농수산물 쇼핑센터에서 가서 보면 농작물은 비교적 싼 경우들이 많다. 농부들이 농작물을 키우기 위해 들인 정성에 비하면 싸다는 생각이 들 때가 더 많다.

텃밭을 가꾸면서 여러 가지 생각이 든다. 씨앗을 심어 싹을 틔워 가는 과정도 신비롭고 또 성장해 가는 과정을 지켜보는 재미도 쏠쏠하다. 수확할 때의 기분은 더 뿌듯하다. 멧돼지로 종종 피해를 입는 경우는 인생의 희로애락에 비유하며 위안으로 삼기도 한다.

어디 즐겁고 행복한 삶만 있으며, 고난과 역경만 반복되는 삶이 있던가. 자연의 섭리처럼 우리네 삶도 좋은 일, 궂은 일이 순환하지 않던가. 소소한 일상에서 행복감을 맛보며 사는 삶 중에서 텃밭 가꾸기를 추천하고 싶은 이유다.**

텃밭 예찬(2)

　시내 주변에 있는 텃밭을 가꾸며 생활한 지도 얼추 4년째 접어든다. 텃밭을 가꾸며 사는 삶이 특별히 좋아서 시작한 건 아니다. 어린 시절 시골에서 성장한 막연한 향수 정도였는데 10여 년 전 엉겁결에 산 묵정밭을 놀리기 아쉬워서 시작한 일이다.

　처음엔 땅을 묵혀두는 것이 주변 농가에 피해를 줄 수도 있다는 생각에 동네 주민에게 거의 무상으로 임대했다. 그렇게 또 몇 년 후 아파트 이웃 주민과 2년여 정도 공동 경작을 하기도 했다. 이웃이 농작물을 관리할 형편이 안 된다고 해서 내가 직접 텃밭을 꾸려 갔다. 평일은 짬을 못 내고 주로 주말에 반나절 정도 농작물을 가꾸는 정도이니 얼핏 보면 풀만 무성하기 일쑤였다. 주변 농사꾼의 입장에서 보면 한심하게 보였을 것 같다.

　그런데 농작물이 조금씩 커 가는 모습을 보면 마치 우리네 인생사의 한 단면을 보는 것 같기도 하고, 또 나름의 힐링이 되는 것 같아 그런대로 유지하고 있다. 주말에 텃밭에 가는 경우가 많은데, 왠지 모를 익숙함과 편안함이 느껴진다.

　조그마한 텃밭을 가꾸면서 드는 몇 가지 생각들이 있는데, 긍정적인

측면이 더 많다. 우선 '뿌린 대로 거둔다'는 삶의 평범한 진리를 엿볼 수 있는 경우들이 종종 있다. 한 생명체가 성장해서 결실을 맺는 과정을 보면 우리네 삶의 축소판과도 닮아 있다는 생각이 들어 더욱 그렇다.

봄에 씨앗을 뿌리고 싹을 틔우지 않으면 가을에 수확을 기대할 수 없다. 나의 경우 아내가 집에서 싹을 틔우는 경우도 종종 있지만 대부분 시장에서 모종을 사다가 심는다. 농작물은 제 때 심는 것이 무엇보다 중요하다는 걸 실감한다. 농작물은 심는 시기가 있어 제 때 심어야 성장도 빠르고 무엇보다 내성이 강해 병충해에도 강하기 마련이다.

정신건강에 보탬이 되는 점도 빼놓을 수 없을 것 같다. 요즈음 '농사도 머리를 써야 한다'는 말을 많이 한다. 맞는 말이다. 필자가 농업이 생업이면 당연히 머리를 써야 할 것이다. 하지만 나는 자연과 함께 하고 싶어 '게으른 농부'를 자처하는 입장이니 머리를 써 가며 하고 싶지는 않다. 수확량에도 그리 연연하고 싶지 않다.

머리를 쓰고 정성을 들이면 수확물은 풍성하기 마련이다. 하지만 나는 농작물을 가꾸는 일로 스트레스를 받거나 신경을 많이 쓰고 싶지 않다. 그렇다고 정성을 들이지 않는다는 의미는 아니다. 수확량에 자꾸 욕심을 부려 스트레스를 받는 것을 경계하고 싶은 것이고 동시에 수확량에 대한 욕심은 내가 당초 텃밭을 가꾸려는 의도와도 맞지 않다는 생각이 들 뿐이다.

경험상 농산물은 정성을 많이 들인다고 수확량이 풍성한 것도 아니다. 농업기술이 발전했다고 해도 가뭄이나 장마 그리고 자연재해 및 태풍으로 인해 농사를 망치는 경우가 허다하지 않은가. 그럼에도 불구하고 땅은 정직하다고 생각하며 신뢰감을 갖고 있다. '뿌린 대로 거둔다'는 삶의 평범한 진실을 땅마저 외면해면 그 허탈감을 어이 감당하랴!

주말에 짬을 내어 밭에 나가 한 나절 땀을 흘리며 일을 하다 보면 잡념이 사라진다. 일주일의 스트레스도 좀 풀리는 느낌이다. 텃밭을 가꾸는 일은 대체로 단조롭고 단순한 경우가 많다. 대농(大農)이면 몰라도 조그마한 텃밭 가꾸기는 옛날의 방식으로도 경작이 가능하다. 땀 흘리면서 직접 부딪혀야 하는 경우가 더 많기 마련이다. 나의 경우 그렇게 할 때 텃밭을 가꾸는 재미를 더 느낀다.

땀이 흠뻑 옷에 배어 있어 집에 와서 사워를 한 뒤 먹는 막걸리 맛은 일품이다. 아내는 종종 "막걸리 먹는 재미로 텃밭을 가꾸는 것 같다"며 핀잔(?)을 주기도 하지만 개의치 않는다. 이 또한 나름의 소학행일 수도 있으니까.

부부가 함께 하면 더욱 좋은 점도 텃밭 가꾸기의 장점으로 들고 싶다. 무엇보다 부부가 함께 하면 여러 면에서 힘이 덜 들기도 하거니와 일의 분담이 필요하기 때문이다. 비교적 힘을 쓰는 일을 내가 감당하는 편이다.

텃밭을 꾸려가다 보면 항시 좋은 점만 있는 건 아니고 감당해야 할 것들도 있다. 심어놓은 작물이 가뭄에 시들시들하면 땡볕에 물을 주어여 하는 경우도 있고, 심어 놓은 작물이 파릇파릇 돋아날 즈음 고라니

가족들이 잔치(?)를 벌이고 가서 속상한 경우들도 종종 있다. 또 장마철에는 배수도 잘 해야 농작물이 잘 버틴다. 모든 생명체들이 대부분 그러하듯이 농작물도 너무 건조해도 안 되고 그렇다고 너무 습해도 생육에 좋지 않다.

텃밭을 관리하다 보면 중요하고도 힘 든 것 중 하나는 '풀과의 전쟁'이다. 잡풀은 농작물보다 잘 자라고 질기다. 그러니 수시로 잡풀을 메거나 예초기로 풀을 깎아 주어야 농작물이 제대로 성장할 수 있다. 텃밭을 가꾸다가 포기하는 사람들 대부분 풀을 제때 매주지 않아 무성한 풀밭으로 변하게 되면 농작물이 제대로 성장하지 못하니 김이 빠져 포기해 버리기 일쑤다. 이제 예초기도 어느 정도 다룰 수 있어 잡풀은 그다지 부담스럽지 않다.

당연히 수확하는 기쁨도 텃밭을 가꾸는 사람들이 누리는 소소한 행복 중 하나다. 농작물은 특별한 경우를 제외하면 대체로 값이 싸다. 그래서 '농작물은 돈 주고 사 먹는 게 편하고 경제적이다'는 말을 많이 한다. 수확기에 농산물이 터무니없이 싸거나 들인 정성에 비해 제대로 대접(?)을 못 받는 경우를 보면 더욱 그런 생각이 든다. 기울인 정성에 비해 수확물은 많지 않고 또 그것을 보관하거나 정리하는 품도 꽤 든다.

그래도 텃밭 가꾸기를 고집하는 건 텃밭을 가꾸면서 느끼는 기쁨과 묘미가 더 크게 자리한다. 수확물이 적어도 돈으로 건질 수 없는 가치와 기쁨을 느낄 수 있기 때문이다. 내가 정성을 들여 키운 만큼 애착이 간다. 그리고 가능하면 친환경 위주로 가꾸다 보니 건강을 챙기는 데에도 좋다. 또 수확물을 이웃과 나눠 먹을 때 주는 기쁨도 있다. 이웃이 정성과 가치를 알아주면 기쁨은 배가된다. 설사 알아주지 않더라도 주는 기쁨을 맛보며 사는 재미도 제법 쏠쏠하다.

무엇보다 자연의 소중함과 생명체에 대한 관심과 자각에서 오는 깨달음도 빼놓을 수 없을 것 같다. 자연의 질서와 순환을 통해 삶의 순리와 균형을 자각할 수 있게 된다는 점이다. 자연의 순환과 진리를 관념적으로 혹은 지식으로 아는 것과 실제 체험을 통해 체득하는 것과는 큰 차이를 지닌다. 나이가 들수록 자연친화적인 삶이 행복감과 균형감을 더 주기 마련이라는 생각에서 텃밭 가꾸기를 고수하는지도 모르겠다.**

고양이의 표정

나는 고양이를 한 마리 키운다. 당초 키우고 싶어서 키운 건 아니다. 딸이 육 개월 남짓 배낭여행을 가면서 우리 집에 잠시 맡겨 놓은 것인데 귀국해서는 "아빠 엄마가 쿤(고양이 이름)을 예뻐하네!" 하면서 슬며시 떠넘긴 셈이다.

당시 딸의 본심을 헤아리지 못했다. 우리 부부가 정말 예뻐하는 것 같아 양보한 것인지 아니면 키우면서 정든 고양이를 남에게 맡기느니 우리에게 맡겨놓으면 안심도 되고, 집에 오면 가끔 볼 수 있으니 일거양득의 효과를 노린 것인지 애매했다. 부모와 자식 간에 너무 계산적으로 따질 것도 아니니까.

사실 고양이를 맡기로 한 것은 딸이 이제 대학졸업반이니 바쁠 것 같아서 우리가 맡는 것이 더 나을 것 같다는 계산도 깃들어 있었다. 이렇게 자의반 타의반 키우다 보니 벌써 4년을 훌쩍 넘기고 말았다.

그런데 생각보다 반려동물 키우는 재미가 제법 쏠쏠하다. 자식들은 이제 성인이 되어 우리 두 내외만 있는 덜렁 있는 경우가 많은데, 종종 웃음거리를 주기도 한다. 고양이를 키우기 전에는 반려동물 키우는 사람들의 심정을 잘 헤아리지 못했다. 당연히 반려동물에 쏟는 정성을 헤

아리기가 쉽지 않았다. 미용
실에 가서 드는 비용이 사람
보다 더 많다든지 혹은 종종
동물병원에도 데리고 가야
하는데 수술비도 꽤 든다든
지, 심지어 장례비용까지 치
르며 애도한다는 얘기를 들
으면 선뜻 이해를 못했다.

　부질없다는 생각을 했다. 경험하지 않고 내 관점으로만 쉽게 재단(裁
斷)할 일이 아닌 것이 우리네 삶인가 보다. 지금은 반려동물을 키우는
입장에서 마치 한 가족처럼 정이 들고 아프면 당연히 걱정이 되는 심정
이 조금은 헤아려진다. 고양이의 표정은 여러 가지다. 내가 볼 때 적어
도 7-8가지 표정을 헤아릴 수 있었다. 배 고플 때, 화가 났을 때, 귀찮을
때, 짜증이 날 때, 아플 때, 기분이 좋을 때, 편안할 때, 자고 싶을 때의
경우마다 표정이나 행동이 사뭇 달랐다. 내가 지레 추측하거나 헤아려
준 것으로 예단하지 마시길! 정말 다르다.

　그런데 가장 뚜렷하게 구별되고 격렬하게 반응을 보이는 경우는 배
고플 때와 아플 때이다. 짜증이 날 때도 확연하게 구분할 수 있었다. 배
고픈데 집 주인이 모른체 하거나 무시한다는 생각이 들면 표정이나 몸
짓을 통해 적극적으로 의사표시를 한다. 그러니 좀 더 확연하게 구분할
수 있었다. 이때 장난기가 발동해 좀 더 애를 태우게 하는 경우도 있다.
종종 말썽을 피운 경우를 생각해서 복수(?)하는 심정으로.

　알다시피 고양이는 좀 예민한 동물이다. 아들 녀석이 집에 왔을 때 환
경이 좀 바뀌니 고양이가 변비에 걸린 경우도 있었다. 동물병원에 가서
엑스레이 찍고 처방을 받으러 가는 동안 내내 우는데, 그 울음소리가 유

독 슬프고 처량하게 들렸다.
몸도 아프지만 혹시라도 주인
이 자신을 버릴 것 같아 애원
하는 것처럼 들렸기 때문이다.
집에 다시 오니 이내 울음을
그치고 평안해 하는 모습을 보
이면서 안정을 되찾았다.

　고양이는 좀 도도하다는 생각도 든다. 주인이 어디 외출을 갔다가 와
도 개처럼 꼬리를 흔들며 반갑게 반기지 않는 편이다. 아파트 입구에
오기는 하지만 이내 돌아선다. 그것이 나름의 반가움의 정도를 표시한
셈이다. 그런데 며칠째 집을 비운 뒤에는 반응이 좀 다르다. 사람 주변
을 어른거리고 약간의 정서불안 증세까지 보이는 것 같다. 마치 혼자
있는 동안 외로웠다고 하소연하는 것 같다. 정수리를 긁어주며 스킨십
(?)을 하면 이내 평정심을 찾는다. 동물도 외로움을 타다니 나로서는 색
다른 경험이다.

　4년여 정도 고양이를 키우면서 귀찮을 때도 있지만 즐거움을 더 많
이 준다. 말을 못하는 미물이라고 하지만 표정을 통해서 고양이와 소통
을 한다는 생각이 든다. 고양이가 평안하게 집에서 유유자적하는 모습
을 보면 나도 왠지 마음이 평안해진다. 슬며시 내 곁으로 와서 안기는
경우도 있다. 인간이 보살펴 주고 정을 주니 마치 보답(?)하고픈 심정일
까. 아니면 주인으로부터 사랑을 더 받고픈 본능일까. 사실 고양이의
표정을 내가 조금 헤아려 본 것은 아닐까.

　반려동물을 키우면서 정작 표현하지 않아도 사람의 마음을 좀 더 깊
이 헤아려보는 심연(深淵)과 배려의 마음 밭을 일구어야 하지 않을까
되새겨 본다.**

코로나 블루와 식물성의 언어

올해 유례가 없는 코로나19로 인해 우리 지역사회도 여러 분야에서 적지 않은 어려움을 겪었고, 동시에 감당해야 할 일들도 많았던 것 같다. 우리네 삶의 영역이 유기적으로 연결되어 있는 만큼 사회가 시련에 봉착하면 개인들의 삶도 자칫 삭막해질 우려를 안고 있다.

각종 스트레스와 우울감을 호소하는 사람도 늘어나기 마련이다. 정신적으로 감내하기 힘든 환경이 조성될 수 있다는 점에서 우려스럽다. 개인적 차원에서 역경을 지혜롭게 대처하는 노력이 요구되지만 동시에 사회적 차원에서 위안과 치유가 필요하다. 우선 구성원들의 공존, 배려의 자세는 보다 나은 삶과 세상을 위해서 절실하게 요구되는 것이다.

한 때 우리 사회에 '경쟁력'이라는 말이 회자(膾炙)되고 강조된 적이 있었다. 일정 정도 우리 사회를 발전시키기 위해 경쟁은 불가피한 측면이 있다. 현실적으로 우리 사회는 각 분야에 경쟁이 없는 곳이 거의 없는 엄혹한 현실이기도 하다. 독점이나 경쟁이 거의 없는 독과점의 폐해도 크다는 점에서도 공정한 경쟁이 필요하다. 경쟁이 없으면 자칫 매너리즘에 함몰된 우려가 많다는 점에서도 바람직하지도 않다. 다만 지나친 경쟁으로 인해 우리 사회가 직면한 폐해를 도외시해서는 안 된다.

공정한 경쟁이 요구되는 시대이고 사회 전반에 걸쳐 뿌리내리고 공감할 수 있는 환경이 조성되어야 한다.

그런데 이렇게 경쟁의 잣대를 들이대면서 우리는 흔히 동물세계에 비유하곤 한다. 아무리 생태계의 그물망에 의해 강자가 생존하는 자연의 질서가 유지된다고 하지만, 경쟁의 준거로 약육강식의 생존 논리가 적용되는 건 뒷맛이 개운치 않다. 강한 자가 살아남고, 살아남기 위해 강해지기를 요구하는 시대는 작금의 시대정신과는 괴리를 갖기 때문이다. 상대적으로 힘이 없고, 약한 서민의 입장에서 상대적 박탈감으로 좌절하는 사람이 많을수록 그 사회의 앞날은 암울해진다. 경쟁력을 지나치게 강조하다 보면 약육강식의 생존논리와 동물들의 생존원리를 적용하는 것 같아 다소 씁쓸한 생각마저 든다.

그런데 식물들의 세계를 들여다보면 결이 좀 다르다. 식물은 다른 생명을 먹지 않고 광합성, 자연의 원리에 따라 자신을 비워서(부엽토) 생명을 이어간다. 한 곳에 뿌리를 내리고 이동하지 않는다. 식물이 동물보다 열등한 생명체라는 인식은 이동성과 관련이 깊다. 자본주의 사회의 경쟁은 이동능력에서 시작하고, 공격성과 속도로 연결된다. 자본주의를 당장 멈출 수 없다면, 식물의 생존원리는 작금의 위기와 시련을 감당하는데 시사적이다.

식물의 생존원리는 공존의 세계와 부합되는 측면이 더 많다. 물론 식물들도 일차적으로 경쟁한다. 심지어 텃밭의 잡초들도 무익하다고 사람들이 제거하려고 하지만 도움이 되는 측면이 있다. 요컨대, 식물의 생존원리는 동물세계에 비해 상대적으로 공존에 더 익숙하다는 측면에서 요즈음의 환경에 시사하는 바가 크다.

다소 이분법적이라는 비판을 감수한다면, 언어에도 동물성과 식물성의 언어로 구분할 수 있을 것 같다. 전자는 약육강식의 생존논리가 지배적인 경쟁, 욕망, 그리고 상처의 그림자가 어른거린다면, 후자의 경우는 공존, 배려, 그리고 치유가 자리한다. 이런 점에서 우리가 사용하는 언어의 경우에도 누군가에게 상처가 되는 말, 욕망, 탐욕을 조장하는 언어가 횡행할 때 그 사회도 삭막해지기 마련이다.

언어는 글쓴이의 생각을 전달하는 매개체에 머물지 않는다. 일차적인 의사소통의 수단에 머물지 않는 셈이다. 공동체 사회를 좀 더 따뜻하고 풍요롭게 하는 사회일수록 식물성의 언어를 더 많이 구사하기 마련이다. 공존과 배려, 그리고 위안은 식물성의 언어와 밀접하다. 반면 경쟁을 부추기는 언어, 탐욕, 그리고 증오와 배타심, 시기심 등이 담겨진 언어는 독점과 배타성의 원리를 작동시킨다.

이런 점에서 우리 사회에 고단한 삶을 지탱하고 있는 누군가에게는 식물성의 언어로 위안이 되고 나아가 치유의 통로가 확산되었으면 싶다. 더욱이 코로나 19로 인해 우리 지역사회도 힘겨운 나날을 보내면서 각자 나름의 역경을 감당해 왔다.

공동체가 힘겨운 상황에서도 누군가에게 위안이 되는 식물성의 언어를 통해 소통이 되고, 나아가 치유의 통로가 되기를 바라는 것도 이러한 맥락과 무관할 수 없다.**

나의 버킷리스트

　나의 버킷리스트를 작성하려니 우선 제일 먼저 떠오르는 건 건강하고 오래 살고 싶다는 생각이 든다. 그럼 언제까지 사는 것이 오래 사는 것일까? 요즈음 흔히 '100세 시대'라고 말들 하지만 옛날에 비해 비교적 오래 사는 분들이 많아진 것이지 실제로 100세 사는 삶이 어디 흔한가.

　내 기준에서 보면 88살(米壽)쯤이면 오래 사는 건 아닐까 생각해 본다. 그것도 88살까지 건강하게 산다는 것은 쉽지 않다. 더욱이 아내와 함께 오랜 산다는 것은 그리 녹록치 않을 것이다. 솔직히 나보다 아내가 더 오래 살았으면 싶다. 내가 유달리 애처가이어서도 아니고 아내와 함께 오래 살 때 행복할 것 같아서다.

　결혼하면서 제일 좋은 것은 외롭지 않다는 거였다. 요즈음 젊은이들은 결혼하지도 않고 더 행복할 수 있다고 생각하는 것 같다. 오히려 결혼하면 여러 가지로 힘든 점이 더 많으니 행복한 삶을 위해 결혼을 기피한다고 강변하기도 한다. 젊은 세대들의 그런 생각을 탓할 수 없는 형편이니 안타깝다. 각자의 생각을 존중해 주어야 하겠지만, 내 자식들이 결혼을 하지 않고 독신을 고집하면 솔직히 미울 것 같다. 부모들은 자식들이 아들 딸 낳고 알콩달콩(?)하게 사는 모습을 기대한다. 베이비

붐 세대의 끝자락에 있는 필자도 자식들이 결혼해서 그렇게 사는 삶이 행복할 것으로 기대한다.

그래서 내 두 번째 버킷리스트는 아들 딸이 결혼해서 각자 자식을 낳고, 또 성장해서 초등학교 들어가는 모습을 기대해 본다. 좀 더 구체적으로 말하면 자식들이 결혼해서 내가 손주를 보는 것에다 초등학교 입학하는 모습을 보고 싶은 것이다. 그러기 위해서는 우선 건강을 잘 챙겨야 할 것 같다. 사람의 운명이란 알 수 없는 일이니까.

살아온 삶을 돌아보건대 장담하면서 살 일은 거의 없는 것 같다. 건강한 사람도 갑자기 아플 수 있고, 또 운명은 예측할 없는 요소도 다분하기 때문이다. 인간이 한 없이 겸손하게 살아야 하는 이유이기도 하다.

필자 역시 어린 시절엔 늙지도 않고 젊음이 영원할 것 같은 착각을 하며 살았던 것 같다. 어느덧 자식들이 무탈하고 순조롭게 살기를 무엇보다 우선적으로 소망하며 산다. 서서히 내려놓을 준비를 해야 하는 삶이 다가온 셈이다. 이런 부모의 마음을 자식들은 알기나 할까.

세 번째 나의 버킷리스트는 3년에 1권 정도의 책을 꾸준히 내며 사는 삶이다. 그래서 10년 안에 3-4권의 산문집을 상재하는 삶을 실천하고 싶다. 솔직히 연구서 출간을 감당할 자신은 없다. 정년을 하게 되면 연구의 열정도 식어 연구서를 내기가 쉽지 않을 것 같다. 또 다른 이유를 대자면, 연구서는 기울인 정성에 비하면 독자들과의 소통이 원활하지 않는 편이다. 이래저래 의욕도 좀 떨어진다.

그렇다고 산문집을 내는 건 쉽다고 생각해서 하는 말은 아니다. 3년에 1권 정도의 산문집을 내기 위해서는 부지런하고 성실해야 가능하다. 꾸준히 글을 쓰는 건 내가 살아가는 이유이기도 하고, 동시에 긴장감을 유지하면서 살아가는 한 방법이 될 것 같다.

네 번째로 가능한 아내와 여행을 많이 가고 싶다. 아내는 여행을 좋아하는 성향을 지녔다. 젊은 시절엔 주말에도 연구실에 나가는 시간이 많았고, 근래 들어서는 '텃밭'을 핑계로 거기에 시간을 많이 들이는 편이다. 아내도 텃밭에 가는 일을 싫어하지는 않았다지만.

여행도 꼭 해외를 고집할 생각은 없다. 1박 2일 정도 일정으로 국내의 명승지를 찾아다니는 것도 좋을 것 같다. 해외여행도 가끔 하고 싶다. 유럽여행은 한번 꼭 가보고 싶다. 어쩌다 보니 나는 미국을 한 번도 못 갔다. 그런데 미국보다는 유럽여행을 한 번도 못 간 것은 못내 아쉽다. 과거의 화려한 영화(?)에 비하면 근래 들어 유럽의 선진국도 경제적으로 어렵다고 한다. 하지만 유럽의 역사와 문화 속에는 선진국으로서 전통과 자존감이 배어 있을 것 같아 궁금하다.

나는 가끔 테니스를 친다. 윔블던을 비롯한 메이저 세계테니스대회를 가끔 시청한다. 화면 속에 보이는 관객의 표정은 남녀노소 할 것 없이 너무 평화롭고 행복해 보인다. 어린 아이들은 말할 것도 없고 백발의 노년 세대들이 테니스 경기를 몰두하며 보는 모습은 신선하게 느껴진다. 티브이로 보지 않고 윔블던을 비롯한 호주 및 유럽에서 주최하는 세계테니스 대회를 직접 보고 싶은 것이다. 입장료도 꽤 비싸다고 들었다. 입장료는 자식들이 대줄 것으로 기대하면서.

해외여행을 가면 문화와 관습이 달라 낯설기도 하지만 다른 풍경 속에서 많은 것을 느끼고 돌아온다. 평생을 배우면사 사는 게 우리네 삶이라고 하면, 여행은 살아있는 교육의 현장이자 삶의 지혜와도 연결된다. 내 삶을 성찰하고 제대로 돌아보는 데 여행만큼 효과적인 경우도 없을 것 같다.

다섯번째로 5년 안에 도시 인근에 전원주택을 짓고 전원생활을 했으면 싶다. 중년세대 혹은 나이 들면 전원생활을 꿈꾸는 사람들이 많다. 노년에 전원생활을 하는 것에 대해서 우려 섞인 얘기들도 한다. 심지어 나이가 들수록 큰 병원이 가까운 도시가 좋은 반면 한적한 전원생활은 여러 가지로 불편한 점들이 많다고 손사래를 치기도 한다.

지인들 중에도 전원생활은 얼핏 보기는 그럴싸하지 막상 실제로 생활해 보면 불편하고 난관이 많다고 극구 반대하는 경우가 있다. '전원생활을 하는 친구를 두면 제일 좋다'고 그럴싸한 농담을 건네기도 한다. 결국 본인의 선택이고, 선택했으면 감당해야 할 몫이 남기 마련이다. 도시생활에 비해 전원생활이 더 좋은 점이 많을 수도 있다. 조금 망설여지는 이유도 한 두 가지 있지만 전원생활의 꿈을 5년 안에 실천하고 싶다. 앞으로 5년 안에 실행 못하면 전원생활을 접어야 할 것 같다.

마지막으로 '인문학 강의'를 통해 지역민들과 소통하고 도움을 주는 생활을 하고 싶다. 순천문협에서 주관하는 문예대학 전담 교수를 맡아 3년 동안 강의를 했다. 회장을 맡는 동안 강의를 전담할 적에는 부담스럽기도 했다. 하지만 지역민들이 문예대학에 관심을 기울이고 글쓰기 능력이 향상되면 순천문협의 발전에 밑거름이 될 것이라는 기대감에서 감당했다. 보다 책임감을 갖고 잘 꾸려 가고 싶은 욕심도 있었다. 가능하면 후배 문인들이 전담해서 능력을 쌓으면서 성장하길 기대한다.

21기 문예대학 수료생 중에는 베트남에서 시집와서 순천에 산 지 12여 년 되는 다문화 가족도 있다. 올 해 11월 대구 매일신문에서 주최하는 다문화생활 수기 전국공모에서 대상을 받았다는 낭보를 접하면서 내 일처럼 기쁘기만 했다. 한편으로 고맙고 가슴이 뭉클했다. 한국에 시집와서 고생한 일을 진술하게 적은 수기를 보면서 나 역시 짠한(?) 마음으로 읽었다. 글 제목이 "도둑질만 빼고 다 했습니다"라는 말에도 드러나고 있듯이, 다문화가족이 한국에 정착해서 살기는 아직도 녹록치 않은 점을 반증해 주고 있다. 선진적인 사고는 배타적이기 보다는 포용적이고 배려하는 태도와 밀전한 상관성을 지닌다. 글쓰기에 매달리고 성실한 그녀의 삶에 내가 조금이라도 보탬이 된 것을 생각하면 내일처럼 기뻤다.

1993년 처음으로 대학 강단에 선 이래 25여 년 이상을 연구와 강의를 병행하며 살고 있다. 강의는 내가 비교적 잘 할 수 있는 분야이다. 가르치는 입장에서 열심히 들어주는 수강자가 제일 고맙고 든든하다. 지역민들과의 소통을 통해 내 지식을 나누고 함께 고민하고 공유하면서 사는 삶을 지향한다. 강의를 하고 듣는 배움의 현장에서 각자의 삶에 보탬이 되었다는 지역민들이 많았으면 하는 마음이다. 진한 유대를 맺으면서 관계를 지속했으면 싶다.

필자가 왜 이런 삶을 소망하는가. 우여곡절이 없는 삶이 어디 있겠는가. 비교적 순탄하기만 보이는 나의 삶도 역경이 있고 힘든 시기도 있었다. 그런 나를 지탱해 주는 힘과 당당함을 준 것은 인문학을 공부한 덕택이다. 인문학의 세례를 받으면 생각이 유연하고 지혜롭게 처신할 수 있다고 생각하기 때문이다. 자신의 생각이나 신념을 강요하면서 타인을 불편하게 만들지도 않는다. 이렇게 이웃들과 따뜻한 정을 나누면서 사는 삶은 행복하기 마련이다.

돌이켜 보니 내가 노력한 것에 비해 비교적 운도 따랐고 행복한 삶을 누리며 살고 있다. 분에 넘치게 지인들과도 신뢰감과 우의를 다지며 살고 있다. 성원을 받아온 만큼 이런 행복함을 좋은 이웃들, 그리고 지역민들과 소통하면서 위로와 치유가 되는 삶에 일조하며 살고 싶다.**

◇ 산문

치유로서의 글쓰기, 그리고 수필

　1년에 너댓 번 서울에 간다. 그것도 하루 이틀 머물다 오는 형편이니 대한민국 수도의 변화상을 자세하게 살필 계제는 못 된다. 내 딴에 전철을 탔을 때 시민들의 모습이나 풍경을 살핀다.

　5-6년 전만 해도 전철을 타면 책을 읽는 시민들이 적지 않았다. 젊은 이들도 간혹 있었고 또 나이가 지긋한 중장년 세대들은 책이나 신문을 자주 보았던 것으로 기억한다. 그런데 지금은 남녀노소를 불문하고 휴대폰을 보는 경우가 거의 대부분이다.

　이런 현상을 두고 새삼스럽게 가치를 논할 계제는 아닌 것 같다. 사회가 그만큼 급변하고 편리성을 추구하는 세태로 변하는 것은 어쩌면 당연한 수순이다. 우리 사회가 그만큼 전자 및 미디어의 발달로 핸드폰을 통해 적지 않은 정보를 습득하고 생활의 편의성을 도모할 만큼 달라졌음을 실감하면 그만일 수도 있다. 그럼에도 불구하고 전철에서 '독서 인구가 사라진 시대'가 몰고 올 파장에 대해 한번쯤 톺아보고는 싶다.

　지금까지 살아온 경험치에서 보자면 선순환보다는 악순환이 진행하는 속도가 빠르고 확장성도 강하기 마련이다. 미담보다는 괴소문이나 혹은 자극성 얘기가 쉽게 퍼지는 현상과도 맥을 같이한다고 할까. 요컨대, 작금에 이르러 우리 사회는 과거에 비해 독서를 게을리 하는 풍토가 미만(彌滿)해져 있다.

나만의 성급한 진단일까. 이는 좀 더 차분하고 성숙한 사회로 가지 않는 한 단면일 수도 있다는 생각이 든다. 다소 거칠게 말하면 조급하고 이성적인 면보다는 감정이 승하는 경향과도 무관하지 않다고 보기 때문이다, 악순환을 선순환으로 바꾸려면 적지 않은 노력과 감당해야 할 것들이 요구되는 이유도 여기에 있다.

남도의 순천에 베스트셀러 작가로 널리 알려진 G작가가 시민들을 대상으로 토크 콘서트를 한다고 해서 지인들과 함께 경청했다. 그(녀)는 sns활동도 왕성하게 할 뿐만 아니라 자신의 생각을 비교적 진솔하게 피력하는 과정에서 곤혹(?)을 치르기도 했다. 여성 작가로서의 삶의 우여곡절을 담담하게 시민들 앞에서 시종일관 겸손하고 진지하게 토해내고 있었다.

그의 여러 말들 중에서 작가는 고독할 때, 혹은 혼자 있는 시간을 자주 갖을 때 좋은 작품을 쓸 수 있다는 대목은 인상에 남는다. 베스트셀러 작가로서 유명세도 있으니 지역에서 강연 요청도 자주 있을 터인데, 정작 그는 고사하는 경우가 많다는 얘기도 했다.

문학(글쓰기)은 연대를 통해 자극 받기도 하고 나름의 성과를 거두기도 하지만 자신과의 싸움을 치열하게 전개해야 경우가 더 많아야 한다고 본다. 창작자가 외로움과 고독을 감당하면서 몰두할 때 그의 작가정신에 신뢰감이 간다. G작가 역시 창작은 단독자로서 홀로 외로움을 감당하면서 할 때 스스로 부끄럽지 않은 작품을 창작할 수 있다는 염결성(廉潔性)을 고수하고 있는 듯 보였다. 또 이것을 실천하고 있었던 셈이다.

난 이런 작가적 자세를 높이 사고 싶다. 쉽게 잊혀질 작품을 양산하는 작가는 아니라는 확신도 들었다. 태작(駄作)을 경계하면서 치열성을 발휘하는 작가라면 좋은 작품을 쓸 것이고, 동시에 자기관리를 엄격하게 하리라는 확신이 들었기 때문이다.

인기나 허명에 들뜨지 않고 작가로서의 길을 묵묵히 걸어가는 작가들이 많이 있어야 문학의 길도 좀 더 성숙한 길로 가지 않겠는가. 남들이 보기에 하찮게 여길 지라도 자신의 전 생애를 걸다시피 하면서 전력투구하는 삶은 마땅히 존중받아야 한다. 하물며 문학은 그럴 자격이 차고 넘친다.

근래 들어 중장년층 혹은 노년세대들은 글쓰기에 관심이 많다. 젊은 세대들은 '문청'이 줄어드는 추세인데 비해 상대적으로 늘어나는 추세이다. 주목할 만한 사회현상이자 관심이 필요하다. 글쓰기(혹은 창작)에 관심이 많다는 건 사회적으로 긍정적인 측면이 더 많다. 중장년층의 글쓰기가 전문 작가로서의 길을 염두에 두고 있는 건 아닐지라도 글쓰기는 대체로 자기성찰의 기능을 지닌다. 상투적인 반복이 아니라면 자기성찰은 감정적이기보다는 합리적이거나 냉정하게 사태를 파악하는 힘을 지닌다.

자기성찰은 질주보다는 느리게 혹은 차분한 응시와 더 친연성이 강하다. 합리적인 생각은 억지를 부리지 않으니 상식에 기반하는 경우가 더 많다. 상식이 존중받는 사회는 건강성을 지닌다. 우리 사회가 우울하고 건강하지 못하면 그 사회 구성원도 정도의 차이는 있지만 신산(辛酸)하기 마련이다. 동시에 휘발성도 강하다는 점에서 우려스럽다.

혹자는 20세기는 불안의 시대라면, 21세기는 우울의 시대라고 말하기도 한다. 이 말에 전적으로 동의하는 건 아니지만, 함의(含意)하고 있는 뜻까지 부인하기는 힘들 것 같다. 그만큼 현대인들은 정신적으로 시

달리고 힘들게 사는 것이다. 그래서 근래 들어 부쩍 치유라는 말이 많이 운위(云爲)되고 있는지도 모르겠다.

문학(글쓰기)은 오랫동안 치유적 기능을 담당해 왔다. 물론 문학만이 치유적 기능을 담당할 수 있는 건 아니다. 인지적 기능을 강조하는 차원에서 문학이 유일하다고 주장하기도 하지만 배타적인 속성에는 우월감이 스멀거린다. 타 장르와도 협력과 유기성을 발휘할 수 있어야 생명력과 효율성을 배가(倍加)시킬 수 있는 것이다.

글쓰기의 치유적 기능에 충실할 수 있는 장르로 수필을 빼놓을 수 없다. 두루 알듯이 일반인들도 비교적 쉽게 접근할 수 있는 장르가 수필이다. 수필의 이러한 속성은 강점이자 약점이다. 글쓰기의 치유적 기능에 주안점을 둔다면 수필은 많은 장점을 지닌다. 일반인들이 수필을 쉽게 쓰는 장르로 인식하는 것을 두고 수필계 일각에서는 오랫동안 마뜩찮게 생각하는 경향을 지녔다.

이젠 달라져야 할 것 같다. 수필을 제대로 써 본 독자라면 명수필을 쓰기가 얼마나 힘든지 알고도 남는다. 문학의 장르 중에서 대중들이 수필을 비교적 친근하게 다가갈 수 있다는 생각하는 건 수필의 성장과도 무관하지 않을 터 발상의 전환이 요구된다.

문학의 장르 중에서 수필만큼 글쓴이의 체취와 감성이 고스란히 배어있는 장르는 없다. 글쓴이의 생각과 사유의 폭, 거기에 인간미까지 은연중 드러나는 게 수필이다. 수필을 읽다 보면 글쓴이를 마치 직접 만난 듯한 착각이 들 정도로 친근감이 드는 것도 수필의 이러한 장르적 속성과 밀접한 관련을 맺는다.

수필도 문학의 엄연한 장르라는 점에서 지나치게 글쓴이의 삶과 연결시키는 점에 대해 우려하는 시각도 있다. 일리 있는 지적이다. 마땅히 독자(혹은 평자)들이 이와 관련해서 경계해야 할 점도 있다. 수필 역시 글쓴이의 일상적 체험 혹은 자전적 요소를 비교적 타 장르에 비해 짙게 드러내지만, 언어의 외피를 씌워 독자 앞에 서는 문학의 속성으로부터 자유로울 수 없기 때문이다. 이는 독자들에게 공감의 폭을 넓히거나 혹은 감동을 주기 위한 당연한 수순이기도 하다. 그럴지라도 오랫동안 수필의 장르적 속성으로 남아있는'자기고백'혹은'생활문'의 성격은 글쓰기의 치유적 기능에 선도성을 발휘하면서 동시에 문학의 장르로서 친화성을 강화하는 요소를 지닌다. 수필의 장르적 속성이 더 확장성을 띠면서 성장하기 위해서 이와 관련된 수필가와 평단의 관심이 요구되는 시점이다.**

김승옥 문학관과 문학

순천만습지(구, 순천만 생태 공원)는 순천의 명소 중의 하나이다. 사계절 각기 독특한 풍경을 볼 수 있지만, 가을에 오면 순천만습지 갈대밭의 풍광이 장관이다. 갈대밭을 가로 지르다 보면 흑두루미를 비롯한 새떼들이 군무(群舞)를 이루며 나는 모습을 볼 수 있어 가던 발길을 멈추게 한다. 순천 시민을 비롯해서 많은 래방객들은 이러한 남도의 풍경을 맛보기 위해 이 곳을 찾는다.

그런데 순천만습지에 온 사람들은 간혹 탄성을 지르며 가을 정취를 만끽하면서도 바로 지척에 있는 김승옥 문학관(옛 순천문학관)이 있다는 사실을 자칫 놓치기 쉽다. 몰라서 둘러보지 못하는 경우도 있을 것 같다. 순천만습지 주차장에서 1km 남짓 북쪽으로 난 한적한 둑방길을 걸어가면 문학관이 자리하고 있다.

순천만 국가정원에서 스카이 뷰를 타고 내려서 조금만 걸어가도 한눈에 들어온다. 가능하면 순천만습지 쪽에서 가는 길을 권유하고 싶다. 둑길을 걸으며 순천만습지 갈대밭의 풍경과 새떼들의 군무를 감상하면서 걷다 보면 도심 속에서 쌓인 스트레스가 씻겨가는 기분을 느낄 수 있기 때문이다.

김승옥 문학관 내 김승옥관

　김승옥 문학관은 순천 출신의 작가 김승옥의 문학세계와 정신을 기
리는 문학관이다. 주변 순천만과 조화를 이루는 정원형 초가 건물 9동
으로 건립되어 2010년 10월에 문을 열었다. 문학관은 김승옥관, 다목
적실, 휴게동 등으로 구성되어 있다.

　작가의 전시관은 작가의 생애와 문학세계를 한 눈에 조감할 수 있도
록 육필원고, 저서, 소장 도서, 작가를 그린 케리커쳐 및 작가의 가족사
진 등의 생활유물, 그리고 영화 시나리오 테이프 등 300여 점의 귀중한
자료들과 젊은 날의 다채로운 행보가 시대별로 입체적으로 잘 정리되
어 있다. 소설에서 영화로 시나리오 작가로, 때론 연출자로 장르를 자
유롭게 넘나들며 발휘한 선명한 그의 발자취들이 사진을 곁들어 일목
요연하게 전시되어 있다.

　순천문학관을 건립할 당시에는 정채봉관도 있었다. 동화 작가인 정
채봉의 생애와 문학세계와 관련된 자료를 함께 전시했으나, 올 해 하반
기부터 정채봉 문학관은 장소를 옮겨 별도로 건립을 추진 중이다. 이제
순천문학관은 오직 작가 김승옥의 문학과 작가정신을 기리는 곳으로
꾸며져 있다. 문학관 진입로도 좀 더 확장해서 인접성과 편의성을 높이

고, 동시에 기존 건물의 증개축을 통해 좀 더 새롭게 탄생할 것으로 기대된다.

김승옥 문학관은 당연히 순천 출신의 작가 김승옥의 생애와 문학정신을 관련시키지 않을 수 없다. 순천 출신의 내로라하는 작가들이 다수 있지만(조정래, 서정인 등), 순천만습지는 작가 김승옥과의 인연이 유독 깊은 편이다. 그것은 무엇보다 김승옥의 화제작 「무진기행」과 순천만(혹은 순천)의 관련성 때문일 것이다.

몇 해 전, 어느 메이저 출판사에서 현역 작가 및 문학연구자, 문학비평가 등 100여명을 대상으로 독자들에게 가장 많은 영향을 끼친 단편소설 20여 편 선정과 관련해서 설문조사를 실시한 적이 있다. 20여 편을 엄선했는데, 1위 작품이 바로 김승옥의 소설 「무진기행」이었다. 김승옥은 「무진기행」 외에도 한국일보 신춘문예로 당선되어 그의 등단작인 「생명연습」을 비롯하여 제1회 이상문학상 수상작의 영예를 안겨준 「서울의 달빛 0장」등 주옥같은 작품들을 적지 않게 남겼다. 그럼에도 불구하고 김승옥의 「무진기행」은 그의 대표작으로 김승옥 문학의 원형(原型)이자 상징성을 지닌 작품으로 자리한다.

김승옥의 문학적 생애를 놓고 볼 때도 「무진기행」만큼 기억에 남는 작품으로 회자되는 경우가 드물다. 그것도 약관에 불과한 23세의 젊은 날에 쓴 작품인데--

그럼, 김승옥의 「무진기행」이 '감수성의 혁명'이라는 상찬을 받으며 당시 문학계에 파란을 일으키고, 지금까지도 독자들로부터 지속적인 사랑을 받는 이유가 무엇일까.

먼저, 이 작품에 대한 당대 평론가들의 평가를 주목할 필요가 있다. 김승옥 작가가 왕성하게 창작활동을 할 당시 그의 든든한 후원자이기도 했던 이어령 교수는, 이 작품에서의 공간적 배경의 중요성을 언급한 뒤 "이미지의 질서를 엮어진 의미의 총화가 공간이라 할 수 있을 정도"라고 언급한 바 있다.

또한 김훈은 "'무진'은 사람들의 일상성의 배후, 안개에 휩싸인 채 도사리고 있는 음험한 상상의 공간이며, 일상에 빠져듦으로써 상처를 잊으려는 사람들에게 '상처를 강요하는 이 삶이란 도대체 무엇인가'를 끊임없이 묻고 있는 괴로운 도시"라는 언급한 바도 있다.

「무진기행」의 '무진'이 특정한 공간은 아닐 것으로 파악된다. 다만, 김승옥 작가의 생애와 작품 내용을 고려하면, '무진'은 작가가 유년기를 보냈던 순천지역의 공간을 재구성한 것마저 부인할 수는 없다. 작가 자신도 이 작품을 창작하는 데 있어 " '순천과 순천만 연안 대대포(大垈浦)앞 바다와 그 갯벌'에서의 체험을 창작 모티프로 삼았다"고 밝힌 바 있다.

이런 점에서 순천문학관은 그의 화제작이자 대표작인 「무진기행」을 비롯하여 그의 문학세계와 사상이 온축된 샘터이자 저장소로서의 의미를 갖는다.

김승옥 문학관 내 김승옥 작가의 프로필 소개

김승옥 작가는 1941년 일본 오사카부에서 출생하였고, 1945년 귀국하여 경북 포항에서 잠시 유아기를 보낸 적이 있다. 1946년부터 전남 순천에 정착하였다. 소설가, 영화감독, 시나리오 작가, 대학교수 등을 역임했다. 순천고, 서울대학교 불문학과를 졸업했다.

1962년 단편 「생명연습」이 한국일보 신춘문예에 당선되어 등단했다. 김치수, 김현, 염무웅, 서정인, 최하림 등과 동인지 『산문시대』를 발간했으며, 여기에 「건」, 「환상수첩」 등을 발표했다. 1965년 대학을 졸업했으며 그 시기를 전후로 대표작인 「무진기행」과 「서울, 1964년 겨울」을 발표했다. 이외에도 20대에 주옥같은 작품들을 다수 발표했다.

1965년 「서울, 1964년 겨울」로 제10회 동인문학상을 수상했다. 전후세대 문학가들과 달리 한글 세대 중 한 명으로서 감각적인 문체로 60년대 도시화와 그에 따른 인간소외의 문제 등을 감성적인 문체로 작품에 담았다는 평가를 받았다.

요컨대, 개인의 개성을 용인하지 않는 사회와 일상적 질서로부터 일탈하려는 욕망과 열정을 그렸으며, 후기로 갈수록 산업사회의 소모품으로 전락한 인간들의 꿈이나 환상을 잃어 환멸과 허무로 가득찬 모습을 그렸다.

1976년에 발표한 「서울의 달빛 0章」으로 김승옥 작가는 이듬해 제 1회 이상문학상을 수상했다. 1980년 동아일보에 「먼지의 방」을 연재했으나 광주민주화운동을 겪으면서 연재 15회만에 자진 중단하고 절필했다. 1999년에 세종대학교 국어국문학과 교수로 부임했으나 2003년 1월 뇌출혈로 쓰러진 뒤 교수직을 사임했다.

한편, 2019년부터 순천시가 후원

김승옥 작가의 최근의 모습

하고 '문학동네'의 주관으로 김승옥 문학상을 제정해서 운영하고 있다. 김승옥 문학상은 대한민국의 기성 및 신인작가를 대상으로 당해 년도 단편소설 중 우수한 작품을 엄선하여 시상하고 있으며, 영예의 대상 작가에게는 상금 5천만원이 수여되고 있다.

작가 김승옥은 지금도 문학관에 한 달 중 보름 정도는 머문다. 어느덧 작가의 나이는 80세가 넘은 고령임에도 불구하고 문학관에 머물면서 이 곳을 찾는 방문객들을 정겹게 맞고 있다. 치열한 경쟁으로 심신이 지친 도회인들이 잠시나마 고향을 찾으며 위안 받기를 바라는 마음으로 챙겨주고 있는 것이다.

작가 김승옥은 문학관에 머무는 동안 책을 읽거나 틈틈이 그림(수채화 혹은 캐리커처)을 그리면서 방문객을 넉넉한 웃음으로 반겨주고 있다. 작가는 2003년 뇌출혈로 쓰러진 뒤 언어 구사가 자유롭지 못한 상태이다. 대신 노대가의 은근한 미소와 필담으로 대화를 이어간다.

최근에는 김승옥의 오마주를 표방한 후배 작가 9명이 쓴 SF(공상과학소설) 단편소설 9편이 수록된 『SF 김승옥』(아르띠잔, 2020, 10)을 펴내기도 했다. 여기에는 작가 김승옥이 2020년을 배경으로 신인류의 일상을 묘사한 소설로, 1970년 4월 1일 동아일보에 발표한 단편 「50년 후 디 파이 나인 기자의 어느 날」이 수록되어 있어 화제다. 이 소설은 화상통화, 무선전화기, 인공 체외수정 등 2020년을 미리 보고 온 듯 생생한 소재로 지금 우리 모습을 상상한 것이어서 흥미롭다.**

◆ 문화시평

'여순항쟁' 과 영화 〈동백〉

해방공간 현대사의 비극이자 지역사회의 아픔인 〈여순항쟁〉(혹은 문맥상 '여순사건'[1])을 소재로 한 여러 형태의 공연이 있었다. 국악과 공연의 협업을 통해 '여순항쟁'을 재조명하는가 하면(제2회 여순항쟁 국악뮤지컬 "꽃들은 그냥지지 않는다"), 여러 형태의 사진 및 미술 전시회를 통해 당시의 실상을 생생하게 조명해 줌으로써 지역사회에 적지 않은 반향을 불러일으킨 바 있다. 2022년 초에도 박금만 화가의 "여순항쟁 역사와 화전(畫展)" (2022.1.8.-1.23)이 관람객들로부터 열띤 호응을 받기도 했다.

이와 관련된 구체적인 언술은 필자의 영역 밖이기도 하거니와 지면의 제약도 있어 여기서는 영화 〈동백〉 위주로 서술하게 될 것이다.

---

[1] 이 사간에 대한 명칭은 그 동안 14연대 반란사건, 14연대 폭동, 여수반란, 여순봉기, 여순사건 등 다양하게 불려져 왔다. '여순사건'이란 명칭이 일반적으로 널리 사용되어 왔다. 최근 '여순사건' 70주년을 맞으면서 시민 사화단체 및 일부 연구자들은 '항쟁'이라는 표현을 쓰기도 한다. 역사적 사건의 명명은 그 사건의 성격을 규정한다는 점에서 정명(正名)은 아무리 강조해도 지나치지 않다. 필자도 이러한 입장에 공감하고 있음에도 불구하고 본고에서 문맥상 간혹 '여순사건'이라는 명칭을 사용하는 경우도 있을 것이다. '여순사건'의 명칭 및 이와 관련한 보다 구체적인 사항은 주철희,『 동포의 학살을 거부한다 』, 흐름, 2017 참조)

제2회 여순항쟁 뮤지컬 〈꽃들은 그냥지지 않는다〉 공연 모습

한 때 고급문화와 대중문화를 구분하는 기준이 지극히 자의적(恣意
的)이었던 때가 있었다. 이를테면, 대중문화는 불특정 다수를 대상으로
하는 만큼 가곡이 아닌 대중가요를 비롯해서 대중문화 전반에 묘한 '선
입견'을 갖기도 했다. '문화 수요자들이 불특정 다수인 대중의 경우 상
대적으로 수준이 낮을 것이다'는 함축성으로 집약될 수 있겠다.

요즈음도 이런 생각을 하고 있다면 시대착오적인 생각에 머문다는
비판을 면하기 어렵다. 대중가요 한 두 곡에 적지 않은 사람들이 위안
을 받고 열광하는 시대 아닌가. 특히 우리나라 영화 분야의 주목할 만
한 발전과 성과에 대해 공감하는 분들이 많을 줄 안다. 그만큼 영화 예
술에 종사하는 사람들의 마인드와 수준이 높아졌음을 실증해 준다.

흔히 영화는 '제7의 예술'이라 칭하는 만큼 문학, 음악, 미술, 공연 등
의 분야와의 협업이 작품의 성패를 가늠하기도 한다. 요컨대, 영화산업
의 발전은 문화예술 분야의 발전과도 연동되어 있을 뿐 아니라 대중과
의 공감도를 높이는 데 아주 유효한 측면이 크다. 이런 점에서도 올해
상영된 영화 <동백>은 시사해 주는 바가 크다.

'여순항쟁'을 소재로 한 영화가 이전에도 없었던 건 아니다. <애기섬>[2](장현필 김독의 다큐 영화)을 비롯해서 유사한 시도들이 있었지만, 제작 여건상 여러 면에서 어려움이 따르고 동시에 시민들로부터 그다지 주목을 받지 못한 아쉬움도 크다. 하지만 영화 <동백>은 '여순항쟁'에 대한 국가적인 차원의 관심도 제고된 시점으로 시대적인 제약도 비교적 심하지 않았던 영향도 있지만, 지역사회 및 시민들의 관심도 전과 다른 만큼 주목을 받았다.

박금만 작가의 여순항쟁역사화전(畫展) 포스터

<동백>은 여순사건 부역자로 아버지를 잃은 노인 황순철과 가해자의 딸인 장연실의 세대를 이어온 악연을 풀기 위한 갈등과 복수, 그리고 화해를 담은 영화다. 필자가 본 소감 위주로 몇 대목만 피력하려고 한다.

---

2) 오동도 뒤 쪽으로 보이는 엄마섬이 있으며 조금 떨어져 있는 아기섬을 말한다. 남해 소치도의 다른 이름이다. 1950년 한국전쟁이 터져 여수지역 국민보도연맹 가입자 및 '여순항쟁' 때 감옥에 있던 사람들 120여 명을 총살한 뒤 수장했던 곳으로 알려져 있다. 애기섬에서 일본 쪽으로 해수가 흘러가서 시신이 여수 쪽으로 오지 않아 애기섬에서 수장을 시킨 것이라는 얘기도 전해진다.

영화 〈동백〉의 포스터

우선 대체로 잘 만들었다는 총평을 하고 싶다. 무엇보다 '어정쩡한 화해'를 시도하지 않았던 점을 들고 싶다. 더욱이 가해자가 국가권력이었든 경우 화해의 과정과 절차도 복잡하기도 하지만 화해의 과정 설정이 어렵다. 쉽사리 화해를 시도할 수도 없으며 또 그것이 자연스럽지도 않다.

황순철 노인이 그렇게 완강하게 화해를 거부했던 이유가 잘 드러나 있다. 여순사건으로 인해 평생의 원한을 안고 신산(辛酸)스러운 삶을 살아야만 했던 그의 고통이 고스란히 전달되고도 남았다. 그렇지만 미래의 삶을 위해서는 화해 시도 자체를 무한정 미룰 수만은 없다고 본다.

여순사건으로 인해 자신의 삶이 억울하고 트라우마로 점철되었을지언정 장연실의 손녀가 큰 부상을 당했다는 소식을 듣고 노심초사하는 장면은 이 영화의 중요 분기점이다. 미래 세대의 고통을 상징화함으로써 여순사건 자체가 안고 있는 현재성과 미래성을 영화적 문법으로 접근했던 점도 주목할 만하다. 화해를 위한 서사의 매개과정이 자연스럽게 잘 전달되었다는 생각을 했다.

역사적 사건을 영상화하는 작업은 여러 면에서 품이 많이 든다. 큰 틀에서 실체적 진실과 부합해야 하는 부담으로부터 자유로울 수 없다. 더욱이 '여순항쟁'처럼 오랜 동안 실체적 진실 구명을 위한 노력을 지속해 왔음에도 불구하고 시대(혹은 이데올로기)의 제약으로 인해 여러 면에서 어려움이 따른 경우는 더욱 그렇다. 실체적 진실과 너무 동떨어져도 안 되지만, 동시에 이것에 너무 함몰되면 서사성이 약화될 소지를 안고 있다. 그런 면에서 영화 <동백>은 다소 무거운 주제(혹은 비극)를 말미에 당시의 신문이나 사진을 통해 자막처리 함으로써 왜곡된 실상을 부각시키는 효과를 거둔 측면이 있다. 익숙한 장면이기도 하지만 자연스럽고 인상적이었다.

역사적 사건 자체의 실체적 진실구명은 지속성을 지녀야 하는 당위성에도 불구하고 영화의 문법은 접근 방법이 다를 수 밖에 없다. 역사적 사건에 대한 진실구명은 상대적으로 비중이 적었다고 할 수 있으나, 역설적으로 '여순항쟁'의 비극성을 잘 드러낸 측면도 지닌다.

영화의 장르상 장면이 많다고 비중이 크거나 중요하게 취급한 건 아니다. 관객의 경우도 몇 장면에서 보다 강렬한 인상을 받기도 한다. 요컨대, 이 영화는 '화해'를 통한 '미래성'에 방점을 찍었다. 우리는 이 점에 보다 주목해야 하지 않을까.

향후 일반 시민들의 관심을 촉구하고 연대를 확산시키기 위해서는 문학(시나리오)을 비롯해서 음악, 미술, 공연, 뮤지컬, 영화 등 문화예술 전반이 협업을 통해 '여순항쟁'의 실체적 진실을 직시하고, 나아가 화해와 치유방안도 지속적으로 강구되었으면 싶다.**

영화 〈남한산성〉과 소설 〈남한산성〉

추석 연휴에 영화 〈남한산성〉을 보았다. 필자의 경우만 해도 어린 시절엔 영화관에 가는 것이 연례행사였던 것 같다. 추석과 설 명절 두 번쯤 갔으니까. 아니면 어쩌다 마당발(?) 기질을 발휘하는 동네 청년들이 주선해서 여름밤 학교 운동장에 설치된 낡은 스크린으로 보는 게 고작이었다.

동네 뒷산에 천막을 치고 영화를 관람하는 경우도 있었다. 오랜만에 볼거리를 구경하거나 서커스를 구경하기 위해 인근 동네 사람들이 모인 문화행사의 하나였던 셈이다. 대체로 행사는 성황리에 마치고 흥행도 비교적 성공적이었던 것으로 기억된다.

지금은 세대를 불문하고 영화가 대중들에게 친숙한 매체로 자리잡은 걸 생각하면 격세지감이다. 또한 요즈음 영화를 감상하다 보면 대중 매체에 종사하는 사람들의 수준이 많이 향상되었음을 실감하기도 한다. 분업화되고 전문화된 시스템에 의해 제작되는 환경의 변화로 기술력의 향상이 전반적으로 업그레이드 된 측면도 있지만, 예술가로서의 자의식과 전달능력에 대한 고민이 담겨있다는 생각이 들어 더 그렇다.

가족들과 함께 <남한산성>을 보면서도 여러 가지 생각이 들었다. 소설(문학)을 연구하는 입장에서 영화 장르에 대한 매력을 곱씹어 보는 계기였다. 소설은 문자를 매체로 하고 있는 반면 영화는 영상을 매체로 한다. 당연히 전달하는 방식의 차이에서 오는 느낌도 다르다.

소설의 경우는 독자의 상상력을 마음껏 발휘하는 장점이 있는 반면 영상에 비해 실감도는 다소 떨어지기 마련이다. 반면 영화는 영상을 매체로 하는 만큼 리얼리티 면에서 상대적으로 더 생생한 느낌을 준다.

영화 남한산성의 원작 김훈의 소설. 소설과 영화는 전달 매체가 다른 만큼 영화가 주는 감동은 또 다른 매력으로 다가온다.

자연히 독자의 상상력이 들어갈 틈은 상대적으로 좁기 마련이다. 1) 암튼 요즈음의 추세로 볼 때 소설을 읽은 독자보다는 영화를 즐겨 보는 대중들이 더 많을 것 같다. 그만큼 영화는 대중들에게 친연성이 강하고 파급력도 더 크기 마련이다.

---

1) 소설과 영화를 수평적으로 비교하는 건 무리가 따른다. 영화는 장르적 특성상 물리적으로 시간적 제약을 받는다. 영화는 한 장소에서 적어도 4시간 이상을 관람하기 힘들기 때문이다. 반면 소설은 단속적(斷續的)으로 이어지는 독서 행위로 상상력이 들어갈 틈이 상대적으로 넓은 편이다. 우리나라의 경우 소설을 원작으로 한 영화에 대해 대체로 인색한 평가를 하는 경우도 이러한 점과도 연관된다. 예컨대, 대하소설 『태백산맥』을 원작으로 읽은 독자가 4시간 정도 반영되는 영화 <태백산맥>을 보고 난 후에 왠지 허전하고 미흡하다고 생각하기 마련이다. 그렇다고 소설작품을 원작으로 한 영화가 다 실패하거나 그럴 가능성을 지닌다고 예단할 수는 없다. 외국의 경우는 소설 원작보다 영화가 더 감동적이었다는 평을 들었던 영화들이 다수 있고, 우리나라의 경우도 없는 건 아니다.

<남한산성>을 보고 난 인상적인 대목을 여기서 다 열거할 자리는 아니지만[2], 역시 압권은 척화파의 김상헌(김윤석)과 화친파의 최명길(이병헌 扮)로 대변되는 두 세력이 대립하는 장면일 것이다. 각기 나름의 논리와 입장을 견지하고 있다. 청나라에 한번 굴복하면 앞으로 더 심한 굴종을 강요할 것이니 목숨을 걸고 항전해야 한다는 척화파의 입장, 아니 지금의 굴복을 통해 백성들을 보호하고 후일을 도모하자는 화친의 논리 역시 실리를 챙길 수 있다는 점에서 나름의 설득력을 지닌다. 명분과 실리는 대체로 상충되어서 접점을 찾기가 쉽지 않다.

"상헌의 말은 지극히 의로우나 그것은 말일 뿐입니다. 상헌은 말을 중히 여기고 생을 가벼이 여기는 자이옵니다(최명길)

"전하, 죽음이 가볍지 어찌 삶이 가볍겠습니까. 명길이 말하는 생이란 곧 죽음입니다. 명길은 삶과 죽음을 구분하지 못하고, 삶을 죽음과 뒤섞어 삶을 욕되게 하는 자 이옵니다"(김상헌)

이조판서 최명길과 예조판서 김상헌이 인조를 가운데 두고 갑론을박하는 대목이다. 신흥대국 청의 대군이 남한산성 앞에 진을 친 채 기세를 올리고 있다. 청과의 협상을 주장하는 최명길은 소수파, 항전을 주장하는 김상헌은 다수파다. 둘의 대립은 외교관의 차이를 넘어 삶과

---

2) 영화에서 굳이 인상적인 한 두 대목만 들자면, 우선 민초들의 고통과 이유 없는 죽음을 표현한 '북문전투'를 빼 놓을 수 없을 것 같다. '아무 이유도 없이' 시체가 되어야 했던 민초들의 처참한 광경은 청병에 의해 죽은 것이 아니라 힘없기에 당하는 '학살'이고 '살육'이다. '강한 자가 약한 자에게 못할 것이 없는' 당시 세상의 이치를 적용한 셈이다. 또 하나를 더 든다면 말(馬)과 가마니를 사이에 둔 사대부와 민초들의 대립 장면도 빼놓을 수 없을 것 같다. 삶의 가치보다는 '먹고 사는 것'이 삶의 전부인 세계를 극명하게 잘 보여주기 때문이다. 그런 정글 같은 현실 속에서도 최명길과 김상헌 같은 부류의 사람이 지도층에 있었다고 위로 받아야 하는 현실에 가슴이 아리다.

죽음, 현실과 이상의 충돌로 이어진다. 상황이 여의치 않자 최명길은 조정에 나오지 않고 칩거한다. 마당의 눈을 쓸던 최명길은 자신을 찾아온 김상헌과 마주친다. 둘은 공손히 인사한다. 이 인사에는 입장이 다른 상대방에 대한 최대한의 존중이 담겼다.

전세가 기울자 상헌에게 화친의 편지를 쓰라고 명한다. 그 굴욕을 대신 감내하겠다고 나서는 이는 명길이다. 명길은 임금에게 조정에 돌아가면 상헌을 내치지 말고 가까이 두고 쓰라고 간곡하게 진언한다(임금이 화친하기로 하고 청의 굴욕적 요구를 받아들이자 상헌은 자결하고 만다). 상헌이 충신임을 알아보는 이 역시 그와 목숨을 걸고 싸운 정적(政敵) 명길 뿐이다.

이처럼 <남한산성>을 보면 선조들의 의리와 깊이를 가늠하게 하는 대목들도 만나게 된다(이와 대비되어 지도층의 무능과 부패의 장면들이 적나라하게 드러나기도 한다). 임금 앞에서 목숨을 바칠 각오로 치열하게 논쟁도 하지만 상대에 대한 배려와 신뢰를 견지한 품격이 담겨져 있다. 진정으로 나라와 백성을 위하는 마음은 같았기 때문일 것이다.

동시에 47일간 산성에서 항전하면서 국력이 약하니 백성들이 당하는 설움과 고단함도 놓쳐서는 안 될 장면들 같다. 이러한 점이 자주 클로즈업(close-up) 되고 있는 것도 이 영화에서 눈여겨 볼 대목이기도 하다. 한 사회의 지도층이 무능하고 부패하면 백성들이 당하는 고단함과 강퍅한 현실은 가속도가 붙기 마련이니까.

영화 <남한산성>을 보면 작금의 우리나라가 처한 상황도 오버랩(overlap)되기 마련이다. 이미 정치권에서 나름의 해석을 내놓았다. 군주의 무능으로 백성들의 삶이 고단한 것처럼 최고 지도자의 역량을 국가안보와 연결시키는가 하면, 또 다른 축에서는 지도층의 무능과 아집으로 백성들의 삶이 파탄나고 있는 당시의 현실을 진단하면서 개혁의

남한산성의 모습, 청나라의 외침으로 왕과 신하 그리고 백성들이 47일간 항전을 하다가 항복한 역사의 현장이다. 굴욕의 역사가 주는 교훈을 망각해서도 안 되는 엄연한 역사 교육의 현장이기도 하다

정당성을 주문한다.

같은 영화를 보고 정반대의 각기 다른 해석을 거칠게 한 셈이다. 정파적 입장에서 보면 각기 다른 해석이 가능할 수 있다. 관람하는 입장에서 해석의 권리는 주어져 있고, 또 아전인수(我田引水)식의 무리한 해석만 아니라면 대중매체에 대한 이러한 접근이 우리 사회에 유의미한 파장을 던져주기도 한다. 다만 어떤 해석이 보다 타당하고 설득력을 확보하고 있느냐가 관건일 뿐이다.

이런 점에서 영화를 감상한 대중들이 한반도가 처한 현실을 오버랩시키고 상상력을 동원하며 현재적 해석을 하는 것은 지극히 자연스러운 현상이다. 이런 점에서 다소 도식적이지만 작금의 우리나라가 처한 상황을 미국과 중국 등 주변국가와의 관계를 연계시켜 해석하는 것도 무리는 아니다.

영화 <남한산성>은 김훈의 동명의 소설을 원작으로 한 경우인데,

작가도 티브이 인터뷰에서 관객들의 이러한 맥락의 해석을 자연스럽게 받아들인다고 밝힌 바 있다. 또 영화가 원작소설에 내포된 작가 의도(작가정신)를 어느 정도 살렸음을 내비추기도 했다. 3) 요컨대, 우리나라와 미국 또는 중국이나 일본과의 관계설정일 게다. 한국과 미국은 오랫동안 국가안보를 함께 해온 우방이다. 미국은 우리나라의 자유민주주의 체제를 수호하고 정착시키는데 실질적인 도움을 주었음도 부인할 수 없다. 비슷한 맥락에서 한국과 미국과의 동맹관계를 감안한다면 배척만이 능사는 아니고 실익도 없다. 그렇다고 반미나 탈미(脫美)를 주장하면 사갈시(蛇蝎視)해 버리는 풍조 역시 마치 조선이 중국에 취한 맹목적 사대주의를 연상시킨다. 당시 사대주의 역시 약소국으로서 생존전략이자 명분을 중히 여기는 당시의 세계관의 반영일수 있지만 작금의 국제정세와는 맞지 않기 때문이다.

과거 우리나라가 미국에 의존한 것은 살아남기 위한 생존의 전략이었다. 그럼 작금의 현실도 그러한가. 각기 현실을 진단하는 차원을 넘어 세계관의 문제와도 맞닿아 있으니 간단치 않은 문제이다. 다만 장기적으로 냉정하게 짚어볼 본질적 사안이다. 미국과의 우호적 관계를 지속적으로 유지해야 할 경우도 있겠지만 경우에 따라서는 탈미가 필요한 상황도 있는 만큼 국가 지도자를 포함해서 국민적 역량과 지혜가 결집되었을 때 그나마 실마리가 풀리지 않을지.

아직도 우리는 약소국의 입장에서 중국과의 관계 설정도 염두에 두

---

3) 연구자들은 대체로 원작의 충실 유무는 작품의 완성도나 작품성과는 별개로 보는 추세가 강하다. 비유적으로 말하면, 소설가는 밀가루를 팔았을 뿐이고 영화감독이나 제작사 측에서 그 밀가루를 가지고 수제비나 만두를 만들 것인지 아니면 국수를 만들지는 것인지는 그쪽의 재량과 판단에 맡겨야 한다는 논리이다. 하지만 아직도 원작의 충실도를 가지고 영화의 완성도나 작품성을 논하는 분위기가 잔존해 있다. 더 중요한 건 원작에 담겨진 작가정신을 영화에서도 오롯이 잘 살려내었느냐가 관건이 된다.

지 않을 수 없는 형국이다. 중국은 지정학적으로 혹은 경제 · 문화적으로 인접해 있다. 문화적 친연성도 강하다. 생존의 전략 차원에서 미래 지향적으로 국가를 운영해야 할 지도자의 안목과 혜안이 요구되는 것도 이러한 맥락에서다. 너무 한쪽에 의존하다 보면 종속이 될 것이기에 이것을 넘어서는 결단과 준비가 필요한 것이다.

암튼 영화 <남한산성>은 원작소설에 담겨진 분위기와 메시지를 잘 담아냈다는 인상을 받았다. 김훈의 문체는 유려하면서도 진중하고 메마른 건조체다. 때론 '역사적 허무'가 도사리고 역사적 관조를 유지하기 좋은 문체인 셈이다. 대체로 그의 문체는 부사나 형용사를 별로 쓰지 않는 단문으로 독자들 입장에서도 잘 읽힌다.

원작소설이 김훈의 문체에서 오는 '역사의 허무'가 다소 배어 있다면, 오히려 영화는 화친파 최명길에 무게중심이 쏠린 듯 하면서도 척화파 김상헌의 결기와 명분이 팽팽하게 대립하는 장면(혹은 자결)을 통해 균형감을 유발함으로써 '역사의 허무'에 다소 벗어난 느낌을 주기도 한다. 4)

영화는 원작의 중요한 대목을 대사에 압축적으로 반영되어 있을 뿐 아니라 오늘날 우리가 처한 상황을 비추는데 적지 않은 시사점을 제공하고 있다는 점에서도 인상적이다. 흔히 영화는 한번 보는 것으로 영화에 담겨진 메시지를 다 파악한 것으로 보는데, 명작은 중의성(重義性)이 강해서 보면 볼수록 내포된 의미가 더 선명하기 마련이다.

이런 점에서 영화 <남한산성>이 주는 메시지는 쉽게 사그라질 것 같지는 않다. 영화 감상평을 쓰는 것도 이러한 맥락에서다. 동시에 영화 <남한산성> 원작소설인 김훈의 <남한산성>의 일독을 권하고 싶다. 장르를 불문하고 명작은 당대의 현실을 조명하는 거울이자 바로미터가 되기 때문이다.**

---

4) 영화 <남한산성>과 김훈의 원작소설과의 비교 및 그것이 갖는 문화적 의미에 대한 보다 자세한 사항은 별도의 지면이 요구되기에 지면을 달리해서 발표할 생각이다.

4부

남도 밖 문화기행

오스만제국의 융성과 쇠락을 좇아서

▶ 떠나면서

가족들과 모처럼 여행이다. 7박 8일 정도의 일정으로 터키의 이스탄불을 주로 둘러보는 코스다. 출발하기 전 설렘도 있지만 몇 가지 우려도 있었다. 무엇보다 코로나19로 인해 나라 안팎으로 조금 어수선한 분위기에서 출발한 여행이다. 해외 나가는 것이 부담스럽기도 하고 또 신경이 쓰였다. 여행을 가기 전만 해도 국내 상황은 코로나19 확진자가 30여명 정도라서 그렇게 심각한 단계는 아니었다. 여행 취소도 생각했지만 앞으로 가족 모두 함께 하는 여행은 쉽지 않을 것 같은 조바심도 강행하는 데 한 몫 했다.

또 하나는 난생 처음으로 10여 시간 남짓 비행기를 타고 갈 생각을 하니 한편으로는 걱정이 되기도 했다. 경험칙상 닥치면 아무 일도 아닌 경우도 많거니와 또 무난하게 감당해 왔건만 소심한 성격 탓도 있다.

이스탄불로 직항하는 비행기를 막상 타고 보니 기내에서 티브이나 영화를 보고 혹은 책을 보면서 가니 10여 시간은 그런대로 견딜 만했다. 그리고 이곳 터키에 도착해 보니 코로나19가 아직 확산되기 전이라 그런지 생각보다 비교적 경계(?)가 심하지 않았다. 마스크를 쓰고 다니는 사람은 거의 없을 정도였다. [1] 동양인들이 마스크를 쓰고 다니면 오히려 괜히 불편한 인상을 줄 것 같은 분위기였다. 부디 우리 가족들이 안전하게 여행을 무사히 마치고 돌아가기를 가장의 입장에서 간절하게 바라는 심정뿐이었다.

비행기 안에서 비몽사몽의 시간을 보내다 다음날 오후 3시 무렵 이스탄불 공항에 도착했다. 몇 년 전에 이스탄불 공항에 폭탄 테러가 발생해서 그런지 아니면 원래 공항의 경비가 삼엄한 건지 공항 경비대들이 완전 무장을 한 모습이 눈에 자주 띄었다. 면적상으로 볼 때 인천국제공항의 2-3배쯤 된다는 소리를 얼핏 들었다. 이스탄불 공항에서 수속을 마치고 예약된 차량을 이용해서 1시간 정도 이동하니 구시가지의 숙소에 도착할 수 있었다.

이스탄불은 두 대륙의 접점이고 보스포루스 해협의 지정학적 요충이라는 경제 지리학적 특성 때문에 과거에는 실크로드의 전략거점이었고 지금은 유럽과 아시아를 잇는 철로의 연결점이 되어 있다. 하지만 도시의 규모는 예전과 비교하기 어려울 만큼 달라졌다. 무엇보다 인구가 1950년 이후 열 배 늘어 1천 500만이 되었다. 보스포루스 대교와 술탄 메메트 대교를 설치해 두 대륙을 도로로 연결했고 마르마라 해협을 가로지르는 해저터널을 건설하는 중이다. 터기 국내총생산의 1/4을 창출하는 도시답게 이스탄불 곳곳의 부도심에는 초고층 오피스 빌딩과 아파트가 들어서 있다.

---

1) 일주일 후쯤 우리 가족이 귀국할 즈음에는 한국의 코로나19 확진자가 급증하자 터키는 한국인의 입국을 제한하는 조치를 취했다.

착륙하기 전 이스탄불의 전경. 여행자의 마음이 설렌다

첫째날이다. 숙소에 여장을 푼 뒤 구도심의 골목길을 산책하듯이 구경하면서 20여분 걸어서 '이집션 바자리' 시장에 도착했다. 시장으로 가는 동안 화려하거나 번잡하지 않은 한적한 도심의 골목을 둘러보는 재미도 제법 쏠쏠했다. 이곳 사람들의 삶의 풍속도와 이국적인 도심의 풍경을 가볍게 접할 수 있는 기회다.

터키 전통시장에서 선물용으로 로쿰(Lokum)을 몇 상자 구입하였다. 로쿰은 터키의 전통 과자이며 젤리의 일종이다. 시식용 로쿰을 몇 개 먹어보았는데, 너무 달았다. 어린 시절에는 단 음식들을 좋아했는데, 식성이 변했는지 많이 먹지는 못했다.

짧은 시간에 둘러본 느낌은 터키의 전통 먹거리 위주로 관광객을 상대로 판매하는 시장이었다. 우리 가족이 시장을 둘러보는 동안 판매원들이 가게 밖까지 나와 어눌한 말씨로 "안녕하세용?" 이라고 한국말을 건네는 모습을 보니 한국인들이 꽤 많이 온다는 인상을 받았다. 저녁 7시면 시장이 일제히 문을 닫는 것을 보면서 시민들이 저녁이 있는 삶을 구가한다는 생각이 들었다. 여유와 자유로움을 느낄 수 있었다.

구도심 근처의 외곽이라 그런지 깨끗하거나 정갈한 느낌을 받지는

'이집션 바자리'시장의 입구.
이곳에도 사람 냄새가 난다.

못했다. 오히려 다소 지저분한 느낌마저 들었지만 한편으로는 시장으로 가는 골목과 시장의 풍경에서 인간미 냄새와 삶의 현장이 자연스럽게 느껴졌다. 구도심이다 보니 차도나 골목이 좁은데 주로 소형차들이 곡예 하듯이 비껴 다니는 풍경은 아기자기한 인상을 주었다. 좁은 골목에서도 늘어선 차들이 서두르지 않고 사람을 먼저 배려하는 모습도 인상적이었다.

두 번째 들른 곳이 술레이만 모스크이다. 이스탄불 구시가지의 7개의 언덕에는 모두 모스크가 있는데, 술레이만 모스크는 7개의 언덕 중 가장 높은 언덕에 위치하고 있었다. 설계자는 오스만투르크(1299-1922)의 최고의 건축가로 알려진 미마르 시난(Sinan, 1490-1588)이다. 비잔틴 건축의 영향을 볼 수 있는 건축물로 웅장함과 기품이 넘쳐 흐르고 있었다. 이스탄불에서 두 번째로 큰 사원이다.

술레이만은 터키어로 솔로몬인 점을 감안하면 터키 국민들로부터 많은 추앙을 받았던 왕이다. 술레이만 1세는 헝가리 부다페스트의 공성전에서 사망하자 바로 공사에 착수해서 완성했다고 한다. 국민들로부터 추앙받는 왕을 위해 세운 사원이니만큼 그 규모가 크고도 웅장했다.

이스탄불의 모스크라면 일반적으로 뒤에 나오는 아야소피아나 블루

톱카프 궁전 입구. 궁전 안을 들여다보기 전 입구는 여행자의 마음을 설레이게 하는 곳이다.

모스크가 널리 알려져 있지만, 이 사원은 건축적인 면에서는 독특한 건축물로 평가받고 있다. 대지의 선정, 진입동선의 설계, 내부 구성, 주요 컨셉, 색상 구성, 디테일에 이르기까지 건축적인 요소들이 뛰어나기 때문이다. 저녁시간이라 내부를 자세히 볼 수는 없었지만 높은 언덕에서 위치해서 장관이었다. 사원 외곽에서 밖을 보니 건너편 도시의 불빛 사이로 유람선들의 불빛도 반짝이며 왕래하고 있었다.

이곳 야경과 풍광은 장관일 정도로 널리 알려진 곳이다. 어느 곳에 가든지 웬만하면 야경은 좋기 마련이다. 더욱이 여행자의 마음이 평안하면 내가 자리한 곳의 풍광은 더 좋기 마련이다. 풍경은 마음의 투영이기도 하다. 같은 장소를 다녀 보아도 사람마다 각기 다른 느낌과 풍경으로 다가오지 않던가.

숙소로 돌아오는 길은 아들이 걸어갈 정도는 된다고 했지만 나와 아내는 다리도 아프고 배도 고파서 숙소로 빨리 돌아오고 싶었다. 평소 나름으로 건강을 자신하던 나도 시차 적응이 안 돼서 그런지 갑자기 피곤함이 밀려왔다. 내가 안 걷겠다고 고집을 피우니 딸이 콜택시를 불러서 숙소로 편하게 왔다.

숙소 레스토랑에서 저녁을 먹으니 원기를 조금 회복했다. 레스토랑에서 지배인의 권유로 라쿰(터키의 전통술로 40도 정도의 독주)을 조금 먹어보니 맛이 영 이상하고 낯설었다. 무엇보다 조금 맛을 보니 마치 양말에서 나는 고린내와 유사해서 역겨웠다. 그런데 며칠 뒤 아들의 권유로 원샷으로 다시 먹어보니 술기운이 확 올라오면서 기분이 좋았다. 일전에 조금 맛본 것과는 다른 느낌으로 다가왔다. 나도 나름의 애주가를 자처하는데 아들한테 한 수 배웠다. 독주는 맛을 보는 것이 아니라 원샷으로!

여행은 색다른 경험을 통해 내 삶의 영역을 확장하는 계기가 아니던가. 익숙한 것과의 잠시 거리를 두면서 새로운 문화를 접해 보는 것이 여행의 묘미이다. 익숙함은 편안함도 주지만 자칫 매너리즘에 함몰되기 마련이다. 인류 문명의 발전은 편안함과 안락함을 통해 행복을 추구하고 싶은 인간의 욕망에 기인한 측면도 크지만 동시에 이젠 부작용도 따른다. 이를테면 자연환경의 파괴로 인한 생태계의 붕괴와 기후변화에 따른 자연재해도 심각하지 않은가. 매너리즘에 함몰되지

톱카프 궁전 내 제4정원 근처 레스토랑에서 바라본 지중해 연안. 바다 건너 이스탄불 신가지와 아시아가 한 눈에 들어오는 느낌이다.

않고 삶의 충전을 위해 혹은 활력을 찾아서 인간은 낯선 곳으로 떠나는지도 모른다.

첫날이니 피곤해서 일찍 잠자리에 들었다. 새벽 5시쯤 '아잔'2) 소리에 잠이 깼다. 터키를 여행하는 동안 하루에 5차례 정도 일정한 간격으로 '알라신을 경배하라'는 독려의 소리를 들어야 했다. 95%가 무슬림인 터키 국민을 생각해 보면 종교가 그들의 생활과 문화에 얼마나 깊숙이 배어있는지 짐작하고도 남는다.

둘째날이다. 먼저 구시가의 3대 건축물이라는 톱카프 궁전을 둘러보았다. 아야소피아 뒤편 보스포루스해협을 내려다보는 언덕 끝에 있는 이 궁전은 이름, 건물의 공간과 구조도 흔히 생각하는 궁전과는 사뭇 달랐다.

톱카프는 '포문(砲門)'이라는 뜻으로, 궁전과는 전혀 어울리지 않는 말이다. 한때 화려한 제국을 일구었던 오스만제국의 황제들이 머물던 왕국에 비하면 그 규모는 소박하고 전통적이라는 느낌마저 들었다. 건물들은 단순하고 투박한 사각형이었고 정원 역시 화려함이나 우아함과는 거리가 멀었다. 세월이 많이 흐른 탓에 곳곳이 보수공사를 하고 있어 일부 공간의 방문은 제한하고 있었다.

톱카프 궁전은 걸출한 건축가 한 사람의 작품이 아니라 술탄 메메트 2세가 거처와 관청으로 쓰려고 지은 여러 건축물과 생활공간의 집합이다. 술탄의 집무공간을 중심으로 넓은 정원과 도서관, 술탄의 네 부인과 자녀들이 거주하는 하렘도 있었다. 요즈음의 접견실, 요리실, 도서관 그리고 터키의 전통예술과 문화를 접할 수 있는 곳이자 역대 술탄의

---

2) '아잔'은 고함 같기고 하고 노래 같기도 한데, 내용이 무척 궁금했다. 알라와 예언자 무함마드를 예찬하고 기도해서 구원을 받으라고 권하는 내용으로 알려져 있다. 혹자는 아잔을 "우리의 전통 시조창과 사찰의 독경 소리를 적당히 섞어서 판소리 스타일로 부르면 비슷하게 들릴 것 같았다"는 표현을 하던데 공감이 간다.

거처를 돌마바흐체 궁전으로 옮기기 전까지 378년 동안 남유럽, 동유럽, 서남아시아와 북아프리카 해안지역을 지배한 제국의 심장부였다. 터키공화국 정부는 이 궁전을 황실의 보물, 무기, 도자기, 귀금속, 장신구를 전시한 박물관으로 만들어 관광객을 끌어 모으고 있다.

헤드셋을 끼고 한국어로 해설된 설명을 들으니 방문한 곳곳에 대한 개요와 윤곽은 어느

오스만제국 술탄의 힘과 종교적 권위를 나타내는 표식이 되었던 아야소피아 박물관. 불친절하고 난해한 테스트이자 건축물로 정평이 나 있다.

정도 파악할 수 있었다. 가장 붐비는 곳은 보물 전시실이라고 들었다. 주먹만 한 다이아몬드와 보석으로 치장한 요람은 희귀한 구경거리였다. 이 보물들 때문에 톱카프 궁전은 군인들이 경비한다. 궁전의 보물을 다 팔면 터키 국민이 4년 동안 먹고 살 수 있다는 말이 회자될 정도라니 상상해 보시길!

두 번째 방문지로 이동하기 전에 제4 궁전 근처 레스토랑에서 보스포루스해협을 바라보면서 점심을 먹었다. 이곳에서는 바다 건너로 신시가지와 아시아를 모두 볼 수 있었다. 그나저나 우리가 언제 궁전에서 식사를 할 수 있겠나. 나름으로 치열하게 산 사람들이 여행을 통해서

가끔 호사(?)를 누리며 치열하게 사는 삶도 괜찮지 않을까.

레스토랑 음식은 터키의 전통 음식을 맛볼 수 있는 식사였다. 이슬람 문화는 돼지고기 종류의 음식은 금식을 하니 아예 메뉴판에 없었다. 식성에 따라 양고기 요리, 닭고기 요리 위주로 먹고 후식으로 석류 주스와 요플레보다 묽은 아이란 등을 먹었다. 아들은 아이란이 입맛에 맞는지 즐겨 먹곤 했다. 난 그저 그랬다. 지중해 연안이다 보니 석류 주스는 흔하기도 하거니와 내 입맛에도 맞았다. 여행하면서 맛보는 이국의 음식문화 또한 여행의 묘미이자 빼놓을 수 없는 요소다.

오늘 일정상 두번째 방문한 곳은 아야소피아 박물관이다. 이스탄불에 온 여행자들이 이곳을 맨 먼저 들른다고 한다. 도시의 역사와 터키 공화국의 고민을 이해할 수 있기 때문일 것이다. 아야소피아는 이스탄불에서 단연 독보적인 건축물이다. 우선 그 규모의 웅장함과 화려함에

블루 모스크는 유일하게 미나렛이 6개인 이슬람 사원이다. 술탄의 자미도 4개를 세우게 되어 있는데, 이와 관련된 여러 사연도 궁금하다.

놀랬다. 아니 입이 딱 벌어졌다. 붉은 기운을 은은하게 내뿜는 아야소
피아 외관은 웬만한 궁전보다 더 화려했다. 원래 교회건물이었는데 주
위를 이슬람 사원의 표식인 미나렛(minaret, 이슬람사원의 첨탑의 터키
어) 4개가 둘러싸고 있었다. 사연은 이러하다.

스물한 살의 젊은 술탄 메메트 2세는 콘스탄티노플을 점령한 오스만
투르크 병사들을 자신들의 율법에 따라 사흘 동안 마음껏 약탈하도록
허용하면서도 이곳을 파괴하지 못하게 막아섰다. 도시의 이름을 이스
탄불로 바꾸어 오스만제국의 수도로 선포한 그는 교회 건물을 '아야소
피아 자미'로 개조했다. 앞에서 진술했듯이 외부에 4개의 미나렛을 세
우고 내부 벽의 기독교 성화를 희반죽으로 가렸으며, 중앙의 십자가 자
리에 이슬람의 설교대 민바르(Minbar)와 예배 방향을 안내하는 역할을
하는 미흐랍(miharb)을 설치하고 천장에는 상들리에를 달았던 것이다.

기독교 교회 건물(하기아 소피
아)은 이렇게 이슬람 사원 아야
소피아 자미로 바뀌어 비잔틴제
국의 황제가 아니라 오스만제국
술탄의 힘과 종교적 권위를 나
타내는 표식이 되었던 것이다.

좀 더 구체적으로 건물 안을
들여다 보았다. 중앙 제단에는
이슬람의 계단식 설교단 민바르
와 기도방향(메카)을 표시하는
벽장식 미흐랍이 있었다. 벽에
는 기하학적인 아라베스크 문양
이 가득했고, 벽 상단을 따라 코

갈라탑에 놀러 온 갈매기. 사람을 보아도
별로 경계하지 않고 멀뚱거리는 모습에서
평온함도 느낀다.

란 글귀를 세긴 원형 나무판이 걸려 있었다.

틀림없는 자미(Camii, 아슬람 사원을 가리키는 터키어)였다. 그렇지만 중앙의 마흐랍 위 벽과 2층 곳곳에는 마리아, 예수, 세례 요한, 천사, 비잔틴 제국 황제가 등장하는 기독교 성화가 있었다. 원래 교회였다는 증거들이다. 복원의 흔적도 곳곳에 배어 있다. 이름만 박물관이지 특별한 전시품이 없어도 관광객들의 호기심을 자극할 만하다.

한마디로 지극히 불친절하고 난해한 박물관이자 동시에 크고 화려한 종교적 건축물로서의 텍스트로 평가되고 있는 것도 이와 무관하지 않을 것 같다. 어려우면 골치 아프고 피하고 싶기도 하지만 풀고 나면 성취감도 느끼는 것처럼.

사람이든 집이든 오래 살면 별일을 다 겪기 마련이듯이 아야소피아 박물관이 그러한 경우다.3)

아야소피아 자미의 종교적 정치적 지위는 500여 년 유지하다가 터키 공화국의 무스타파 케말 (아티튀르크) 대통령이 박물관으로 바꾸었을 때 끝이 났다. 역사에는 가정이 없다고 하지만, 아야소피아의 비잔틴제국 시대 모자이크와 프레스코화가 1935년 박물관 개조 공사할 때 빛을 보지 못했다면 지금도 여전히 회칠된 상태로 그저 웅장한 하나의 건축물에 지나지 않았으리라. 아무튼 조상이 물려준 유산으로 인해 터기 후세들이 그 혜택을 톡톡히 보는 셈이다. 기독교 성화 스토리를 통해 상상의 공간을 펼칠 수 있는 묘미 또한 여행이 주는 선물이다.

---

3) 최초의 아야소피아를 지은 사람은 콘스탄티누스 황제였다. 그런데 이 교회는 콘스탄티노플에서 큰 정변이 날때마다 부서지고 불타고 다시 지어졌다. 지금의 아야소피아는 유스티아누스 황제가 완공했다. 유스티니아누스 황제는 혹독하게 권력을 행사하면서도 대량학살의 죄책감('니카반란'을 진압하는 과정에서 당시 거주민의 15%에 해당하는 3만명이 죽었다고 한다)을 덮고 싶어서 신앙에 더 깊게 의존했던 것 아닐까. 동시에 또 다른 반란을 예방하려고 황제의 권위를 더 높이려 했던 수단이 작용했다고 보는 시각도 있다.

아야소피어와 '경쟁하며 공존하는' 근처 블루 모스크를 방문했다. 아야소피아는 비잔틴 제국의 아이콘 건축물이고, 블루 모스크는 오스만 제국의 아이콘 건축물이다. 정식 이름은 1616년 사원을 완공한 14대 술탄의 이름을 딴 '술탄 아흐메트 1세 자미'이지만, 2만 장의 외벽 청색 타일과 200개 넘는 푸른색 스테인드글라스 창문이 은은한 푸른색을 내뿜고 있어서 다들 블루 모스크라고 한다. 블루 모스크에는 미나렛 (minaret, 이슬람사원의 첨탑의 터키어)이 6개나 된다. 미나렛 수는 자미를 만든 사람의 지위에 따라 달라지는데, 술탄의 자미는 4개를 세우게 되어 있었다. 그런데 블루 모스크에 메카의 카바 신전과 맞먹는 수의 미나렛을 세웠으니 논란이 생겼을 법도 하다. 그래서 아흐메트 2세는 메카 성전에 미나렛을 하나 더 세워 7개로 늘렸고, 블루 모스크는 유일하게 미나렛이 6개인 이슬람 사원이 되었다.[4)]

블루 모스크를 나오니 공원 주변에 개와 고양이들이 여유롭게 노니는 모습이 인상적이었다. 터키는 이슬람 문화를 숭배하는 나라로 마호메트에 대한 존경과 경배는 절대적이라고 해도 과언이 아니다. 마호메트의 동물에 대한 사랑이 남달랐다고 알려져 있다.

특히 고양이에 대한 애호가 컸다고 한다. 고양이들이 사람들을 전혀 경계하지 않는 이유를 알 것 같았다. 공원이나 사원 근처 어디를 가든 고양이와 개들이 여유롭게 자유를 만끽하는 모습이 자주 눈에 띈다. 특히 고양이들이 전혀 경계심을 갖지 않고 여유롭게 다니는 모습이 인상적이었다.[5)] 사원이나 관광지 근처 개들은 목에 칩을 달고 있는 것을 보

---

4) 미나렛은 개수 뿐만 아니라 높이도 자미의 지위를 드러내는 지표다. 하루 다섯 번 기도의 시간이 되면 '무아진'이라는 직책을 가진 직원이 미나렛에 올라가 기도 시간을 알리는 '아진'을 외친다.
5) 작년까지 키우던 우리 집 반려묘 '쿤'의 모습도 오버랩 되고 있었다. 필자는 반려묘 '쿤'를 키우면서 든 생각을 『순천문단』 36집(2017)에 졸고 "고양이의 표정"을 통해서도 표현한 바 있다.

니 누군가 체계적으로 관리하고 있다는 인상도 받았다. 인간과 동물의 공존! 동물 역시 인간이 돌보면서 공존하는 삶이 평화와 안락에 기여하는 삶이 아닐까.

숙소로 돌아오는 발걸음은 피곤한 상쾌함으로 밀려왔다. 힘든 코스를 지나 산 정상에 오르면 몸은 피곤하지만 기분이 좋고, 또 하산한 후에는 육체적으로 피곤은 하지만 정신은 맑지 않던가.

이번 여행은 우리 부부가 인연을 맺은 30주년을 기념하는 의미도 더했다. 돌이켜 보니 때로는 여느 부부처럼 의견 차이로 티격태격하기도 하지만 크게 다투지는 않은 편이다. 아내가 주로 참아가면서 비교적 지혜롭게 처신했던 것 같다. 가족 여행을 꺼리는 경우도 있다고 들었다. 인상에 남는 여행을 통해 새로운 추억을 쌓고 동시에 가정의 화목에도 보탬이 되도록 가장으로서 역할도 충실하게 해야겠다는 생각이 들었다. 나이가 들면서 부부가 때론 심드렁하고 권태로움을 느껴질 때 여행을 적극 권하고 싶다.

세번째 날이다. 오늘은 보스포루스해협 유럽 사이드에 있는 돌마바흐체 궁전과 갈라타 탑을 둘러볼 참이다. 트램(도로 위에 깔린 레일 위를 주행하는 노면전차)을 타고 돌마바흐체 궁전을 가면서 이스탄불의 구도심과 신도심의 정경을 엿볼 수 있었다. 이스탄불은 인구면에서 세계 5대 도시 중의 하나로서 도시의 규모는 세계적이다. 터키는 지중해를 사이에 두고 유럽과 아시아를 연결하는 통로 역할을 해 왔으니 동서양 무역의 규모와 교류를 가히 짐작해 볼 수 있다.

오늘 일정상 갈라타 타워와 돌마바흐체 궁전을 둘러보기 위해서는 갈라타 다리를 건너야 한다. 1845년 만든 갈라타 다리는 구시가의 에메뇌뉘와 골든 혼 건너편 신시가의 카라쾨이를 연결했다. 원래 있던 다리를 골든 혼 상류로 옮기고 1990년대에 새로 만든 갈라타 다리는 관광명소가 되었다. 아래층은 카페와 레스토랑이고 위로는 자동차와 트램이 다닌다. 갈라타 다리를 건너는 동안에도 비가 부슬부슬 내렸지만 흠뻑 적실만큼은 아니어서 그런지 우산을 준비하지 못한 시민들도 비를 맞으면서 활보하는 모습이 자연스러워 보였다. 꽤 익숙한 모습 같았다. 20여분 정도의 시간이면 될 것 같아 다리를 건너 가는데 다리에서 시민들이 유유자적하게 낚시를 즐기는 모습도 인상적이었다. 다리 난간에서 고등어와 청어 새끼를 낚으며 잔 손맛을 보는 낚시꾼들로 북적였다. 대체로 노인들이 많았다.

갈라타 교를 건너 갈라탑까지는 그리 멀지 않았다. 갈라탑은 언덕배기 제일 높은 곳에 위치해 있는 만큼 과거에는 지중해를 오가는 배들의 등대 역할을 했으며, 세계에서 가장 오래된 탑으로도 널리 알려져 있다. 엘리베이터를 타고 70여 미터의 탑에 오르니 이스탄불 도시의 전경이 한눈에 들어왔다. 골든 혼 건너 구시가지의 톱카프 궁전, 아야소피아, 블루 모스크 등이 보였고, 갈라타 다리와 골든 혼 뿐 아니라 해협 건너편 아시아 사이드와 마르마라 해까지 시야에 들어왔다.

6세기 초 비잔틴제국의 유스티니아누스 황제가 이 자리에 세운 탑은 십자군이 부숴버렸다. 구시가지를 넘보는 외부 침략자들의 동향을 감시하려면 여기에 관측소가 있어야 했기 때문에 14세기 중엽 탑을 재건했다. 도시가 커진 후에는 화재 감시 초소로도 활용했다고 한다. 1960년대에 들어 갈라탑은 부서졌던 지붕과 내부를 말끔하게 수리하고 지금의 레스토랑과 전망대를 갖추었다.

갈라탑에서 보스포루스해협을 바라보면서 드는 생각은 인간 개개인은 한 조각의 돛단배 같다는 생각이 들었다. 역사는 유구해서 수천 년을 지속해 갈 터이지만 인간은 8-90여 년 지구상에 잠시 머물다 몇 가지 흔적을 남기고 가는 미미한 존재! 나약하고 미미하지만 각자의 존엄성을 갖고 살아야 하는 숙명! 여러 가지 상념들이 스치고 지나갔다.

갈타탑에서 든 여러 상념들을 뒤로 하고 트램을 타고 돌마바흐체 궁전을 둘러보기로 했다. 돌마바흐체 궁전에 들어서면서 받은 첫 인상은 그리스 신전을 옮겨놓은 것 같은 착각이 들 정도로 일단 화려했다. 또한 1856년 완공한 이 궁전은 길이 500미터에 연회장이 43개, 방은 285개나 될 정도로 규모가 크다. 제국의 힘과 술탄의 권위를 내보이려 했던 궁전 신축은 제국의 붕괴를 오히려 재촉했다. 유럽 열강이 교육과 과학 기술을 진흥하고 신무기를 갖춘 상비군을 양성했던 시기에 엉뚱하게도 생산적 기능이 거의 없는 궁전 신축에 에너지를 소모했기 때문이다. 술탄들이 생산적인 분야에도 관심을 기울였으나 둔감하고 상대적으로 소홀했기에 제국의 붕괴를 앞당긴 셈이다.

돌마바흐체 궁전은 쇠락해 가기 전에 지은 궁전으로 오스만제국 슐탄의 위세와 마인드를 추단(推斷)해 볼 수 있는 흥미거리를 제공해 준다. 앞에서 살펴본 톱카프 궁전에 비해 전체적으로 스케일도 크고 건물의 규모도 더 웅장하고 화려했다. 톱카프 궁전과 쌍벽을 이룬다고 하지만 둘은 모든 면에서 대조적이었다. 투박하고 검소한 톱카프 궁전은 제국의 탄생을 증언하는 반면, 화려한 돌마바흐체 궁전은 기울어가던 제국의 황제가 느꼈던 불안과 열등감을 보여준다. 외벽만 대리석을 쓰고 집은 나무로 지었는데, 목재 표면을 절묘하게 처리해 전체가 대리석 건물처럼 보이게 했다. 장식과 집기에 금 14톤과 은 40톤을 썼다는 실내 공간에는 크리스탈 계단, 거대한 샹들리에, 곰 가죽, 나폴레옹의 피아노를 비롯해 각국 황제들이 보낸 갖가지 선물들을 전시하고 있었다.

돌마바흐체 궁전은 베르사이유 궁전과 비슷했다는 소리를 흔히 듣는다. 금으로 도배한 벽, 크리스탈로 장식한 벽난로, 술탄 전용 목욕탕, 복도 벽에 걸린 술탄들의 초상화, 남자만 들어올 수 있었던 대형 연회장, 4명의 황비들이 살았던 하렘까지 둘러보았으나 왠지 모를 씁쓸함이 느껴졌다. '가득 찬 정원'이라는 이름과 달리 진귀한 물건이 가득하다고 생각되지는 않았으니까. 겉은 화려하고 으리으리한데 진정성은 못 느꼈다고 해야 하나. 오스만제국 쇠락기에 오히려 더 크고 화려한 궁전을 지은 이유가 뭘까? 제국의 융성기에 지은 톱카프 궁전은 오히려 소박하고 아담했는데.

사람의 경우도 그렇다. 개인적인 성격 탓도 있겠지만 내면이 부실하거나 콤플렉스로 미만(彌滿)할수록 심성이 삐딱해서 '트러블 메이커'가 되거나 억지 주장을 펴기도 한다. 오버(?)하거나 튀려는 경향도 보인다. 관심을 모으기 위해서 일종의 방어기제를 작동하는 셈이다. 때로는 위장하기 위해서! 자신만 모르지 사람들은 이것을 이미 간파한다. 나이가 들면서 이런 부류의 사람은 젊은 세대들로부터 자칫 '꼰대'소리를 듣는다. 정작 본인은 '꼰대짓'을 하는 지도 모르니 그 폐해가 심각하다.

돌마바흐체 궁전을 둘러보는 동안은 비가 부슬부슬 내려서 야외에 나가기는 좀 불편한 날씨였다. 평일이기도 하거니와 코로나19로 인해 중국인 방문객을 제한하고 있어 비교적 한산했다. 궁전 옆 미술관을 둘러보면서 터키 화가들의 작품도 감상했다. 대체로 오스만제국이 정복전쟁을 하면서 활약한 과거의 영광을 재현해 놓은 작품들이 주종을 이루었고, 궁중생활의 모습이 담긴 그림들도 일부 전시해 놓았다. 사실주의적 경향의 작품들을 많이 전시해 놓은 것 같았다.

돌마바흐체를 둘러 본 뒤 숙소를 올 때는 여객선 배를 타고 건너왔다. 이스탄불 관광의 꽃이라는 보스포루스 해협의 유람선을 빠뜨릴 수 없다고 들었기 때문이다. 유람선 타기에는 일정상 여유가 없어 갈라타 다리 바로 앞 에메뇌뉘 선착장에서 구시가로 건너오는 유람선을 탔다. 선

화려한 돌마바흐체 궁전은 기울어가던 제국의 황제가 느꼈던 불안과 열등감을 보여주고 있어 화려한 만큼이나 씁쓸함도 더해준다.

착장 매표소에서는 5유로, 5달러, 또는 12리라에 탑승권을 팔고 있었다.

트램을 타기 전 갈라타 다리 아래 해산물 위주로 판매하는 레스토랑에서 저녁을 먹었다. 이번 여행의 예약 및 코스 안내 등 여행 전반을 주관한 딸에 의하면, 이곳 분위기에 취한 외국인 관광객들이 주문하는 과정에서 소통이 원활하지 못하면 바가지를 쓴다고 귀띔해 준다. 지배인의 호객행위에 살짝 눈살이 찌푸려졌다. 사람 사는 곳 어디에나 바가지 문화가 있나 보다는 생각이 들었지만 딸이 깐깐하게 확인하고 주문하니 상대적으로 저렴하게 먹은 편이었다. 비가 부슬부슬 내리는 날이라 석양녘을 바라보면서 식사하는 풍경과 맛은 느끼지 못했다. 지중해 연안에서 맑은 날은 많지 않을 것 같아 아쉬움을 달랬다. 지중해 연안 식당에서 저녁을 먹으면서 하나의 지구촌을 새삼 절감했던 하루였다.

코로나19를 아슬아슬하게 비껴갔다 온 여행이었다. 비행기로 10시간 넘게 달려간 그곳도 삶의 현장이었다. 인종이나 풍습은 다를지언정 지구상의 사람이 사는 곳의 본질은 크게 다르지 않았다. 저마다 스스로의 능력을 키우면서 행복한 삶을 위해 고군분투하는 모습도 비슷했다. 여행을 가서 생각해 보니 한 개인의 삶은 한 조각의 돛단배 같았다. 거친 풍랑을 만나면 흔적도 없이 사라질 수 있는 존재! 위대하지도 않지만 의미 있는 실존적 존재! 길 위에서 새삼 인생의 길도 있음을 절감한 여행이었다.

터키의 문화유적지를 돌아보고[1]

네번째 날이다. 이스탄불 공항에서 터키 국내선 비행기를 1시간 30분 정도 타고 이동하니 이스탄불 외곽에 도착했다. 비행기에서 내리니 숙소로 가는 밴이 공항에서 기다리고 있었다. 공항을 빠져나와 숙소로 이동하면서 창밖으로 터키의 시골풍경을 엿볼 수 있었다. 2월 중순 무렵인데 한 겨울 초입처럼 다소 을씨년스러웠다.

우리나라 6~70년대 시골 풍경과도 흡사했다. 낙후됐다는 의미는 아니다. 인구 밀집도가 높은 우리나라에 비하면 땅이 광활하고 개발의 흔적이 상대적으로 적다 보니 더 그런 느낌을 받았던 것 같다. 우리나라 시골 풍경이 전원적이고 한 폭의 동양화를 연상케 하는 장면들을 어렵지 않게 접해 볼 수 있다면, 이곳은 상대적으로 조금 삭막해 보였다. 숙소로 가는 저녁 무렵의 창 밖의 풍경이 야트막한 산과 들판에 간간히 녹지 않은 눈들로 인해 붉은 빛의 황토색이 하얀 색들로 뒤섞여 있어 더 그런 느낌을 받은 것 같다. 한 겨울의 끝자락에 있다는 스산함도 밀려왔다.

---

[1] 이 글은 필자가 터키를 다녀온 뒤 쓴 기행문으로 "이스탄불 여행기:오스만 제국의 융성과 쇠락을 좇아서"의 후속편임을 밝힌다.

지하 동굴 숙소 밖의 풍경. 다소 을씨년스럽다는 느낌도 들었지만 가족들과 함께 하니 이런 분위기도 감당할 만하다

예약한 숙소에 여장을 풀었다. 그런데 이곳 호텔은 지하 동굴로 된 숙소로 조금 낯설었다. 지하 2층을 우리 가족이 통째로 쓰는 것에 비하면 생각보다 숙박비는 저렴한 편이다. 예약한 딸의 말로는 한화로 30여만 원 정도를 지불했다고 들었다. 비교적 깨끗하고 시설도 좋은 편이었다.

숙소 밖을 나와 베란다에서 밖의 풍경을 보니 아직도 한 겨울 같은 스산한 느낌마저 들었다. 필자는 개인적으로 이런 분위기를 별로 반기지 않는다. 왠지 모르게 엄습하는 외로움과 쓸쓸함이 싫다. 홀로 여행 왔다면 더 쓸쓸하고 외로웠을 것 같았다.

여행 중 이런 분위기는 어린 시절의 외로움으로 오버랩(overlap)되곤 했다. 외로움을 많이 탄 편이다. 위로 큰 형님이 한 분 계시지만 나이가 열 살도 넘게 차이가 나다 보니 함께 하는 시간이 적었다. 주말 저녁에 이웃집에서 와자지껄하게 사람들 소리가 나면 더 외롭고 쓸쓸했던 기억이 난다. 외로움은 결혼을 하고 애들이 생기면서 자연스럽게 줄어들었다. 젊은 날은 나름 치열하게 살았기에 그런 마음의 여유(?)도 거의 못 느끼면서 앞만 보고 살았던 것 같다.

일요일 늦은 아침에 교회에서 나는 종소리도 나에겐 왠지 모를 외로움으로 다가왔다. 그런데 가족들과 함께 여행을 오니 이런 분위기도 싫지는 않았다. 어느 곳에 있어도 누구와 함께 하는 지가 중요하다는 생각이 든다. 가족은 어떤 어려움도 감당하게 하는 삶의 버팀목이자 행복 바이러스인가 보다. 삶의 행복은 거창한 데 있지 않으니까.

인간은 마음이 통하는 사람과 맛있는 음식을 먹으면서 담소하면 절로 행복해지는 소박한 존재다. 이래서 인간은 사회적 동물로서 관계성을 중시하며 삶을 영위하는 지도 모르겠다. 그런데 살면서 좋은 관계만을 유지하면서 살기도 힘들다.

이번 가족 여행을 통해서 나 역시 좀 더 포용적이고 지혜로운 삶을 위해 노력해야겠다는 생각을 했다. 간혹 감정을 억누르지 못해 막상 화를 내고 나면 스스로를 추스르는데 시간이 걸린다. 사람들과의 관계도 서먹해진다. 나이가 들수록 관계가 틀어지면 복원하는데 시간도 많이 걸리기 마련이다. 이런 소모적 에너지를 줄이려고 나름으로 노력은 하지만 쉽지 않다. 내공이 얕아서 그런 건 아닌지 돌아보게 된다. 살면서 사람들과의 관계를 원만하게 유지하고 사는 삶이 녹록치 않은 현실이다.

숙소에서 멀지 않은 레스토랑에서 우리는 저녁을 먹으면서 담소를 나누었다. 집에서는 가족 간에도 대화가 그리 활발한 편은 아니다. 아들과의 대화는 짧게 끝나는 경우가 많은 편이다. 그런데 여행을 하다 보니 이런저런 각 자의 삶에 대해 진솔하게 대화를 나누기 마련이다. 이 또한 여행이 주는 묘미이다.

대화 중에서 '품격있는 삶'을 주제로 각자의 의견을 교환하기도 했다. 성공적인 삶을 위해서도 각기 노력을 해야 하지만, '품격 있는 삶'을 위해 더 노력해야겠다는 생각을 교환했다. 가족 중에서 딸은 외국을 다닌 경험이 많은 편이다. 평소 매너를 많이 의식하고 또 품격 있는 삶을 위해 나름으로 노력을 많이 기울인다. 이것이 몸에 배어 있다면 본인을 위해서도 좋을 것 같다. 품격 있는 삶을 위해서 어떤 노력을 기울여야 할까. 이번 여행에서 숙제를 부여받은 느낌이다.

5일째 일정으로 카파도키아(Cappadocia)의 피존밸리(pigeon Vaiiey, 일명 비둘기 계곡[2])를 둘러보기로 했다. 터기의 수도인 앙카라에서 남동쪽으로 이동하면 일명 암굴도시를 만난

동굴 내 숙소. 여행 중에는 여독이 있다 보니 편안하게 쉴 수 있는 숙소의 분위기는 여행자의 기분을 좌우하는 관건이 되기도 한다. 비교적 아늑하고 색다른 느낌을 준다

다. 전쟁시 혹은 혼란기 남녀 수도자들이 수행(修行)했던 곳이기도 하다. 깔때기를 엎어 놓은 듯한 수백만 개의 기암괴석들이 갖가지 형태로 계곡을 따라 끝없이 펼쳐진다. 아름답고 신기한 풍경이다.

그런데, 더 신기한 것은 그 바위 속에 굴을 파고 사람들이 살았다는 점이다. 도대체 어떻게 암굴 속에 도시를 건설하고 역사를 만들었을까.

약 300만 년 전, 4000미터에 이르는 에르지에스 산의 화산 폭발로 인근 수백 킬로미터에는 거대한 용암층이 형성되었는데, 오랜 세월 동안 비바람과 홍수로 끊임없이 깎이고 닳아진 용암층은 물결의 방향에 따라 혹은 바람이 부는 대로 온갖 모양이 생겨났다고 추측하고 있다. 도

---

2) 비둘기들이 많이 살아 그런 이름이 붙었다고 전한다. 실제로 머리 위로 새들이 무리지어 곳곳에서 날아다닌다.

토리 모양, 버섯 모양, 동물 모양 등 보는 방향에 따라, 혹은 상상하거나, 그 날의 기분에 따라 다르게 보일 수도 있다고 한다. 좀 과장하면 마치 신의 작품을 인간 세상에 내려놓은 느낌이라고 할까.

한편으로는 돌을 파서 생활하면서 외부로부터 침해를 받지 않으려는 신자(信者)들의 신성함이 느껴진다. 피존밸리는 수도자들이 암석에 구멍을 내어 거주하면서 동굴교회 및 거주지를 만들었고, 동굴 안 예배당에는 많은 벽화들이 그려져 있다. 대자연이 빚은 장엄한 협곡을 터키 사람들은 트래킹 코스로 만든 셈이다.

두 번째 일정으로 잡은 곳은 데린쿠유, 일명 '깊은 우물'이란 뜻을 지닌 지하도시이다. 오늘날 도시와는 거리가 멀지만 땅속을 파고 생활했던 당시의 모습을 생생하게 재현해 내고 있다. 지하도시가 처음 생긴 것은 기원전 이었지만, 로마와 비잔틴 시대를 거치면서 지속적으로 확장되었다. 아랍인들을 피해 도피한 기독교인들이 지하에 개미굴처럼 지하 곳곳으로 파내려간 대규모 지하도시인 셈이다.

지하도시 내부에는 교회나 부엌, 와인 창고 등이 좁은 터널과 계단으로 미로처럼 연결되어 있기 때문에 박해를 피해서 온 그리스도인들의 흔적이 가장 많이 남아 있다. 동굴은 급한 경사로 지하로 내려가는

피존밸리(pigeon Vaiiey)는 수도자들이 암석에 구멍을 내어 거주하면서 동굴교회 및 거주지를 만들었다. 동굴 안 예배당에는 많은 벽화들이 그려져 있다

지하 깊이 85m까지 내려가는 지하 8층 규모의 지하 도시. 미로처럼 연결되어 있어 외부 침입자는 자칫 길을 잃을 수도 있다는 생각이 든다

데 무려 깊이 85m까지 내려가는 지하 8층 규모의 지하 도시로 BC 8세기에 프레지아인이 처음으로 만들었다고 하는데, 커다란 돌문으로 안쪽에서 막을 수 있었다 한다.

지하동굴에는 예배당, 학교, 식당, 침실, 부엌, 맥주 창고, 저장고 등 생활시설이 갖추어져 공동생활을 하는데, 각 층은 독립적으로 구별되며 긴 터널을 통해 다른 지하도시로 연결되고 있었다. 적의 침입을 대비해 통로마다 둥근 바퀴모양의 돌을 설치하였고, 독특한 기호로 길을 표시해 외부 침입자가 미로같은 통로에서 길을 잃기 쉽게 만들어 놓았다.

안내자의 말로는 평소에는 관광객들이 너무 많아서 깊고 좁은 동굴을 일렬로 서서 구경해야 하니 시간도 많이 걸리고, 좁은 통로를 사람들과 스치며 왕래해야 하기에 많이 힘들다고 한다. 올 해 유례가 없는 코로나19로 인해 관광객이 현저히 줄어 지하도시를 구경하기는 수월한 편이었다. 이런 지하도시는 36개로 세계문화유산으로 등재되어 있을 만큼 터키의 독특한 유산인 셈이다.

다음으로 들른 곳은 으흘랄라 계곡을 보면서 걷는 트래킹 코스다. 이 계곡은 큰 산이 두 차례 분화하면서 생긴 협곡으로, 가운데로 14km 길이의 천(川)이 흐르고 있다. 협곡 아래로 내려가면 올라오는 것이 힘들어서, 투어하는 와중에 다시 올라오기는 힘들 것 같았다. 트래킹 중간 중간에 쉼터들이 많은 것 같아 천천히 둘러보기로 했다.

계곡은 기암괴석으로 둘러싸여 그야말로 장관이었다. 우리 가족은 트래킹 코스 4킬로미터 정도만 걷기로 했다. 우리나라 둘레길 코스 정도로 생각하고 걸으니 힘은 덜 드는데, 협곡의 기암괴석들의 행렬을 보면 장엄한 느낌을 준다. 으흘랄라 협곡에는 100여 개의 교회와 약 10,000개의 동굴이 있다고 한다. 이 협곡은 4세기 이후 성직자들과 수도자들의 은신처로 사용했다고 전한다.

동굴 곳곳은 초기 기독교인들이 로마 군인들의 탄압을 피해 살았다니 종교적 신념이 인간의 삶터에 얼마나 중요한 지 실감이 간다. 한 생애를 사는 동안 목숨과도 맞바꿀 수 있는 신념이 있고, 그 신념을 지키기 위해 사는 삶의 모습이 궁금해진다. 숙연해진다. 한편으로는 도그마 혹은 맹목적이어야만 가능할 것 같은 생각이 들어 섬뜩한 느낌도 든다.

투어 일정이 6시쯤 끝나서 근처 레스토랑에서 저녁을 먹었다. 이곳은 한국의 관광객들이 자주 오는데, 케밥의 맛이 좋았다. 서빙하는 어르신(?)도 친절해서 더 호감이 갔다. 식당 한쪽 벽면의 낙서에는 한글로 이곳에 여행 와서 추억을 많이 쌓고 간다는 사인의 흔적들이 여러 곳 눈에 띄었다. 코로나19의 영향으로 중국인 관광객의 수가 현저히 줄어 이곳의 경제에도 일정 정도 타격이 있다고 한다. 식사를 마친 후 심야 고속버스를 타기 위해 이동하는 도중 간판교체를 하던 어느 음식점 사

카파토키아의 투어를 마치고 쉼터에서 밖의 풍경을 찰칵! 비둘기들이 무리지어 있는 모습에서 자유스러움과 평화로움이 느껴진다. 어디에 가든 자유와 평온함은 인간이 추구하는 가치와도 맞닿아 있다.

장을 만났다. 우리 일행을 보면서 "우리는 차이나(중국)를 좋아한다"고 외치는 모습을 보면서 이곳에도 중국인을 비롯해 동양인들의 발길이 잦은 관광지임을 실감하는 순간이었다.

우리 일행은 심야 고속버스를 타고 이동해서 파무칼레에 새벽 6시쯤 도착했다. 심야에 10시간을 버스타고 이동해서 도착한 곳이 파뮤칼레이다. 장시간 이동하는 게 쉽지 않은데, 아내가 수면유도제를 준비해 온 탓에 고생을 덜 했다. 고속버스 속에서 잠은 숙면이 아니라 가수면의 느낌으로 시간을 감당해야만 했다. 비몽사몽 한 느낌으로 버스에서 내려 근처 호텔로 이동해서 여장을 풀었다.

오늘은 여섯번째 날로 터키에서의 마지막 일정이다. 오늘은 파무칼레만 둘러보는 일정을 감안해서 비교적 느슨하게 짰다. 파뮤칼레에 온 것은 석회암으로 쌓여있는 산을 보기 위해서다. 택시를 타고 가면서 밖의 모습을 보니 마치 눈이 쌓여 얼음이 산을 뒤덮은 것으로 착각했다. 그런데 올라가 보니 화산폭발로 석회암이 흘러내려 마치 하얀 얼음이 산을 뒤덮은 광경을 연출했다.

파무칼레로 이동하는 동안 날씨도 청명해서 행글라이더나 열기구 타는 장면도 종종 눈에 띄었다. 무엇보다 파뮤칼레를 올라가면서 펼쳐지는 석회암 덩어리들이 모여 펼쳐지는 하얀 설산(雪山)의 풍경이 감동적이다. 파뮤칼레 석회암 정상에 오르니 로마시대 무덤들과 극장 등 도시의 모습을 연상케 하는 돌무덤을 비롯해 유적들이 산재해 있었다.

당시에도 시민들은 휴식과 오락을 통해 재충전하기도 하고 쾌락을 추구하지 않았나 싶다. 스포츠의 일환으로 당시 무사들이 결투를 벌이거나 맹수들과 일전을 치룬 투우장과 공연장의 모습을 보면서 그런 생각이 들었다.

가족들과 유적지를 돌면서 오붓하게 보내는 시간이 행복했다. 이곳 호텔에서 하루 밤 자고 나면 이스탄불 공항을 거쳐 한국으로 돌아가게 된다.

여행을 마치면서

드디어 인천국제공항에 도착했다. 여행하는 동안에도 코로나19와 관련된 국내 소식을 체크하면서 우려심을 가졌지만, 서울에 막상 도착하니 생각보다 심각했다. 딸의 집에서 여정을 마무리하고 다음날 순천으로 출발했다

가족 여행을 마치고 집에까지 무사히 도착했다. 코로나19를 아슬아슬하게 비껴갔다 온 여행이었다. 첫날 인천국제항으로 가는 도중에는 광양-전주 고속도로에서 30중 추돌사고도 있었다. 20여분 차로 비껴서 일정에 차질이 없었다. 터키 여행을 통해 가족간의 단란함과 행복함을

만끽했던 점도 수확이다.

이번 가족여행을 통해서 여러 생각을 했다. 무엇보다 먼저 자식들도 어엿한 성인이 되어 사회의 일원으로서 한 몫을 하니, 각자의 판단과 선택을 존중해 주고 싶다. 나와 아내는 건강하고 행복하게 사는 데 역점을 두어야겠다는 다짐을 했다. 여생을 좀 더 건강하고 지혜롭게 사는 것이 가족 모두의 행복한 삶과 직결되어 있으니 더욱 그렇다.

비행기로 10시간 넘게 온 터키도 삶의 현장이었다. 인종이나 풍습이 다를지언정 지구상의 사람이 사는 곳의 본질은 크게 다를 바 없었다. 어디를 가든 내 능력을 키우면서 때론 경쟁하고 배려하며 사는 삶이 행복한 삶으로 이어지리라.

터키를 다니면서 드는 생각 중에는 한 개인의 삶은 어찌보면 한 조각의 돛단배 같다는 느낌이 들었다. 거친 풍랑을 만나면 흔적도 없이 사라질 수 있는 존재! 위대하지는 않지만 의미가 있는 실존적 존재! 터키 자연의 위대함과 신비로움을 접하면서 드는 생각이다.

여행 후일담

여행은 그런대로 무사히 잘 마쳤는데 순천에 도착한 며칠 뒤부터 컨디션이 별로 좋지 않았다. 여행 후유증이러니 했는데 목감기를 심하게 걸렸던 것 같다. 덜컥 겁도 났다.

코로나19가 창궐해서 대한민국은 역병 바이러스와의 전쟁을 한창 치루고 있는 터라 감기와 코로나19의 구별이 애매한 측면이 있다. 특히 독감에 걸린 사람은 증상이 비슷해 몹시 불안하고 두려울 것 같았다. 나 역시 목감기라고는 하지만 외국여행을 다녀온 입장이다 보니 병원에 가기가 다소 부담스러웠다. 평소 같으면 병원에 가서 목감기 처방을 받으면 수월하게 넘어갈 수도 있었는데……

코로나19에 대한 우려에다 3일째 잠을 설치니 심리적으로 불안하고 안정감도 떨어졌다. 스스로 예민해져 갔다. 며칠간 몸을 추스르면서 코로나19 검사도 받았다. 예상은 했지만 음성 판정을 받으니 마음이 조금 놓였다. 위기의 순간에도 흔들리지 않는 의연함에 대해서 곱씹는 계기가 됐다.

아내의 헌신적인 간호 덕분에 몸을 회복하니, 건강할 때의 소중함과 행복감을 새삼 절감하며 살아야 할 것 같다. 이번 여행을 하면서 일상의 소소함이 얼마나 중요한 지도 절실하게 느꼈다. 행복한 삶을 위해서 또 어떤 자세로 살아야 하는지를 깨닫는 계기도 됐다. 차분한 일상으로 돌아가면 좀 더 의연하고 지혜로운 삶을 영위할 것이라는 다짐을 했다. 혹자는 "인생은 한 바탕의 꿈이자 여행과 같다"라고 하지 않았던가.(2020)

저자 약력

전북대학교 국어국문학과에서 학사와 석사를, 같은 대학 국어국문학과에서 문학박사 학위를 받고 현대문학을 연구해 왔다. 군산대학교 대학신문사 편집국장, 전북대 강사 등을 거쳐 한려대학교 교양과(국문학) 교수를 역임했다. 현재는 순천대 교양교육원과 인문예술대학에 출강하고 있다.

지역사회의 인문학의 발전과 아젠다 발굴에도 관심을 기울이면서 광양신문, 광양만신문, 전남cbs 칼럼위원 등을 역임했다. 기고활동 및 인문학 강좌 "지혜의 인문학, 치유의 글쓰기"를 통해 지역사회와의 소통을 활발하게 전개하고 있다. 한국언어문학회 제1부회장, 순천문인협회 회장, 순천예총 부회장 등을 역임한 바도 있다.

그동안 낸 책으로는 『해방기 소설의 시대정신』, 『한국현대노년소설연구』, 『한국근현대 소설의 병리성과 상징성』, 『문순태 소설의 시대정신』 등 문학연구서 8권이 있으며, 산문집으로 『성공한 사람과 성공하는 사람들』, 『책이 전하는 말』 등이 있다. 이외에도 「'여순사건'과 관련 소설의 담론화 연구」 및 「5·18광주 민주화 운동과 기억의 방식」 등 다수의 논문이 있다.

남도의 문학현장과 기행

초판 1쇄 인쇄일	2022년 12월 1일
초판 1쇄 발행일	2022년 12월 14일
지은이	전흥남
펴낸이	한선희
편집/디자인	우정민 우민지 김보선 신하영 이나윤
마케팅	정찬용 정구형
영업관리	한선희 정진이
책임편집	정구형
인쇄처	으뜸사
펴낸곳	국학자료원 새미(주)
	등록일 2005 03 15 제25100-2005-000008호
	경기도 고양시 일산동구 중앙로 1261번길 79 하이베라스 405호
	Tel 442-4623 Fax 6499-3082
	www.kookhak.co.kr
	kookhak2001@hanmail.net
ISBN	979-11-6797-092-3 *03810(03810)
가격	15,000원

＊이 책은 전라남도, (재) 전라남도 문화재단의 후원을 받아 발간되었습니다.